ठीक तुम्हारे पीछे

(कहानी-संग्रह)

ठीक तुम्हारे पीछे

मानव कौल

हिन्द युग्म

ISBN: 978-93-84419-40-0

प्रकाशक :
हिन्द-युग्म
सी-31, सेक्टर-20, नोएडा (उ.प्र.)-201301
फ़ोन- 0120-4374046

मुद्रक : थॉमसन प्रेस
आवरण चित्र : मानव कौल
लेखक की तस्वीर : सुगंधा गर्ग
कला-निर्देशन : विजेंद्र एस विज

पहला संस्करण : मार्च 2016
दूसरा संस्करण : सितंबर 2016
सोलहवाँ संस्करण : दिसंबर 2025

मूल्य : ₹199

Theek Tumhare Peechhe
A collection of short stories by *Manav Kaul*

Published By
Hind Yugm
C-31, Sector-20, Noida (UP)-201301
Phone- 0120-4374046
Email- sampadak@hindyugm.com
Website- www.hindyugm.com

First Edition: Mar 2016
Second Edition: Sep 2016
Sixteenth Edition: Dec 2025
Price: ₹199

माँ और अरण्य के लिए...

कहे में अनकहा

मैं इस बात का उत्तर ख़ुद को कभी ठीक से दे नहीं पाया कि मैं असल में क्यों लिखता रहा? मैं ख़ालीपन की तरफ़ इशारा कर सकता हूँ या और कुछ न कर पाने को भी एक कारण बता सकता हूँ... पर यह ठीक उत्तर नहीं होगा। अगर बहुत सीधे कह सकूँ तो यही लगता है कि मुझे कोरे पन्ने बहुत आकर्षित करते हैं। मैं कुछ देर कोरे पन्नों के सामने बैठता हूँ तो एक तरह का संवाद शुरू हो जाता है। यह बिलकुल वैसा ही है जैसे देर रात चाय बनाने की आदत में मैं हमेशा दो कप चाय बनाता हूँ, एक प्याली चाय जो अकेलापन देती है वह मैं पसंद नहीं करता। दो प्याली चाय का अकेलापन असल में अकेलेपन का उत्सव मनाने जैसा है। अब दूसरा प्याला है तो उसे पीने के लिए एक पात्र होगा जो अपनी मौजूदगी ख़ुद तय करेगा। आप किसी का चयन नहीं करते, आप बस बहते हैं उनके साथ जो आपके साथ हम प्याला होने आए हैं। कहानियाँ इन्हीं कोरे पन्नों और हम प्याला चाय के संवादों से शुरू हुई हैं। यूँ भी कहानियाँ लिखना मुझे हमेशा सुस्ताने जैसा कुछ लगता था। नाटक लिखते और निर्देशित करते वक़्त बहुत थकान घर कर जाती, तब हमेशा इच्छा होती थी कि किसी बहुत अपने से मिला जाए, जहाँ वे संवाद हों जो यह थकान मिटा दें। उन संवादों की मुझे कुछ इस तरह लत लगी कि मैं बार-बार यहाँ सुस्ताने आने लगा। देखते-देखते एक कहानी-संग्रह-सा कुछ बन गया। मैं कहानियाँ लिखता हूँ यह बात बहुत कम लोगों को पता थी। बहुत सालों से इन्हें अपने बदलते घरों के साथ भीतर लिए घूम रहा था। अभी भी इस बात को लेकर भीतर गुदगुदी-सी बनी रहती है कि यह बहुत निजी से संवाद एक किताब की शक्ल में किसी की गोदी में रखे होंगे। आशा है अपको यह संवाद पसंद आएँगे।

मानव कौल
मुम्बई, 7 मार्च 2016

आवरण-चित्र के बारे में

मैंने अपने जीवन की पहली बर्फ़ इसी खिड़की से देखी थी। गहरे नीले आसमान में सफ़ेद रूई समान बादलों का अर्थ खोजने में भी मैंने कई दोपहरें टकटकी बाँधे इस खिड़की पर बिताई हैं। कश्मीर, बरामुल्ला, ख़्वाजाबाग़ के इसी घर में मैं पैदा हुआ हूँ। यह घर बचपन में ही छूट गया था, पर इसकी गहरी याद अभी भी भीतर तरोताज़ा है। क़रीब सत्ताईस साल बाद मैं वापिस इस घर आया, घर जर्जर हाल में खंडहर हो चुका था, पर बहुत आश्चर्य हुआ दीवार में उस छेद को देखकर जिसमें मैं टॉफियाँ छुपाया करता था; वह बिलकुल वैसा-का-वैसा था।

अपने फ़ोन से कुछ ही तस्वीरें मैं ले पाया था। उन्हीं में से एक खिड़की की तस्वीर इस कहानी-संग्रह का कवर है।

कहानी-क्रम

मैंने हर बार रख दिया है
ख़ुद को पूरा-का-पूरा खोलकर
खुला-खुला-सा बिखरा हुआ
पड़ा रहता हूँ
कभी तुम्हारे घुटनों पर
कभी तुम्हारी पलकों पर
तो कभी ठीक तुम्हारे पीछे।

बिखरने के बाद का
सिमटा हुआ-सा मैं
'था' से लेकर 'हूँ' तक
पूरा-का-पूरा जी लेता हूँ ख़ुद को
फिर से
मेरे जाने के बाद
तुम शायद मुझे पढ़ लेती होगी
कभी अपने घुटनों पर
कभी अपनी पलकों पर
पर जो कभी 'ठीक तुम्हारे पीछे' बिखरा पड़ा था मैं
वो... ?
वो शायद पड़ा होगा 'अभी भी' की आशा में
मैं ख़ुद को समेटे हुए
फिर से आता हूँ तुम्हारे पास
फिर
बार-बार
और हर बार छोड़ जाता हूँ
थोड़ा-सा ख़ुद को
ठीक तुम्हारे पीछे।

आसपास कहीं

कल रात एक सपना देखा। मैं अपने शरीर के भीतर क़ैद हो गया हूँ। मेरा शरीर सो रहा है। मैं उसे भीतर से ठोकरें मार-मारकर जगाने की कोशिश कर रहा हूँ। शरीर सोया पड़ा है और मैं अपने ही शरीर के भीतर तड़प रहा हूँ। साँस की नली के आस-पास कहीं।

पिताजी ने कहा था कि जब बड़ा होगा तो मैं तुझसे कुछ भी नहीं कहूँगा। तब जो मर्ज़ी आए वह करना। मैंने सोचा था बस एक बार बड़ा हो जाऊँ फिर देखना दिन भर खेलता रहूँगा, पतंग उड़ाता रहूँगा। कोई पढ़ाई की बात भी करेगा तो उसे एक लात मारूँगा, कूल्हे के आस-पास कहीं।

माँ बहुत देर तक नीलकंठ को खोजती रहती थीं। सुबह उठते ही पेड़-पेड़ खोजती रहतीं। नीलकंठ दिखते ही उस पेड़ के चक्कर काटतीं। और बुदबुदाती जातीं, ''नीलकंठ तुम नीले रहियो, मेरी बात राम से कहियो। राम सोए हो तो जगाकर कहियो''। कभी नीलकंठ बीच बात में उड़ जाता तो कभी वह देर तक माँ को ताकता रहता। कुछ दिन पेड़-पेड़ नीलकंठ खोजने मैं भी माँ के साथ गया हूँ। मैंने माँ से एक बार कहा कि आपकी कौन-सी

बात है जो आप राम से कहना चाहती हो? माँ ने एक ज़ोर की चपत लगाई मुझे। कान और गाल के आस-पास कहीं।

मैं अगर नीलकंठ होता तो क्या करता? माँ की बात सुनकर मैं राम के पास जाता और कहता कि एक बूढ़ी औरत जो लगातार बूढ़ी होती जा रही है, वह एक बात मुझसे कहती है कि मैं आपको आकर कह दूँ। पर हर बार वह बात मुझे नहीं बताती कि मैं उसकी क्या बात आपसे आकर कह दूँ। मैं नीलकंठ होता तो पेड़ पर नहीं बैठता। पेड़ पर बैठने से बार-बार राम के पास जाने की ज़िम्मेदारी बढ़ जाती। मैं मकानों पर बैठता। काया के मकान के आस-पास कहीं।

काया के मकान की छत से बाज़ार दिखता होगा। क्योंकि मैं जब बाज़ार में घूमता हूँ तो मुझे बाज़ार से काया के मकान की छत दिखती है। काया का मकान बहुत सारे मकानों से घिरा है। जैसे काया बहुत सारे लोगों से घिरी रहती है। काया के मकान तक पहुँचने में बहुत से बाज़ारों-घरों से होकर गुज़रना पड़ता है। तब भी वह मकान कभी अकेला नहीं मिलता है। वह बहुत मकानों से घिरा मकान है। जैसे काया। काया बहुत से लोगों के क़िले में बंद है। उस तक पहुँचना असंभव है। मुझे पीपल का पेड़ बहुत अच्छा लगता है जो नदी के किनारे क़िले के ऊपर उगा हुआ है। मैंने कई बार सपना देखा है कि मैं पीपल का पेड़ हूँ और काया मेरी छाया के भीतर कहीं बैठी हुई है। और जब वह मेरे पेड़ की छाया तले सो जाएगी तब मैं उसके घर में घुसूँगा और हमेशा-हमेशा के लिए छुप जाऊँगा। उसके बिस्तर के आस-पास कहीं।

दिन में बाज़ार घूमते हुए अचानक जीवन दिखा। जीवन यायावर है। जीवन अपना घर बहुत पहले छोड़ चुका है, उसकी क़मीज़ से पसीने की बदबू आती है। वह जब भी दिखता है मुझपर थोड़ा हँस लेता है। मैं कई बार बीच सड़क को छोड़कर गलियों में छिप जाता हूँ। जीवन का सामना करने से मैं घबराता हूँ। जीवन की उम्र मेरी उम्र के आस-पास ही कहीं है। वह हमेशा अचानक मुझसे टकरा जाता है, कहता है कि चलो बैठकर बात करते हैं। मैं उसके साथ कभी नहीं बैठता हूँ। मैं उससे खड़े-खड़े बात करता हूँ। खड़े-खड़े बात करने में एक चलतापन होता है जिसपर मैं हमेशा सहज बना

रहता हूँ। बैठकर बात करने में ज़िम्मेदारी बढ़ जाती है। बैठकर बात लंबी चलती है। फिर खड़े होने की गलियाँ खोजनी पड़ती हैं। बैठकर बात करने में बहुत देर खड़े होकर भी बात होती रहती है। बैठे-बैठे आप सीधे जा नहीं सकते। जबकि खड़े-खड़े बात करने में आप सीधे कहीं जा सकते हैं। जीवन बिठाकर बात करना चाहता है और मैं खड़े-खड़े चल देना। जीवन ने मिलते ही सीधे संवाद शुरू किया।

"चलो बैठकर बात करते हैं।"

मैं खड़ा रहा। कुछ देर में 'नहीं बैठूँगा' की ज़िद समझकर जीवन खड़े-खड़े बात करने की कोशिश करने लगा। खड़े-खड़े बात करने में वह हकलाने लगता था।

"तो जीवन कैसा चल रहा है?" उसने पूछा।

"कट रहा है।" मैंने कहा।

"तुम कहीं जाने वाले थे?"

"हाँ, मन बदल गया।"

"शरीर में मन ठीक-ठीक कहाँ होता है जानते हो?"

"दिल के आस-पास कहीं।"

"ना।"

"फिर कहाँ होता है मन?"

"जिस जगह से रोंगटे खड़े होना शुरू होते हैं उसके आस-पास कहीं।"

मैं चकित उसे देखता रहा। 'किसी काम से कहीं जल्दी पहुँचना है' के बहाने मैं खोजने लगा। फिर अचानक एक सवाल याद हो आया।

"और रोंगटे खड़े होने की जगह कहाँ है शरीर में?" मैंने पूछा।

"जिस जगह से शरीर में सिहरन शुरू होती है उसके आस-पास कहीं।"

मैं चुप हो गया। मैं जानता था कि इस तरह की बातों का कोई अंत नहीं होता है। जीवन मेरे हाथों को देख रहा था। मैंने अपने हाथों को जेब में डाल दिया। मैं सच में सिहरन महसूस कर रहा था अपनी पीठ के आस-पास कहीं। फिर मैं सोचने लगा कि सच में यह शरीर के ठीक-ठीक किस भाग

से उठ रही है?

"तुमने मुझसे झूठ क्यों कहा?" जीवन बोला।

"किस बारे में?" मैंने पूछा।

"कि तुम कहीं जाने वाले हो?"

"मैं हमेशा से कहीं चले जाना चाहता हूँ।" इस बार मैं सच बोलने पर आमादा था।

"तो?"

"तो क्या?"

"तो गए क्यों नहीं?"

"शरीर ने साथ नहीं दिया।"

"तुम तो कह रहे थे कि मन बदल गया?"

"मन शरीर है।"

"अभी भी कहीं जाना चाहते हो?"

"हाँ, अभी ठीक इसी वक़्त मैं कहीं चले जाना चाहता हूँ।"

"कहाँ?"

मेरे पास इसका कोई जवाब नहीं था। इस बार मुझे कोई बहाना नहीं बनाना पड़ा, जीवन मेरे सामने से मुस्कुराकर चल दिया। मैं बाज़ार में अकेला खड़ा रहा। जीवन जा चुका था। 'कहाँ जाऊँगा' का जवाब मैं नहीं दे पाया। मैं आगे बिना किसी दिशा के चलने लगा। कहाँ जाना चाहता हूँ मैं। मैं इस वक़्त कहाँ जा रहा हूँ मुझे यह भी नहीं पता। बाज़ार पीछे छूट चुका था। मैंने अपने आपको क़िले के पास, पीपल के पेड़ के नीचे पाया। नीचे नदी बह रही थी। तभी मुझे उत्तर मिल गया, मैं जाना चाहता हूँ। नदी के उद्‌गम के आस-पास कहीं।

माँ सुबह-सुबह नीलकंठ की खोज में चली जातीं। पिताजी घर की दीवार के पीछे मूतने। मुझे उनको सहारा देना होता था। सो मैं नीलकंठ की सालों की खोज में कभी-कभी माँ का साथ नहीं दे पाता था। पिताजी मूतते हुए जर्जर और दयनीय लगते थे। सो मैं उनकी तरफ़ कम ही देखता था। मैं उस वक़्त आसमान ताकता था जहाँ सुबह होने का उत्सव होता था। पिताजी कहते, "ऊपर क्या देखता रहता है! ज़मीन पर से निगाह कभी नहीं

हटाना वर्ना कब ठोकर खाकर गिरोगे पता भी नहीं चलेगा।'' पिताजी के सारे उपदेश ऐसे होते जैसे हम जी नहीं रहे हैं कोई जंग लड़ रहे हैं। हारे तो मौत। पिताजी बहुत डरे हुए रहते थे। वह घर में आए हर आदमी को दुश्मन का आदमी मानते थे। कुछ लोग जब घर के सामने से तेज़-तेज़ बातें करते हुए जाते तो पिताजी सतर्क हो जाते। उन्हें लगता कि उन लोगों की बातों में कोई कोड छिपा है। वह घर में दीवार पर कान लगाकर सुनते। दूर से देखते हुए लगता कि पिताजी दीवार से कान खुजला रहे हैं। 'वह बहुत चालाक है' यह वह किसी भी नए आगंतुक को, अपने दूसरे या तीसरे वाक्य में ही बता देते थे। नया आगंतुक अधिकतर मेरा कोई दोस्त होता जो मुझे ताकता रहता। इकलौता होना कई बार बहुत भारी पड़ जाता था। पिताजी मुझे चालाक बनाना चाहते थे और माँ नीलकंठ। माँ-बाप दोनों की अपेक्षाओं का बोझ उठाने के लिए हमेशा कंधे कमज़ोर पड़ जाते। जब भी कंधों को सीधा करने की इच्छा होती मैं चल देता काया के घर के आस-पास कहीं।

एक दिन काया अकेली बाज़ार में दिखी। मैं बहुत देर उसके अगल-बग़ल खोजता रहा कि वह किसी के साथ तो होगी। अकेली काया! मैंने इसकी हमेशा कल्पना की थी। मुझे पीपल का पेड़ याद हो आया और याद आया काया का उसके नीचे सो जाना। मैं उसके पीछे हो लिया। वह सलवार सूट की दुकान में घुस गई। मैं बाहर उसका इंतज़ार करने लगा। तभी पीछे से मुझे जीवन की आवाज़ आई।

''अरे! तुम यहाँ! चलो बैठकर बातें करते हैं।''

मैंने जीवन को ग़ुस्से से देखा। जीवन कुछ देर मेरा ग़ुस्सा मेरी आँखों में पढ़ता रहा। अंत में मैंने ही आँखें हटा लीं। काया को देखा वह अभी भी बहुत से सलवार सूट में अपनी पसंद खोज रही थी। तभी मुझे मेरे कान के पास किसी के साँस लेने की आवाज़ आई। मैंने कनखियों से देखा। जीवन मेरी बग़ल में खड़ा था और खुसर-पुसर करके मुझसे कुछ कह रहा था।

''तुम एक पत्थर छोड़ते हो तो दूसरा पत्थर उठा लेते हो। भारी पत्थरों को ढोते रहना तुम्हारी आदत है जिससे तुम बाज़ नहीं आते हो। हल्के रहो। छोड़ो पत्थर।''

जीवन कहता जा रहा था।

"तुम वह बच्चा हो जो अंत में अपनी माँ को बचा लेना चाहते हो। अपनी क़ब्र में लेटे रहने के स्वप्न देखते हो पर इधर-उधर के गड्ढों से बचते फिरते हो।"

तभी काया उस दुकान से बाहर निकली। मैं जीवन को छोड़कर अलग खड़ा हो गया मानो मैं उसे जानता ही न हूँ। काया दो क़दम दुकान से नीचे उतरी थी कि उसकी निगाह मुझपर पड़ी। वह थम गई। वह एकटक मुझे देखे जा रही थी जैसे मुझे बहुत पहले से जानती हो। तभी मुझे उसके पीछे अभी-अभी उगा पीपल का पेड़ दिखा। वह अचानक झेंप गई और निगाहें नीची किए बाज़ार की गलियों में घुस गई। मैंने पीछे पलटकर देखा तो जीवन ग़ायब था। मैं बिना वक़्त गँवाए काया के पीछे हो लिया। काया कुछ देर में बाज़ार से अलग हो गई और एक सुनसान गली में प्रवेश कर गई। मैं अभी तक काया के बहुत पीछे था। मैंने अपनी गति बढ़ाई। उस सुनसान गली के मोड़ पर काया रुक गई। मैं रुकते-रुकते उसके क़रीब कहीं रुक गया। काया पलटी।

"क्या है?" काया ने पूछा।

"तुम्हारा नाम काया है ना?" मैंने पूछा।

"नहीं।" और वह हँसने लगी। फ़िल्मों में जैसे नायिका की सहेलियाँ हँसती हैं ठीक वैसे।

"मुझसे दोस्ती करोगी?"

"नहीं, मेरे पास वक़्त नहीं है। परीक्षा सिर पर है। बहुत पढ़ना पड़ता है।"

"ठीक है।" मैं तुरंत मान गया।

"तुम्हारा नाम क्या है?" उसने पूछा।

"जीवन।" मैंने जीवन क्यों कहा। मेरा नाम जीवन नहीं है। ओह! ओह! ओह!

"जीवन। अच्छा नाम है।"

यह कहकर वह चल दी। मैंने सोचा बस यही है अपने प्यार से पहली मुलाक़ात? बस इतनी ही? नहीं, कुछ और भी है इसमें। मैं काया के पीछे भाग लिया।

कुछ गलियों तक काया मुझे पीछे पलटकर देखती रही। फिर वह एक बाज़ार में निकल आई। मैं बाज़ार में काया के बहुत क़रीब आ गया। और भीड़ की आड़ में मैं उसका हाथ छूने की कोशिश करने लगा। काया मेरे हर स्पर्श पर फ़िल्म में नायिकाओं की सहेलियों की तरह हँसने लगती। इस छुअन-छिलाई में मैं बहुत देर तक उस भाव को खोजता रहा जिसे प्रेम कहते हैं पर उसे प्रेम नामक भाव का शरीर में कहीं भी संचार नहीं हो रहा था। इतने में पता नहीं कब काया अपने घर के क़रीब पहुँच गई। तभी उसने अपनी चाल की गति बढ़ाई और दो हट्टे-कट्टे नौजवानों को 'भाई-भाई' कहकर संबोधित किया। मैं अपनी डरपोक सतर्कता पर स्तब्ध बना रहा। काया की पीठ मेरी तरफ़ यानी बाज़ार की तरफ़ थी। पर उसके दोनों भाइयों की आँखें भीड़ में किसी को टटोल रही थीं। मैं शुरू से ही भय सूँघ लेता था। काया पलटी और उसने सीधे मुझे देखा, और एक क्रूर मुस्कुराहट उसके होंठों पर आ गई। काया ने हाथ के इशारे से अपने भाइयों को बाज़ार की भीड़ की तरफ़ धकेल दिया। काया ने ठीक मेरी तरफ़ इशारा नहीं किया था। उसके भाई भीड़ को चीरते हुए घुसे और जो भी जवान-सा लड़का दिखा उसे चपतियाने लगे। दो-तीन चपत मुझमें भी पड़े। दोनों भाई 'जीवन कौन है?' नाम की रट लगा रहे थे। मेरे कान और गाल सुन्न थे। दिमाग़ के भीतर कोई 'सुन्न सुन्न' शब्द का जाप कर रहा था। कुछ समय बाद मैंने ख़ुद को अपने बिस्तर में पस्त पाया। काया, काया नहीं माया निकली। इन सबमें प्रेम कहाँ था! आकर्षण था। हाँ आकर्षण! जब काया बहुत क्रूरता से मेरी तरफ़ देखकर मुस्कुरा रही थी तब मैं सबसे ज़्यादा उसके प्रति आकर्षण अनुभव कर रहा था। तभी। ठीक उसी वक़्त मैंने पहली बार हलचल महसूस की अपने दोनों जाँघों के बीच में कहीं।

मेरे पिताजी ने कई बार पेशाब जाने के लिए घंटी बजाई और हर बार मैं ही उन्हें पेशाब कराने पीछे ले गया। बाथरूम में वह एक बार गिर चुके थे जिसकी वजह से उनके कूल्हे की हड्डी चटक गई थी। इस वजह से वह बाथरूम में पेशाब करने से घबराते थे। हर घंटी पर मेरे दर्शन उनकी आदत में शुमार नहीं था। चौथी बार जब वह पेशाब कर रहे थे और मैं बिना बादल के आसमान में काया को तलाश रहा था तो उन्होंने कहा,

"जवानी में बाप की इतनी सेवा ख़तरनाक है।"

"किसके लिए?" मैंने पूछा।

"किसके लिए मतलब?"

"किसके लिए मतलब, मेरे लिए या आपके लिए?"

पिताजी गुर्राए। उनके मुँह से झाग निकलने लगा। वह जब भी ग़ुस्से में होते थे तो उनके मुँह से झाग निकलने लगता था। मैंने उनकी जेब से रुमाल निकाला और झाग साफ़ किया। उनका ग़ुस्सा उनसे बहुत कुछ बोलवाना चाहता था पर उम्र के कई मोड़ मुड़ने के बाद वह अब एक सीध में चलना भूल चुके थे, एक बात पर बहुत देर बने रहना भी। वह कभी-कभी मुझसे कहते थे, "बेटा बहुत कठिन जीवन था। आज सोचता हूँ तो रोंगटे खड़े हो जाते हैं।" फिर मेरे चेहरे पर कोई भी भाव न पाकर मुझपर बरस पड़ते। आज मैं सोचता हूँ तो मेरे पास कितने हज़ारों क़िस्से हैं उनके बारे में, जो लोग बहुत ग़रीबी और बेकारी का जीवन जी रहे थे। नंदू का बाप पहले ठेला लगाता था आज उसकी दुकान है। चीरू का बाप मिल मज़दूर था आज वह थोक का बड़ा व्यापारी है। रामू का बाप, रामू काका हमारे घर में नौकर था आज रामू हमारे घर में नौकर है। यह संघर्ष थोड़ा अलग है। और इस संघर्ष का चश्मदीद गवाह मैं ख़ुद हूँ। रामू (यानी रामू काका का बेटा) दोनों आवाज़ों पर प्रगट होता है। अगर आप 'रामू' चिल्लाओ तब भी और अगर 'रामू काका' चिल्लाओ तब भी। घर वालों को रामू काका बुलाने की आदत है। रामू उस आदत को समझता है। अपने को ख़ुद के नाम से पुकारे जाने की ज़िद नहीं करता है। असल में रामू काका का नाम बलविंदर सिंह था पर नौकरों के उस समय के पॉप्युलर नाम में रामू सबसे ऊँचे पायदान पर था सो बलविंदर रामू हो गया। रामू काका को शायद आजकल के नौकरों के नाम पसंद नहीं आते थे। सो, उन्होंने अपने बेटे के पैदा होते ही उसका नाम रामू रख दिया। रामू की उम्र मेरी उम्र लगभग बराबर है। पिताजी को मुझसे ज़्यादा रामू की शादी की चिंता खाए जाती। वह चाहते कि वह गाँव की एक ऐसी औरत ढूँढ़कर लाए जो रामू का दिमाग़ न ख़राब करे। और रामू अपना बच्चा होने पर उसका नाम रामू ही रखे। बचपन में रामू घर का सारा काम निपटाकर शाम को मेरे साथ खेलने के लिए थोड़ा-सा समय निकाल लेता था। वह मेरे

साथ खेलता भी किसी काम की तरह था। अगर थक जाता तो रुकता नहीं था। खेलता रहता। ग़लती से अगर जीत जाता तो माफ़ी माँग लेता। एक बार रामू और मैं 'बड़े होकर क्या बनेंगे का सपना' का सपना वाला खेल खेल रहे थे। मैंने उस वक़्त के सारे पॉप्युलर सपने रामू को गिना दिए और रामू ने कहा कि वह ट्रेन चलाना चाहता है। मैं चुप बना रहा। बस उसका यही सपना था। वह सपना सुनाते वक़्त उसकी आँखों में एक गहरी चमक थी जिससे मुझे आज तक जलन महसूस होती है। मैंने उसके बाद उसके साथ खेलना बंद कर दिया। मैं आज तक अपने सपने जैसा कुछ भी नहीं बन पाया। फिर भी मैंने रामू को हरा दिया पर आज भी जब कभी मैं ट्रेन देखता हूँ तो भीतर कहीं कोई चीखता है और मैं सोचता हूँ कि यहाँ से कहीं दूर चला जाऊँ। जहाँ ट्रेन न चलती हो। और जहाँ रामू कभी न दिखे। गहरे अपने आपसे यह मैं कहता भी इसलिए हूँ कि रामू से बड़ा महसूस कर सकूँ। रामू चुप रहता है। उसका मौन चुभता है। आँखों और कानों के बीच में कहीं।

मैं जीवन से भाग रहा था क्योंकि जीवन को काया के दोनों भाइयों ने मिलकर बहुत मारा था। जीवन ने मुझे काया को ताकते देखा था। जीवन गुणा-भाग के बाद, पिटने की वजह में मेरे हाथ होने के निर्णय तक पहुँच चुका था। बाहर जीवन था और मैं घर में क़ैद था। जीवन की एक आँख काली हो चुकी थी। एक गहरी चोट लगी थी। कोहनी और कंधे के बीच में कहीं।

मैं दोनों ही जीवन से भाग रहा था। एक जो यायावर फटेहाल मेरा दोस्त था और दूसरा मेरा जीवन जो यायावर फटेहाल मेरा जीवन था। मेरे ख़ुद के डरों ने मेरा मेरे ही जीवन से संबंध कुछ इस तरह का बना दिया था कि मैं अपने होने में क़ैद था और मेरा जीवन बाहर मेरी प्रतीक्षा में था। भीतर मैं भी एक प्रतीक्षा में था। किसी अनहोनी की। कुछ ऐसा हो जाए, चाहे दुखद ही सही जो जीवन की इस गति को बदल दे। मैं अपने जीवन की इस गति का आदी हो चुका था। इतनी सहजता से यह जीवन अपनी ज़िम्मेदारियाँ मुझ पर लादता गया कि मैं हर दिन एक व्यस्त दिन की तरह जीता गया। फिर एक दिन पिताजी ने पूछा, "क्या करना चाहते हो जीवन में। कुछ सोचा है?" मैं प्रश्न के मानी नहीं समझ पाया। क्या किया जा सकता है जीवन में! मैंने

कहा, "मेरे पास समय ही कहाँ है!" समय मेरे पास उस वक़्त नहीं था पर अब मैं जीवन के डर की वजह से घर में क़ैद हूँ, सो समय है। बहुत समय। घर के बाहर वाले सारे काम रामू काका का बेटा रामू करने लगा था। सो अब जीवन में क्या करना है सोचा जा सकता था। मैंने हर बार कहीं चले जाने के बारे में सोचा था। कहीं चले जाना या तो किसी चमत्कार के कारण हो सकता है या किसी अनहोनी के कारण। मैं दोनों के इंतज़ार में बरसों से था। चमत्कार होता हुआ कहीं नज़र नहीं आता था और अनहोनी होने को है जैसा एक कुत्ता घर के बग़ल की गली में चक्कर लगाता रहता। कभी देर रात रोने लगता तो कभी भौंक-भौंककर दिन खा जाता। मैं महसूस कर सकता था कि मेरा जीवन अनहोनी और चमत्कार के आस-पास ही कहीं था।

एक दिन माँ नीलकंठ की खोज से वापिस आईं तो सीधे किचन में घुस गईं। उनके दैनिक जीवन में नीलकंठ के बाद पिताजी थे, फिर रामू काका। फिर रामू और बाद में मैं था। वह नीलकंठ की खोज के बाद इसी गति से सभी से पूरे-पूरे संवाद निपटा लेने के बाद घर के कभी न ख़त्म होने वाले कामों में ख़ुद को खपा देती थीं। लेकिन आज वह नीलकंठ की खोज के बाद सीधा किचन में घुस गईं। मैं बहुत देर तक उनके बाहर आने का इंतज़ार करता रहा पर वह बाहर नहीं आईं। मैं किचन के दरवाज़े के पास तक पहुँचा तो माँ के सुबकने की आवाज़ आने लगी। मैं भीतर किचन में गया तो देखा वह गैस की टंकी के पास बैठी रो रही थीं। मैं चुपचाप उनकी बग़ल में बैठ गया बिना उनको छुए हुए। मैंने पानी का गिलास उन्हें पकड़ा दिया था जिसे वह एक साँस में पूरा-का-पूरा गटक गई थीं पर उनका रोना फिर भी जारी था। आँसू नहीं टपक रहे थे पर उनका सुबकना जारी था। मैं समझ गया अगर मैं किचन में नहीं आता तो अब तक माँ अपना रोना बंद करके घर के कामों में मसरूफ़ हो चुकी होतीं। पर चूँकि अब उन्हें एक दर्शक मिल गया है सो, वह अब अपने रोने को ज़ाया नहीं होने देंगी। अंत में मुझे सारी मनौवल करनी पड़ी। काफ़ी देर के बाद उन्होंने कहा कि नीलकंठ ने उन्हें सालों धोखा दिया है। मुझे धोखे जैसी बातें सुनना हमेशा से अच्छा लगता रहा है चाहे वह धोखा ख़ुद मैं ही क्यों न खा रहा हूँ।

"उसने कभी भी मेरी बातें प्रभु राम से नहीं कहीं।" माँ ने कहा।

"आपको कैसे पता?" मैंने पूछा।

"पिछले कुछ दिनों से मुझे रोज़ नीलकंठ दिख जाया करता। मैं उस पेड़ के नीचे जाती जिस पेड़ पर वह बैठा होता, जैसा कि तुझे पता ही है ऐसा ही तो करना होता है।"

मैंने हाँ-में-हाँ मिलाई। माँ ने आगे कहा-

"मैं रोज़ उससे अपनी बात कहती और इंतज़ार करती कि वह उड़ जाए पर वह मुआ टस-से-मस ही नहीं होता। मुझे लगा नाराज़ है, कुछ देर में उड़ जाएगा पर कहाँ! थककर मुझे ही घर वापिस आना पड़ता। आज फिर वह मुझे वहीं दिख गया। मैं समझ गई उसने मेरी कोई भी बात प्रभु राम तक नहीं पहुँचाई। मैंने फिर अपनी बात कही, पेड़ के तीन चक्कर लगाते हुए, पर वह वहीं बैठा रहा। मैंने पत्थर उठाए, और लगी मारने नीलकंठ को। वह उड़कर बग़ल वाले पेड़ पर बैठ गया। मैंने फिर पत्थर मारा। वह उड़ा और कुछ दूर जाकर फिर एक पेड़ पर बैठ गया। मैं समझ गई यह न जाने वाला प्रभु राम के पास। मैं उसके क़रीब गई। उससे हाथ जोड़कर विनती की कि हे नीलकंठ, उड़कर चले जाओ प्रभु राम के पास। तब उसने, उस मुए नीलकंठ ने मेरे ऊपर टट्टी कर दी।"

यह सुनते ही मेरे भीतर एक हँसी का ग़ुबार फूटा पर इस वक़्त हँसना ठीक नहीं था। सो मैं हँसी दबा गया।

"इतना बड़ा अपशकुन! अब मैं कभी उस नीलकंठ की ओर नहीं जा सकती। अब कभी प्रभु राम तक मेरी बात नहीं पहुँचेगी।"

इस बात पर मेरे बहुत सवाल थे मेरी माँ से, पर मुझे पता है कि मेरे सारे सवालों के जवाब एक झिड़क, 'तुझे क्या पता!' पर ख़त्म कर दिए जाएँगे। सो, मैं किचन से उठा और बाहर चला आया। माँ शाम तक अपने राम को भूल चुकी थीं। वह दैनिक दिनचर्या के खेल में पूरी तरह व्यस्त थीं। उनकी व्यस्तता को देखकर मैं ख़ुद की व्यस्तता के बारे में सोचने लगा। मैं व्यस्त हूँ पर अपनी पिछली व्यस्तताओं के बारे में यदि कोई मुझसे सवाल करे कि 'तुम ठीक-ठीक किस काम में व्यस्त हो?' तो मैं उसका जवाब नहीं दे सकता। मैं अपने सब्ज़ी लाने को 'अपने जीवन में व्यस्त हूँ' के कारण में नहीं रख सकता। तो मैं कहा हूँ क्या कर रहा हूँ- अचानक मैंने अपने जीवन

को अपने घर की चाहरदीवारी के आस-पास कहीं रेंगता हुआ पाया।

काया के घर की बग़ल से गुज़रते ही हृदय गति तेज़ हो जाती। बहुत दिनों से वह दिखी नहीं थी पर फिर दिखेगी की कार्यवाही में मैं व्यस्त था। तभी मुझे मेरी छिछली व्यस्तताओं से घृणा होने लगी। मुझे लगा कि मैं रेंगता हुआ एक घिनौना जीव हूँ जिसके होने पर उस जीव को ख़ुद ऊबकाई आती है। मैं तेज़ी से चलता हुआ चौक की तरफ़ पहुँचा। मुझे वहाँ काया के दोनों जवान भाई दिखे। मैं उनके सामने गया और उनसे कहा,

"मैंने उस दिन तुम्हारी बहन को छेड़ा था, जीवन के नाम से। बोलो क्या कर लोगे मेरा?"

वह दोनों पान की दुकान पर मुँह बाए मुझे देखते रहे। फिर एक भाई ने मेरे कंधे पर धक्का दिया और कहा,

"चल जा निकल ले वरना बहुत पिटेगा। चल निकल!"

मैं वही खड़ा रहा। दोनों भाई वापिस पान खाने में व्यस्त हो गए। मैं पिटना चाहता था बुरी तरह। एक अनहोनी एक आश्चर्य की तलाश में मैंने दूसरे भाई को कंधे से पलटाया और एक तमाचा उसके गाल पर दे मारा।

उसके बाद सब कुछ संगीत में बदल गया। बहुत-से घूँसे। बहुत-सी लातें। चाँटे। मैं पिटता हुआ सड़क के एक किनारे से दूसरे किनारे तक पहुँच जा रहा था। एक तरह का नृत्य था जिसे मैं लोट-पोट होकर किए जा रहा था। अचानक सब कुछ बहुत धीमी गति से चलने लगा। मैं दोनों भाइयों के सारे वार बहुत ही सहजता से देखे जा रहा था। वह मुझपर वार नहीं कर रहे थे, यह तो मैं था शायद जो जैसा चाह रहा था वैसा वार खा रहा था। मुझे धीमी गति से अपनी तरफ़ आते हुए मुक्के दिखे। लात धूल उड़ाती हुई मेरे कूल्हे के आस-पास कहीं चिपक गई। उन दोनों भाइयों के चेहरे राम और लक्ष्मण की तरह चमक रहे थे। उनके मुँह से फुफकार निकल रही थी। यह सुख था। नहीं, सुख नहीं आनंद, आनंद की चरम अनुभूति। फिर एक करारी लात जो मेरे सीने पर चिपकी, मैं घिसटता हुआ सड़क के किनारे तक पहुँच गया। वह दोनों सड़क के बीचों-बीच रुक गए, दोनों थक चुके थे। संगीत बीच में ही बंद हो गया। मैं लड़खड़ाता हुआ उठा। रेंगता हुआ उनके पास गया और एक भाई को फिर ज़ोर का चपत जड़ दिया। फिर संगीत शुरू हो गया। मैं

इतना प्रसन्न बहुत कम हुआ हूँ ज़िंदगी में। मैं चाह रहा था यह संगीत कभी बंद न हो। मैं पिटता जाऊँ। पिटता जाऊँ।

पिताजी के लाख पूछने पर भी मैंने नहीं बताया कि किसने मुझे मारा। माँ चुप थीं। मुझे स्वस्थ होने में बहुत समय लगा। मैं बहुत ही हल्का महसूस कर रहा था। चीज़ें मुझे साफ़ दिख रही थीं। जब मैं स्वस्थ महसूस करने लगा तो एक दिन पिताजी के कमरे में गया। उनके पैर छुए। वह घबरा गए।

"क्या हुआ?" उन्होंने पूछा।

"मैं जा रहा हूँ।" मैंने कहा।

"ठीक है।"

वह मुझे आश्चर्य से देख रहे थे। उन्हें लगा कि शायद मैं बाज़ार कुछ ख़रीदने जा रहा हूँ पर उसके लिए पैर पड़ने की क्या ज़रूरत थी! जब तक मैं उन्हें दिखता रहा वह मुझे देखते रहे। फिर मैं माँ से मिला। रामू से और अपने घर से। कुछ छूट रहा था। एक ऐसा संसार जो मेरे होने के कारण मुझमें व्यस्त था। कुछ दिनों से मैं अपने इस संसार में नहीं होने के बारे में सोच रहा था, तो लगा कि इस संसार में मैं नहीं हूँ की तरह यह संसार नहीं चलेगा। यह संसार चलेगा कि मैं हुआ करता था। 'था' में मुझे मेरे घर वाले याद करेंगे और मैं कहीं और होऊँगा। मैं कहा होऊँगा में आश्चर्य और चमत्कार था। सो, वह मुझे बहुत आकर्षित कर रहा था। मैं इस बार उस आकर्षण का सपना नहीं देख रहा था, मैं उस ओर बढ़ चला था।

जीवन मुझे स्टेशन तक छोड़ने आया था। मेरे पिटने पर वह चुप था जैसे उसके पिटने पर मैं। स्टेशन छोड़ते वक़्त उसने कहा-

"कहाँ जाओगे?"

"शहर।" मैंने कहा।

जीवन के लिए इतना जानना काफ़ी था। फिर उसने कहा,

"मुझे ख़ुशी है।"

"मैं जानता हूँ।" मैंने कहा।

"एक वक़्त होता है जब तुम जा सकते हो। मैं जिस दिन जा सकता था उस दिन मैं व्यस्त था।"

"मैं भी अभी तक व्यस्त था।"

"जब तुम वहाँ पहुँच जाओगे तो वहाँ भी व्यस्तता होगी। पर बहुत व्यस्त मत हो जाना।"

"क्यों?"

"छोटी-छोटी व्यस्तताएँ आदमी को कॉकरोच बना देती हैं। फिर उसे लगता है कि वह कभी भी नहीं मरेगा।"

जीवन थोड़ा उग्र हो गया था। ट्रेन आने में अभी वक़्त था। मैं स्टेशन के बाहर जीवन के साथ खड़ा था। वह स्टेशन के भीतर नहीं जाएगा मुझे मालूम था। मैं भीतर जाने को हुआ।

"कुछ देर रुक जाओ। अभी तुम्हारी ट्रेन आने में समय है।"

मैंने अपना सूटकेस वापिस रख दिया।

"चाय पियोगे?"

"ना।"

"कुछ खाओगे?"

"भूख नहीं है।"

जीवन के भीतर पता नहीं क्या चल रहा था। मेरी इच्छा हुई कि उससे सीधा पूछ लूँ कि क्या बात है? पर मैं उसके सामने शांत खड़ा रहा। मैं सच में शांत था। जीवन अशांत था जो छूटने वाला था।

मैंने सूटकेस उठाया और स्टेशन की ओर चलने लगा। जीवन मुझे देख रहा था। वह कुछ देर के लिए ही सही मुझे रोक लेना चाहता था पर मैं रुका नहीं। मैंने उसे आख़िरी बार पलटकर देखा। वह वहीं खड़ा था मुझे देखता हुआ। मुझे उसकी कॉकरोच वाली बात याद आई और मैं पलट गया।

मैं स्टेशन पर अपना छोटा-सा सूटकेस लिए बैठा था। ट्रेन दाहिनी तरफ़ से आएगी और बायीं तरफ़ को मुझे ले जाएगी। ट्रेन देर से नहीं चल रही थी और इस बार मैं सही समय के आस-पास कहीं था।

‘अभी-अभी’ से ‘कभी-का’ तक

सूरज ने कहा कि देर रात की बात थी। हम सब घबरा गए थे। कुछ समझ में नहीं आया क्या करें। तू समझ रहा है ना?

मैं नहीं समझ रहा था। बहुत धुँधला-सा सूरज दिख रहा था। उसके चेहरे पर मूँछें नहीं थीं। मैंने दो बार ज़बान पलटानी चाही कि उससे पूछूँ, तेरी मूँछों का क्या हुआ? पर पलटा नहीं पाया। घों..घों. की आवाज़ मुँह से निकलती रही। सूरज मेरे बहुत पास आ गया। उसने अपने कान मेरे मुँह पर लगभग चिपका दिए। मूँछ मूँछ मूँछ..., मैंने कई बार ज़ोर लगाकर कहा कि एक बार हलका निकल आया। धुँधला-सा सूरज अलग हो गया और हँसने लगा। फिर मुझे कुछ और लोगों की हँसी सुनाई दी। उसकी बग़ल में मेरे कुछ और दोस्त भी खड़े थे। शायद हंसा, नील और मेरी आँखें वापिस बंद होने लगीं, धीरे-धीरे सब ग़ायब हो गया।

***

सभी कुछ सफ़ेद था। सामने की खिड़की से बहुत सारा प्रकाश भीतर आ रहा था। हरे पर्दों के बीच उस प्रकाश का तेज थोड़ा कम हो गया था। मुझे हमेशा हस्पताल का सारा वातावरण किसी नाटक के सेट जैसा कुछ लगता है। दोनों तरफ़ दरवाज़े हैं मानो मंच पर आने-जाने का रास्ता। बीच में पूरा मंच खुला पड़ा है और अपने-अपने रोल सभी बख़ूबी निभा रहे हैं। एक नर्स ट्रे लेकर भीतर आती है। उसकी चाल-ढाल से लगता है कि उसे ज़बरदस्ती यह रोल दे दिया गया है। वह यह रोल नहीं करना चाह रही थी। उसे शायद डॉक्टर बनना था। सामने के कुछ मरीज़ जो मुझे दिख रहे थे वे सभी बिल्कुल मरीज़ों जैसे नहीं हैं। वे कराह नहीं रहे हैं, वे बस पड़े हुए हैं। मेरी बग़ल में एक प्लास्टिक बैग में कुछ फल रखे हुए हैं। वह ट्रे वाली नर्स मेरे सामने से निकली। मेरी आँखें खुली देखकर वह रुक गई।

"कैसे हो?"

मैं उसे घूरता रहा।

"तुम ठीक है?"

मैं नहीं मुस्कुराने जैसा मुस्कुरा दिया। वह कुछ देर यहाँ-वहाँ चीज़ें टटोलती रही, फिर चली गई। मुझे लगा कि मैंने एक क़ाबिल मरीज़ की भूमिका ठीक से नहीं निभाई। मुझे उससे सवाल करने थे कि मैं यहाँ कब आ गया? कौन लाया मुझे? मुझे क्या हुआ है? पर मैंने कुछ भी नहीं पूछा।

"आपने मेरा चश्मा देखा?"

मैंने अपनी दाहिनी ओर देखा एक बुजुर्ग मेरी बग़लवाले बेड पर थे। वह बेड के नीचे घुसने की कोशिश कर रहे थे। मैं कुछ देर उन्हें देखता रहा।

"अरे यहीं रखा था अभी। कहाँ चला गया? इधर कुछ भी नहीं मिलता है।"

वह किसी से भी बात नहीं कर रहे थे और सबसे बात कर रहे थे। उनके हाथ में एक किताब थी। फटी हुई। वह किसी किताब का बीच का हिस्सा जान पड़ता था। उस किताब के बीच से एक पीपल का सूखा हुआ पत्ता भी झाँक रहा था। मैं करवट लेकर दूसरी तरफ़ पलट गया। मैं किसी भी चीज़ का हिस्सा नहीं होना चाहता था। मैं शायद सच में यह मानने लगा था कि यह एक नाटक चल रहा है। अगर ऐसा है तो मैं इस नाटक में महज़ दर्शक बना रहना चाहता हूँ। मैं किसी भी घटना का हिस्सा नहीं होना चाहता। करवट

बदलते ही मुझे बाएँ हाथ की तरफ़ दरवाज़े से भीतर आती हुई एक औरत दिखी। वह बहुत पुरानी पीले रंग की साड़ी पहने हुई थी, चोटी इतनी कसकर बाँधी थी कि चेहरा माँग से नाक की रेखा में दो अलग-अलग तरफ़ खिंच गया था। उसके एक हाथ में रंग का एक डिब्बा था और दूसरे हाथ में कूँची (कूँची जिससे पुताई की जाती है)। उसने कूँची को रंग में डुबोया और डरी हुई दीवार के कोनों की तरफ़ बढ़ गई। धीरे-धीरे उसने उस दीवार के कोने को रंगना शुरू किया। नीला। सुंदर नीला रंग जैसा पहाड़ों में आसमान का साफ़ नीला रंग होता है वैसा नीला रंग धीरे-धीरे दीवार के कोने में फैलने लगा। ट्रे पकड़े एक नर्स भागती हुई आई और उसने उस औरत को कमर से पकड़ा और खींचती हुई बाहर ले गई। उसने जाते-जाते दो-तीन हाथ दीवार पर मार ही दिए और कूँची से नीला आसमान ज़मीन पर टपकता हुआ बाहर चला गया। इस हलचल का कमरे पर कोई असर नहीं हुआ। कुछ मरीज़ों ने उस ओर देखा और फिर वापिस अपने मरीज़ीय अभिनय में घुस गए। मैं उस कोने को ही देख रहा था। अब इस कमरे की मटमैली-सी सफ़ेद दीवार का एक कोना नीला था। आसमान जैसा नीला टुकड़ा इस सीलन भरे कमरे में उग आया था। मैं सीधा लेट गया। किसी भी घटना का हिस्सा नहीं होना कितना मुश्किल है! उसे देखना भर हमें उसका हिस्सा बना देता है। उसे सुनना हमें उसका हिस्सा बना देता है। कैसे बिना किसी भी चीज़ का हिस्सा बने हम रह सकते हैं! मैं दर्शक हूँ बस। मात्र दर्शक उससे ज़्यादा कुछ भी नहीं। मैंने फिर दर्शक बने रहने की क़सम खाई और अपनी आँखें बंद कर लीं।

***

जब आँख खुली तो नील सामने खड़ी थी। उसके हाथ में पीपल की एक सूखी हुई पत्ती थी। धीरे से उसने वह पत्ती मेरे तकिये की बग़ल में रख दी।

''तुम अब ठीक लग रहे हो।''

बग़ल में ही एक स्टूल रखा था जिसे मैंने अभी तक नहीं देखा था, उसे खिसकाकर वह मेरे पास बैठ गई।

''हाँ, मुझे भी अब ठीक लग रहा है।''

"तुम्हारा कुछ हिसाब बचा हुआ है।"

"हिसाब?"

"जब तुम्हारी तबियत बिगड़ गई थी तो मैं हिसाब लगा रही थी। तुम्हारे ऊपर कुछ चीज़ें निकलती हैं। चिंता मत करो। जब तुम पूरी तरह ठीक हो जाओगे तो उस बारे में मैं बात करूँगी।"

"मैं अब ठीक हूँ। तुम कह सकती हो।"

"मैं इस तरह कहना नहीं चाहती।"

"किस तरह?"

"मतलब, यह अच्छा नहीं लगता है ना! तुम हस्पताल में हो और मैं हिसाब लेकर बैठ गई।"

"किसे अच्छा नहीं लगता? कौन देख रहा है? यहाँ कोई और भी दर्शक है?"

वह चुप हो गई। मुझे लगा मुझे उससे दर्शक वाली बात नहीं कहनी थी। वह कुछ आतंकित हो गई। मानो उसे लगा हो कि मैं अभी भी ठीक नहीं हुआ। उसने वापिस पीपल की पत्ती मेरे तकिये के पास से उठा ली और उससे खेलने लगी।

नील को मैं कब से जानता हूँ? कैसे वह मेरे जीवन का हिस्सा है? कितने हिसाब-किताब हो चुके हैं इसके साथ? मैंने बहुत ज़ोर दिया। कुछ एक कमरे याद आए, कुछ बिस्तर, उन पर बिछी हुए अलग-अलग रंग की चादरें। बालकनी, बालकनी के बाहर जाती हुए सड़क। फिर बिस्तर, फिर फिर सूरज। सूरज और नील दोनों हाथ-में-हाथ डाले हुए सड़क के किनारे चलते हुए। कुछ बहसें, कुछ शिकायतें। बिल्ली। आँसू। थकान। रतजगे। अकेलापन। ख़ालीपन। मौन।

"सूरज कहाँ है?"

"वह शाम को आएगा।"

"मुझे हुआ क्या है?"

"तुम ठीक नहीं हो।"

"वह मैं भी जानता हूँ इसीलिए तो हस्पताल में हूँ पर मुझे हुआ क्या है?"

"डॉक्टरों का कहना है तुम ठीक नहीं हो और तुम्हारे टेस्ट चल रहे हैं।"

"कैसे टेस्ट?"

"वही नार्मल। ब्लड, युरिन वग़ैरह।"

"इसमें वह पता क्या कर रहे हैं?"

"वह तुम्हें डॉक्टर ही ठीक से बता पाएँगे।"

"तुम कैसी हो?"

"अच्छी हूँ।"

अच्छी हूँ कहकर वह बग़लें झाँकने लगी। किसी भी पुराने इशारे को वह साफ़ नकार देना चाहती थी, जैसे कुछ घटा ही न हो। उसका हाथ मेरे बिस्तर पर ही था। इच्छा हुई कि धीरे से उसे छू लूँ, बाद में माफ़ी माँग लूँगा। मैंने हाथ आगे बढ़ाया पर वह हिला नहीं। थोड़ा और ज़ोर लगाया फिर भी कुछ फ़र्क़ नहीं पड़ा।

"नील, मेरा दाहिना हाथ!"

तभी मेरा हाथ हिला और मेरे हाथ ने, बिना मेरी पूर्वानुमति के, नील का हाथ कसकर पकड़ लिया। जकड़-सा लिया। नील घबरा गई, वह अपने स्टूल से उठकर खड़ी हो गई। मैं ख़ुद हाथ छुड़ाना चाह रहा था पर नील चीखने लगी। ट्रे वाली नर्स भागती हुई भीतर आई। उसने छुड़ाने की पूरी कोशिश की। मैं ख़ुद भी बहुत ज़ोर की कोशिश कर रहा था। उस ट्रे वाली नर्स ने ट्रे से मेरे हाथों पर वार किया। जब उन वारों से कुछ नहीं हुआ तो उसने कुछ वार मेरे सिर पर किए। अचानक हाथ छूटा और मैं बिस्तर पर निढाल-सा पड़ गया।

***

रोज़ के इंजेक्शन बढ़े, कुछ दवाइयाँ भी ज़्यादा हो गईं। दोस्त आना कम हो गए। बीच में सूरज आया था। मैं उससे पूछता रहा कि तूने मूँछें क्यों कटवा लीं? पर वह कहता रहा कि कहाँ मूँछें तो हैं! जब भी मैं उससे कहता कि नहीं, मूँछें नहीं हैं, वह हँसता और मेरी बग़ल में पड़े हुए बुज़ुर्ग़ की तरफ़ देखने लगता। वह बूढ़ा आदमी सूरज को घूरता रहा। जब बात मूँछ पर अटक ही गई तो सूरज ने फिर आने का वादा किया और चल दिया। उसके जाने के कई दिनों बाद, एक रात मेरी आँखें खुलीं तो देखा वह बूढ़ा मेरे

पलंग पर बैठा हुआ मेरे चेहरे पर कुछ पढ़ने की कोशिश कर रहा है। मैं एक छोटी चीख के साथ उठ बैठा। वह बूढ़ा वैसे ही मुझे देखता रहा फिर मेरे और क़रीब आकर उसने कहा, "मूँछ नहीं थी"। और अपने पलंग पर जाकर लेट गया। उस रात मुझे बहुत देर तक नींद नहीं आई।

***

कहीं से पानी के बहने की आवाज़ आ रही थी। क़रीब दो मीटर की ऊँचाई से वह गिर रहा था। उसके गिरने के बीच कोई रुकावट भी थी शायद कोई पत्थर, ईंट, दीवार, पाइप। यूँ मुझे लोगों के चलने की आवाज़ कमरे में नहीं आती थी पर इस पानी के कारण, वह सुनाई देने लगी थी। जब भी किसी का पैर पानी पर पड़ता तो 'छप' से आवाज़ आती। फिर बहुत दूर तक मैं उस छप छप छप... का पीछा करता रहता। कमरे के बाहर का रास्ता दाएँ और बाएँ दोनों तरफ़ मुड़ता था। यह मुझे पैर की आवाज़ों से पता चला। left की तरफ़ जाने वाले बहुत से लोग थे। लगभग अस्सी प्रतिशत या उससे भी ज़्यादा। मैं उन्हें चप्पल वाले लोग कहता। सभी लगभग चप्पल पहने होते और right की तरफ़ कम ही लोग जाते थे। बूट वाले। उनकी आवाज़ में छप-छप नहीं खट-खट थी। जब भी कभी खट-खट की आवाज़ें आतीं तो सारी चप्पलों की छप-छप की आवाज़ें धुँधली पड़ जातीं। छप आवाज़ों के चेहरों की कल्पना आसान थी। वह सामान्य लोग थे। हर छप की आवाज़ आते ही मुझे उस आवाज़ का चेहरा भी दिखने लगता। छप-छप की आवाज़ों के भाव भी मैं पकड़ लेता पर खट-खट की आवाज़ का कोई चेहरा नहीं था। होगा शायद, मगर मेरी कल्पना उसे पकड़ने में असमर्थ थी।

"अरे मेरा चश्मा, मेरा चश्मा देखा क्या?"

मुझे फिर बूढ़े की आवाज़ आने लगी। मैंने उसकी तरफ़ पलटकर देखा। इस बार वह मुझसे सीधे पूछ रहे थे। दर्शक बने रहना आसान नहीं है, ख़ासकर जब आपके पास ख़ुद करने के लिए कुछ भी न हो और आपके अगल-बग़ल इतने बेहतरीन अभिनेता अभिनय कर रहे हों।

"चश्मा आपके सिर पर पड़ा है।"

उनका हाथ सिर पर गया। उन्हें चश्मा मिल गया। वह उसे कुछ देर देखते

रहे। उस चश्मे की एक डंडी ग़ायब थी। कुछ ही देर में वह ख़राब पढ़ने के अभिनय में व्यस्त हो गए। मैंने उस दृश्य में अपना हस्तक्षेप रद्द किया। तभी बाएँ दरवाज़े से मुझे वह औरत झाँकती हुई नज़र आई, जिसने नीले आसमान का एक कोना पोत रखा था। वह डरी हुई ट्रे वाली नर्स की तरफ़ देख रही थी। वह भीतर नहीं आई। जब तक ट्रे वाली नर्स मंच पर है, कूँची वाली औरत प्रवेश नहीं कर सकती है। कूँची वाली औरत ग़ायब हो गई। तभी मुझे उन बुज़ुर्ग की आवाज़ आई। मैं औरत के दृश्य से निकलकर वापिस बूढ़े आदमी के दृश्य में आ गया।

"चश्मा मिल जाना कितना दुखद है!"

"आप उसे ही तो ढूँढ़ रहे थे?"

"ढूँढ़ा और पाया!"

यहाँ मैंने तय कर लिया था, जीवन में यदि दर्शक ही बने रहूँगा तो जो सब दिखाएँगे मुझे देखना पड़ेगा। सो मैंने एक लंबी साँस भीतर खींची और अभिनय की इस विराट दुनिया में मैं कूद गया।

"आपको देखने कोई भी नहीं आता?" मैंने कहा।

"बाहर कोई भी नहीं है।"

उन्होंने तपाक से जवाब दिया। बतौर अभिनेता आपके पास बहुत से सवाल होने चाहिए। नए सवाल, सवालों के सवाल, बिना बात के सवाल।

"अरे यह तो अजीब है!"

"नहीं, बाहर सच में कोई नहीं है।"

उनके हाथ में किताब थी, सिर उसमें ही घुसा हुआ था। मेरे जवाब मानो उस किताब में लिखे हों।

"मेरा नाम प्रयाग है।"

"प्रयाग?"

"हाँ, प्रयाग ही है, सच में।"

"मैं निरंजन।"

"आप कब से हैं यहाँ, निरंजन?"

"कई सालों से हूँ। ठीक-ठीक याद नहीं है।"

"सालों से?"

''मैं पहले उसी बेड पर था जिसपर तुम हो। पर पिछले एक साल से उन्होंने मुझे यहाँ पटक दिया है।''

''आपको अगर वहाँ ठीक नहीं लगता है तो आप वापिस यहाँ आ सकते हैं। मुझे कोई आपत्ति नहीं है।''

''ऐसा नहीं हो सकता।''

''क्यों?''

''उस बेड की दवाइयाँ अलग हैं। डॉक्टर अलग हैं। वैसे भी अभी-अभी आए मरीज़ों को उसपर रखा जाता है।''

''तो मैं अभी-अभी का मरीज़ हूँ?''

''मैं भी पहले अभी-अभी का ही मरीज़ था। फिर जब मैं अभी-अभी का मरीज़ नहीं रहा तो उन्होंने मुझे यहाँ पटक दिया।''

''जब मैं अभी-अभी का मरीज़ नहीं रहूँगा तो वह मुझे कहाँ रखेंगे?''

''फिर तुम यहाँ, मेरे पलंग पर आ जाओगे।''

''और आप?''

''मैं सामने वाले पलंग पर फेंक दिया जाऊँगा।''

''पर सामने वाला पलंग भी तो भरा हुआ है फिर वह महाशय कहाँ जाएँगे?''

यहाँ अचानक निरंजन ने किताब से अपना चेहरा निकाला और मेरे पलंग की तरफ़ घूमकर बोले।

''अरे भाई, जैसे तुम अभी-अभी के मरीज़ हो वैसे ही वह आख़िरी पलंग, जो उस दरवाज़े के पास है उसपर 'कभी का' मरीज़ है। वह जब मर जाएगा तो घड़ी के काँटे की तरह हम सब एक मिनट आगे बढ़ जाएँगे। तुम मेरे पलंग पर, मैं सामने वाले पलंग पर और तुम्हारे बेड पर कोई नया अभी-अभी का मरीज़ होगा।''

''पर मैं हमेशा अभी-अभी का मरीज़ रहना चाहता हूँ।''

''तुम्हारी क़िस्मत बहुत अच्छी है। पिछले एक साल से तुम अभी-अभी के मरीज़ हो। दरअसल तुम्हें शुक्रगुज़ार होना चाहिए उस 'कभी-का' के मरीज़ का जो पिछले एक साल से 'कभी-का' मरीज़ है। बहुत ढीठ है। बिस्तर ख़ाली ही नहीं कर रहा है।'

"मुझे यहाँ एक साल हो चुका है?"

निरंजन ने इसका कोई जवाब नहीं दिया। मैं अपने पलंग पर अब चुप था। तो क्या बस यही होगा! हर एक मिनट जब आगे बढ़ेगा, मैं उस पलंग पर होऊँगा। फिर सामने वाले, फिर एक दिन मैं भी 'कभी का' मरीज़ होकर मर जाऊँगा। नहीं-नहीं, इसमें कोई बीच में ठीक भी तो होता होगा तब? मैंने सोचा यह निरंजन से पूछूँ।

"निरंजन?"

"क्या है?"

"कुछ नहीं।"

मैंने नहीं पूछा। अगर निरंजन ने कह दिया कि यहाँ कोई ठीक नहीं होता तो मुश्किल हो जाएगी। कितना तकलीफ़देह है यह! हर आदमी का सफ़र आपको पता है, 'अभी-अभी' से लेकर 'कभी का' तक का और आपको भी उस पूरे सफ़र के सारे पलंगों से होकर जाना है। अगर आप थोड़े ढीठ हैं तो 'कभी-का' पर रुके रहेंगे। नहीं तो एक मिनट में बाहर। ओफ़्फ़! ओफ़्फ़! ओफ़्फ़!

***

प्रातः आँख खुली तो नील और सूरज को अपने पलंग की बग़ल में पाया। अब मेरे पलंग की बग़ल में स्टूल न होकर एक बेंच रखी है। दोनों बेंच पर बैठे हैं। (black & white) सूरज का हाथ नील के कंधे पर है और दोनों 'दूर गगन की छाँव में' देख रहे हैं (यह बिल्कुल मुझे वैसे ही दिख रहे थे जैसे हमारे गाँव के फ़ोटोग्राफ़रों ने हमारे माँ-बाप की रोमांटिक तस्वीरें खीची थी, black & white, जिसे हम 'दूर गगन की छाँव' वाली तस्वीरें कहते थे। इन तस्वीरों में सभी कहीं दूर कुछ देख रहे होते थे)।

"सूरज, तुम लोग कब आए?"

जब नील और सूरज दोनों साथ मिलते थे तो मैं सूरज से ही ज़्यादा बात करता था, अगर नील से बात करनी भी है तो पहले सूरज नाम लेकर फिर नील से बात करता था। सीधा नील कह देने से मैं पुरानी दुनिया में पहुँच जाता हूँ। जो दुखद है। अब... सब... बस।

"हम लोग बहुत देर से आए हुए हैं। तुम सो रहे थे तो सोचा तुम्हें

परेशान न करें।''

संजीदा अभिनेता होने के बतौर सूरज ने अपना वाक्य कह दिया।

''हम बस जाने ही वाले थे।''

बतौर चंचला नील ने हल्की हँसी के साथ अपनी बात कही।

पर अजीब था वह दोनों मुझे नहीं देख रहे थे। दोनों 'दूर गगन की छाँव' में कहीं देख रहे थे। B & W.

''तुम दोनों ने शादी कर ली है क्या?''

''कोर्ट मैरिज थी। ज़्यादा शोर-शराबा नहीं किया। सिर्फ़ परिवार के लोग थे।'' सूरज ने सफ़ाई दी।

''तुम्हारी कमी लगी थी। मैं तुम्हारे घर गई थी कार्ड देने। पता था वहाँ ताला लगा होगा पर फिर भी गई। दरवाज़े से कार्ड भीतर सरका दिया।'' नील ने बहुत अपनेपन से कहा। पुरानी दुनिया वाले अपनेपन से। मैं ठिठक गया।

''क्यों, जब तुम्हें पता था मैं यहाँ हूँ। तुम हस्पताल में क्यों नहीं आई?''

''मेरी इच्छा थी कि जब मेरी शादी हो तो मैं तुम्हें अपनी शादी का कार्ड, तुम्हारे घर तुम्हें देने आऊँ।''

''यह कैसी इच्छा है?''

मैं चौंक गया नील की आँखें देखकर। यह कहते हुए उनमें एक चमक थी जबकि वह मुझे नहीं देख रही थी। सूरज एक अजीब मुस्कुराहट लिए हुए था। मैं दूसरी तरफ़ करवट लेना चाह रहा था पर ले नहीं पाया। कुछ मुझे रोक रहा था। मैंने झटका दिया तो दिखा, मेरे दाहिने हाथ और दाहिने पाँव को पलंग से बाँध के रखा हुआ है। ''मुझे क्यों बाँधा हुआ है?'' मैंने दो-तीन बार झटका दिया। नील और सूरज खड़े हो गए।

''तुम्हारा तुम्हारे दाहिने हिस्से पर वश नहीं है।''

''क्या?''

नील और भी कुछ कहना चाह रही थी पर सूरज ने उसके कंधे पर हाथ रख दिया और वह दोनों वापिस 'दूर गगन की छाँव' में देखने लगे। मुझसे यह सहन नहीं हुआ। मैं चिल्लाने लगा।

''क्या है यह? क्यों मुझे मेरे दाहिने हिस्से पर वश नहीं है? मुझे डॉक्टर

से मिलना है। डॉक्टर.. डॉक्टर.. डॉक्टर..''

ट्रे वाली नर्स भागकर आई। इंजेक्शन। ग़ुस्सा। धुँध। 'दूर गगन की छाँव'। B &W. थम।

***

दरवाज़े! मैंने पता नहीं कितने घर बदले हैं। पता नहीं कितने लोगों के साथ मैं अलग-अलग जगह, अलग-अलग परिस्थितियों में रहा हूँ। इन सभी जगहों में मेरा सबसे ख़ूबसूरत संबंध दरवाज़ों से रहा है। मुझे लगभग हर घर के (जिनमें मैं रहा हूँ) दरवाज़े रोमांच से भर देते थे। महज़ एक खट-खट पर। ज्यों ही दरवाज़े में खट-खट होती मेरा पूरा शरीर एक रोमांच से भर जाता। कौन होगा उस तरफ़? दरवाज़ा खोलने पर कौन-सा आश्चर्य दिखेगा? मेरे भीतर बहुत सारी कहानियाँ शुरू हो जातीं और कहानियों का दायरा बढ़ता ही चला जाता। हर खट की अलग कहानी, अलग चेहरे। दरवाज़ा खोलने के ठीक पहले मैं महसूस करता कि मैं सालों से किसी की प्रतीक्षा कर रहा हूँ। कोई और जिसे कभी देखा नहीं, जाना नहीं। कोई जो मेरे दरवाज़े के उस तरफ़, पूरे संसार में कहीं था और अब शायद उसने मुझे ढूँढ़ लिया है, वह मेरे दरवाज़े पर दस्तक दे रहा है।

***

देर रात आँखें खुलीं तो देखा सामने की पूरी दीवार नीली हो चुकी है। आसमानी नीली। पीले बल्ब की रोशनी में नीला रंग भुतहा दिख रहा था। तभी मुझे खट-खट की आवाज़ आई। वह औरत अब छत को पोत रही थी। बिना सीढ़ी के। वह बहुत लंबी दिख रही थी। ख़ासकर उसकी टाँगें। मैंने नीचे देखा तो पैर की जगह दो बाँस के डंडे दिखे। वह stilts पर खड़ी थी। इस बार उसके एक हाथ में नीला और दूसरे हाथ में सफ़ेद डिब्बा था। कुछ देर वह नीले रंग की कूँची चलाती फिर सफ़ेद रंग की कूँची से इधर-उधर दो-चार हाथ मार देती। यह सब वह बहुत तेज़ी से किए जा रही थी। सो सारा करतब एक नृत्य की तरह दिख रहा था। ज़मीन पर बाँस की खट-खट एक तरह का डरावना संगीत पैदा कर रहा था। इन सबमें उसके बाल थोड़े बिखर

गए थे पर चेहरा अभी भी माँग से नाक की सीध में दोनों तरफ़ खिंचा हुआ था। सफ़ेद बादल पूरे आसमान में बिखरने लगे थे।

मैं उठ के बैठ गया। मेरे हाथ-पैर नहीं बंधे थे पर दाहिना हिस्सा थोड़ा सुन्न ज़रूर था। मैं उस औरत से बात करना चाह रहा था।

"सुनो, सुनो तुम कौन हो?"

उसने मेरी ओर ग़ुस्से से देखा। मैं घबराया हुआ एकटक उसे देख रहा था। वह फिर काम करने में जुट गई। मैं अपने पलंग के कोने तक खिसक आया। थोड़ा आगे बढ़कर बोला-

"सुनो, सुनो।"

इस बार उसने मुझे देखा नहीं, बल्कि सफ़ेद रंग की कूँची से मेरे हाथ पर एक वार कर दिया। मैं घबराकर अपने पलंग पर दुबक गया। चादर सिर के ऊपर चढ़ा ली। कुछ देर मुझे बाँस की ठक-ठक की आवाज़ आई फिर उस आवाज़ में ट्रे वाली नर्स की ट्रे की आवाज़ जबरन घुसने लगी। ट्रे के वार 'धम्म' से किसी के बहुत ऊपर से गिरना। खड़-खड़। पट-पट। धम-धम। फिर सबकुछ शांत।

मैंने अपने मुँह से चादर हटाई। कमरे में कोई नहीं था। सारे मरीज़ 'कुछ भी नहीं हुआ' वाले अभिनय में व्यस्त सो रहे थे।

कूँची से वार का एक सफ़ेद धब्बा मेरे हाथ में दिखा। मैंने उसे मिटाने की कोशिश की, पर वह मिटा नहीं। मैं उसे ज़ोर-ज़ोर से रगड़ने लगा। वह सफ़ेद धब्बा हल्का गुलाबी हो गया पर मिटा नहीं। मैंने छत की तरफ़ देखा वहाँ मुझे बादल नहीं बल्कि नीले आसमान में बहुत बड़ा हंस दिखाई दिया।

***

मेरा एक दोस्त हंसा था (जो हस्पताल सिर्फ़ एक बार ही आया था) जिसमें 'ना' करने का गुण नदारद था। वह हमेशा, हर बात का जवाब 'हाँ' से देता और फँस जाता। पछताना उसका मुख्य धर्म था। उसकी आँखों के नीचे गहरे काले दाग़ पड़ चुके थे। मुझे कभी-कभी लगता था कि वह काजल लगाता था पर चूँकि उसे काजल लगाना नहीं आता था, इसलिए काजल फैल जाता

होगा पर ऐसा नहीं था। गहरे काले दाग़ की वजह से उसकी आँखें कभी सुंदर कभी डरावनी लगती थीं। उसने एक बार मुझसे कहा था कि जब से वह पैदा हुआ है तब से वह व्यस्त है। उसने कभी किसी भी काम के लिए किसी को भी मना नहीं किया। सो वह दूसरों के काम करने में हमेशा व्यस्त रहता था। जो लोग उसे जानते थे वह उससे अपना काम करने को नहीं कहते थे। वह उसके बदले 'एक ज़रूरी काम की पर्ची' उसकी जेब में डाल देते थे, जिसे वह समय रहते पूरा करता चलता था। उसके पास एक जेब की कई सारी शर्ट थीं। दो जेब वाली शर्ट पहनने से वह घबराता था। मैंने उससे एक बार कहा था कि तुम बिना जेब की शर्ट पहना करो तो उसने कहा कि काम की पर्चियाँ वह हाथ में नहीं रखना चाहता है। काम की पर्चियाँ पैंट की जेब में मुड़ जाती हैं फिर क्या काम करना है ठीक से समझ में नहीं आता है। वह अपने घर के कामों की भी पर्चियाँ बनाकर जेब में रख लेता। अपने काम भी वह बाक़ी ज़रूरी कामों की तरह करता, समय रहते। इन पर्चियों के बीच उसका एक खेल भी था। एक दिन उसने मुझसे कहा था कि वह कई बार कोरी पर्चियाँ अपनी जेब में, किसी महत्वपूर्ण काम की तरह रख लेता है। जब वह कोई महत्वपूर्ण काम के लिए कोई कोरी पर्ची निकालता तो ख़ुश हो जाता। वह उस महत्वपूर्ण काम के समय कुछ भी नहीं करता और उसे यह बहुत अच्छा लगता था। काम के वक़्त काम नहीं करने की आज़ादी बहुत बड़ी आज़ादी थी।

***

हंसा ने आते ही अपनी इतने दिनों से न आने की वजह बताई।

"बहुत काम था प्रयाग। अभी-अभी जेब से दो कोरी पर्चियाँ निकल आईं तो मैं उस ख़ाली समय में तुमसे मिलने चला आया।"

मैं हमेशा हंसा को देखकर ख़ुश हो जाता था। दुनिया जैसे उससे मिलने आती है वह उसे उसकी पूरी निष्ठा के साथ जीता है। दुनिया के सत्य उसकी जेब में रहते हैं और वह उनका सामना करता चलता है।

"तुम अपनी कोरी पर्चियाँ यूँ बर्बाद मत करो। मैं तो यहाँ हूँ ही, तुम किसी काम से मुझसे मिलने आओ।"

"किस काम से ?"

हंसा यूँ सकपका जाता था। उसकी समझ में ही नहीं आया कि वह मुझसे किस काम के तहत मिल सकता है। मैं ख़ुद सोचने लगा कि हंसा मुझसे किस काम से मिल सकता है। तभी निरंजन अपने पलंग से उछलता हुआ हम दोनों के बीच में आ गया।

"मैं मदद करूँ ?" निरंजन बोला।

"किस बारे में ?" मैं हंसा की अचकचाहट में बोला।

"काम बताने में।"

"हाँ, हमें मदद चाहिए।" हंसा बोला।

निरंजन चालाक नहीं था पर दुनिया से वह कुछ इस तरह कबड्डी खेल चुका था कि अब वह हमेशा, आदतन या तो ख़ुद कबड्डी-कबड्डी करता हुआ दुनिया के पाले में जाता या दुनिया का कोई खिलाड़ी कबड्डी-कबड्डी करता हुआ उसके पाले में घुस आता। जहाँ वह एकदम अकेला था। हार-जीत मानी नहीं रखते थे पर वह खेलते वक़्त हमेशा सतर्क हो जाता। यहाँ पिछले कुछ समय से वह मेरे साथ खेलना बंद कर चुका था। जब भी वह मेरे पलंग पर आता तो अपनी सतर्कता अपने पलंग पर छोड़कर आता था।

"भाग जाओ यहाँ से। कैसे भी।"

निरंजन मुस्कुराते हुए बोला। हंसा और मैं उसकी ओर आश्चर्य से देखने लगे।

"अरे! यह कोई क़ैद में है क्या ? हस्पताल में है। यहाँ से यह जब चाहे जा सकता है।"

हंसा निरंजन को जानता नहीं था सो वह सीधी बहस पर उतर आया। निरंजन ने उसकी तरफ़ देखा भी नहीं, वह मेरे जवाब का इंतज़ार कर रहा था।

"निरंजन, मैं ठीक नहीं हूँ। बाहर गया तो मारा जाऊँगा।"

निरंजन यह सुनते ही वापिस अपने पलंग पर चला गया और अपनी किताब पढ़ने लगा। हंसा अवाक्-सा निरंजन को देख रहा था। तभी निरंजन बोला- "तुम जानते हो मूँछें नहीं हैं! लोग कहते हैं कि मूँछें हैं। फिर मेरे जैसे कुछ और लोग तुम्हारी तरफ़ हो जाएँगे और तुम्हारे साथ कहेंगे कि मूँछें नहीं हैं जबकि लोग 'मूँछें हैं' का बयान देकर 'तुम ठीक नहीं हो' सिद्ध कर देंगे

और तुम यहीं पड़े रहोगे। इसमें मूँछें हैं कि नहीं हैं, हिंसा है। तुम देख लो।''

इस बात पर हंसा धीरे से मेरे क़रीब आया।

''क्या कह रहे हैं यह?''

''मैंने तुमसे कहा था कि तुम किसी काम से मुझसे मिलने आओ। लाओ मुझे एक पर्ची दो। मैं एक ज़रूरी काम तुम्हें दे देता हूँ।''

हंसा ने मुझे एक पर्ची निकालकर दी। तभी निरंजन फिर बोल पड़ा-

''कभी-का की तबियत नासाज़ है। पता नहीं कब एक मिनट आगे बढ़ेगा! तुम 'अभी-अभी' का पलंग छोड़ दोगे और यहाँ आ जाओगे। तुम जानते हो यह कितना ख़तरनाक हैं! तुम ठीक नहीं हो पर यहाँ इस पलंग पर आते ही सब ठीक है लगने लगेगा। फिर 'कभी-का' तक इसका कोई अंत नहीं है।''

''मैं ठीक होते ही यहाँ से चला जाऊँगा।'' मैंने कुछ ग़ुस्से में जवाब दिया। फिर पर्ची खोलकर सामने बैठ गया। क्या लिखूँ?

हंसा ने मेरा हाथ पकड़ा और कूँची से पड़े सफ़ेद निशान को देखने लगा।

''यह क्या हुआ है?''

''एक औरत आसमान बनाने आती है। इस बार वह बादल भी बना रही थी। मैंने उससे बात करनी चाही तो उसने बादल भरी कूँची से मुझपर वार किया। उसी का निशान है यह।''

''क्या! कब हुआ यह?''

''रात को। ठीक-ठीक याद नहीं कब।''

हंसा उस निशान पर अपना अँगूठा घुमाने लगा।

''यह मिट नहीं रहा है। मैंने बहुत कोशिश की है। रहने दो।''

पर हंसा नहीं माना। वह अँगूठे के बाद हथेली ज़ोर-ज़ोर से रगड़ने लगा। मेरे मुँह से चीख निकल आई। हंसा ने रगड़ना बंद कर दिया। वह निशान गुलाबी पड़ चुका था। तभी हंसा उठा और दाहिनी तरफ़ के दरवाज़े से प्रस्थान कर गया।

हंसा अचानक उठ गया था। निरंजन का सिर किताब में घुसा पड़ा था। मैं कोरी पर्ची और पेन लिए कोई महत्वपूर्ण काम के बारे में सोच रहा था।

इच्छा हुई कि पर्ची पर लिख दूँ, 'मैं ठीक नहीं हूँ।' या 'मूँछें हैं।' या 'दाहिना हिस्सा मेरे वश में नहीं है।' या 'नील नील नील' या 'नीला आसमान बादल हंस'।

तभी हंसा ने साबुन, एक मग्गा पानी और एक कपड़ा लिए बाएँ दरवाज़े से प्रवेश किया। मैं हंसा की इस चाल और इस गंभीरता को बख़ूबी पहचानता था। वह एक ज़रूरी काम में व्यस्त था।

''हंसा, मैंने अभी कोई काम नहीं लिखा है। यह पर्ची अभी कोरी है।''

पर हंसा को काम मिल चुका था। वह मेरा सफ़ेद दाग़ निकालने में जुट गया था।

''वह नहीं निकलेगा।'' निरंजन की आवाज़ आई। हंसा कुछ देर के लिए रुका।

''निकलेगा। निकल रहा है।''

हंसा फिर घिसने लगा। कुछ देर में उसने साबुन के झाग को पानी से धोया। दाग़ वैसे-का-वैसा था पर अब वह अपना गुलाबी रंग छोड़कर थोड़ा लाल हो गया था। छिट-पुट बूँदे ख़ून की भी उभरने लगी थीं। हंसा डर गया। उसने हार मान ली।

''तुम ठीक नहीं हो यह blessing है। तुम ठीक नहीं हो इसलिए मूँछें नहीं हैं। तुम ठीक नहीं हो क्योंकि तुम हो। तुम ठीक नहीं हो इसलिए भाग सकते हो। भाग जाओ।''

निरंजन मानो किताब का अंतिम पैराग्राफ़ पढ़ रहा था। हंसा पहली बार अपना काम नहीं कर पाया था। वह ग़ुस्से में उठ खड़ा हुआ।

''सुनो प्रयाग, तुम्हें जो भी काम करवाना है इस पर्ची पर लिख दो मैं उसे पूरा करूँगा। चाहे कुछ भी हो जाए।''

''मैं सोच रहा हूँ।''

''जल्दी करो।''

हंसा अपनी हार से हकबका-सा गया था। वह कमरे में घूमने लगा। निरंजन पीपल का पत्ता और किताब हाथ में लेकर मेरे पास आया।

''मैंने इसे पढ़ लिया। इसका अंत और इसकी शुरुआत ग़ायब है।''

''तो?''

"तुम पर्ची में लिखकर इसकी शुरुआत और अंत मँगा दो।"

निरंजन मिन्नतें करने लगा था। मैं मान गया। मुझे लगा मैं भी हंसा ही हूँ। मुझे भी 'ना' कहने की कला नहीं आती है। मैंने शायद आख़िरी बार 'ना' नील को कहा था।

"क्या लिखूँ? कौन-सी किताब है यह?"

"गोदो, वेटिंग फ़ॉर गोदो।'

"अरे! निरंजन गोदो का शुरुआत और अंत नहीं है।"

"है। होगा ही। ऐसा कैसे!"

"बेकेट (BECKETT) ने नहीं लिखा है।"

"ऐसा कैसे हो सकता है?"

"वह लिखना चाहता था।"

"मुझे इसकी शुरुआत और अंत चाहिए बस।"

"ठीक है मैं लिख देता हूँ, हंसा ले आएगा।"

मैंने लिख दिया, 'गोदो की शुरुआत और अंत चाहिए। महत्वपूर्ण है।' जैसे ही मैंने पर्ची लिखी, हंसा ने आकर उसे अपनी जेब में रख लिया।

"चलता हूँ। जल्द ही तुम्हारा काम पूरा होने पर मिलूँगा।"

यह कहकर हंसा प्रस्थान कर गया। उसके प्रस्थान करते ही ट्रे वाली नर्स ने बिना ट्रे के भागती हुई प्रवेश किया। वह सीधी 'कभी-का' के बिस्तर पर चली गई। 'कभी-का' के आदमी को उसने सीधा किया, उसके ऊपर चादर ढक दिया। तभी खट-खट-खट-खट की आवाज़ के साथ डॉक्टर ने प्रवेश किया। वह सीधा 'कभी-का' के बिस्तर के पास गया। कुछ देर की खुसुर-पुसुर के बाद बिना ट्रे वाली नर्स और डॉक्टर चले गए।

मेरी इच्छा थी कि मैं डॉक्टर से पूछूँ कि मुझे क्या हुआ है पर सब जगह इतना ख़ुफ़ियापन फैला हुआ था कि मेरी पूछने की हिम्मत नहीं हुई। मैं कमरे में एक अजीब-सा सन्नाटा महसूस कर सकता था। कुछ हुआ है। क्या है? निरंजन चश्मा पहने, छत पर बने हंस को घूर रहा था। मैंने भी उस हंस को देखा। वह हंस, बस उड़ने को था, जैसा अटका पड़ा था।

"एक मिनट आगे बढ़ रहा है।"

निरंजन ने हंस को देखते हुए बोला। मैं अपने बिस्तर पर लेट गया।

निरंजन बड़बड़ाता रहा।

"तुमने देर कर दी। अब तुम जल्द ही ठीक हो जाओगे। मैं हंसा का इंतज़ार करूँगा। वह जल्द कहानी की शुरुआत और अंत लेकर आएगा। मैं इंतज़ार करूँगा।"

मैं हंसा के बारे में सोचने लगा।

कुछ ही देर में कमरे में बहुत उठक-पटक होने लगी। चादरें बदली गईं। बिस्तर यहाँ-वहाँ हुए। निरंजन सामने के बिस्तर पर चला गया, मैं निरंजन के बिस्तर पर आ गया। 'कभी-का' के बिस्तर पर उसके पहले वाले बिस्तर वाला मरीज़ पहुँच गया। कुछ समय तक 'अभी-अभी' का बिस्तर ख़ाली पड़ा रहा फिर एक लड़का बेहोशी की हालत में वहाँ लाया गया। वह कई दिनों तक सोता रहा। उसे देखने बस उसकी बूढ़ी माँ धीरे-धीरे चलती हुई आती थी, उसकी बग़ल में बैठी रहती। उसके हाथों की रेखाओं को टटोलती रहती। उनमें कुछ ढूँढ़ती रहती।

जब उस लड़के को होश आया तो उसकी माँ उसके पास नहीं थी।

वह लड़का मुझे देखने से कतराता रहता। निरंजन के बिस्तर के पास अब एक खिड़की थी। वह घंटों खिड़की पर बैठा हुआ हंसा का इंतज़ार करता रहता।

मैं अब ठीक महसूस करने लगा था। मेरे शरीर का दाहिना हिस्सा वापिस मेरे वश में आने लगा था।

कूँची वाली औरत ने पूरे कमरे को आसमान बना दिया था। मैं इंतज़ार में था कि कब वह 'अभी-अभी उड़ने को' का दूसरा हंस बनाएगी।

दूसरा आदमी

मैं खाना बनाने की तैयारी करने लगा। पीछे से माँ ज़िद करने लगीं 'नहीं, खाना मैं बनाऊँगी'। इस युद्ध में जीत माँ की ही होनी थी पर मैं ज़िद करके टमाटर, प्याज़, हरी मिर्च काटने लगा।

"आप इतनी दूर से सफ़र करके आई हो। खाना आप ही बनाना, मैं बस तैयारी कर देता हूँ।"

माँ चुपचाप बालकनी में जाकर खड़ी हो गईं। उन्हें मुझे इस तरह देखने की आदत नहीं है। कई साल पहले जब वह मुझसे मिलने आती थीं तो अनु साथ होती थी। तब मैं शादीशुदा था। माँ अनु को बहुत पसंद करती थीं। शायद इतने साल माँ इसलिए मुझसे मिलने नहीं आईं।

"घर बहुत छोटा है, पर सुंदर है।" माँ ने कहा। मैं चुप रहा। सब काट लेने के बाद मैं भी बालकनी में जाकर खड़ा हो गया। पीछे जंगल था। हरियाली दिखती थी। माँ कुछ और तलाश रही थीं। उनकी निगाहें कहीं दूर किसी हरे कोने से जिरह कर रही थीं। मैं बग़ल में आकर खड़ा हो गया, इसकी उन्हें सुध भी नहीं लगी। माँ लंबाई में बहुत छोटी थीं, मेरे कंधे के भी

नीचे कहीं उनका सिर आता था। मेरा भाई और मैं मज़ाक़ में कहा करते थे कि अच्छा हुआ हमारी हाइट माँ पर नहीं गई, नहीं तो हम bonsai human लगते। माँ की आँखों के नीचे कालापन बहुत बढ़ गया था। वह बहुत बूढ़ी लग रही थीं। क्या मैं रोक सकता हूँ कुछ? उनका बूढ़ा होना न सही पर उनके आँखों के नीचे का कालापन, वह? पता नहीं कितनी सारी चीज़ें हैं जिनका हम कुछ भी नहीं कर सकते। बस मूक दर्शक बन देख सकते हैं। सब होता हुआ। सब घटता हुआ, धीरे-धीरे। मेरी इच्छा हो रही थी माँ के गालों पर हाथ फेर दूँ। उनकी झूल चुकी त्वचा को सहला दूँ। कह दूँ कि मुझसे नहीं हो सका माँ, कुछ भी नहीं। पर इस पूरी प्रक्रिया में वह रो देतीं और मैं यह क़तई नहीं चाहता था। पिछले कुछ सालों में मैंने माँ के साथ अपने सारे संवादों में 'मैं ख़ुश हूँ' की चाशनी घोली है। उन्हें मेरे अकेलेपन, ख़ालीपन की भनक भी नहीं लगने दी, जिसकी अब मुझे आदत हो गई है। अब लगता है कि इस ख़ालीपन, अकेलेपन के बिना मैं जी ही नहीं सकता हूँ।

"इस बालकनी में तुम कुछ गमले क्यों नहीं लगा लेते?" इस बीच माँ की आवाज़ कहाँ से आई मुझे पता ही नहीं चला। उनके बूढ़े झुर्रियों वाले गाल बस हल्के से हिले थे। वह अभी भी मुझे नहीं देख रही थीं।

"इच्छा तो मेरी भी है पर यह किराये का घर है, पता नहीं कब बदलना पड़े और यूँ भी मेरा भरोसा कहाँ है! कभी ज़्यादा दिन के लिए कहीं चला गया तो...।"

माँ मेरे आधे वाक्य में भीतर चली गईं। मेरे शब्द टूटे, झड़ने लगे, गिर पड़े और मैं चुप हो गया। माँ ने ख़ुद को खाना बनाने में व्यस्त कर लिया।

मेरे और माँ के बीच संवाद बहुत कम होते गए थे। पहले ऐसा नहीं था, पहले हम दोनों के बीच ठीक-ठीक बातचीत हो जाती थी और विषय भी एक ही था हमारे पास- अनु। पर अब उन्हें लगता है कि मैं अनु की बात करके इसे दुखी कर दूँगी। अगर ग़लती से मैं अनु की बात निकाल लेता तो वह कुछ ही देर में विषय बदल देतीं। इन बीते सालों में माँ ख़ूब सारी बातों का रटा-रटाया-सा पुलिंदा लिए मुझसे फ़ोन पर बात करती थीं। फिर बीच में बातों के तार टूट जाते या पुलिंदा ख़ाली हो जाता तो हम दोनों चुप हो जाते। बात ख़त्म नहीं हुई है मैं जानता था, वह कुछ और पूछना चाहती हैं। कहना

चाहती हैं। कुछ देर मैं उनकी साँसें सुनता और वह धीरे से बिना कुछ कहे फ़ोन काट देतीं। धीरे-धीरे हमारा फ़ोन पर बात करना बंद हो गया। मैं कभी फ़ोन करता तो वह जल्दी-जल्दी बात करतीं मानो बहुत व्यस्त हों। इस बीच वह मुझे ख़त लिखने लगी थीं। शुरू में जब ख़त मिलते तो मैं डर जाता। पता नहीं क्या लिखा होगा इनमें! पर अजीब बात थी कि वह सारे ख़त मेरे बचपन के क़िस्सों से भरे हुए थे। कुछ क़िस्से इतने छोटे कि उनके कुछ मानी ही न हों। उन ख़तों के जवाब मैंने कभी भी नहीं दिए। मैंने बहुत कोशिश की पर जब भी पेन उठाता तो मुझे सब कुछ इतना बनावटी लगने लगता कि मैं पेन वापिस रख देता। मैं अधिकतर ख़तों में भटक जाता था या कभी-कभी कुछ इतनी गंभीर बात लिख देता था कि उसे संभालने में ही पूरा-का-पूरा ख़त भर जाता। वह ख़तों में मेरे बचपन के आगे नहीं बढ़ती थीं। बचपन के बाद जवानी थी जिसमें मैं अकेला नहीं था, वहाँ अनु मेरे साथ थी। इसलिए वे ख़त कभी लिखे नहीं गए।

खाना खाते वक़्त हम दोनों चुप थे। माँ ने टमाटर की चटनी बनाई थी जो मुझे बहुत पसंद थी। जब भी माँ खाना खाती हैं तो उनके मुँह से खाना चबाने की आवाज़ आती है, करच-करच। मुझे शुरू से यह आवाज़ बहुत पसंद थी। मैंने कई बार माँ की तरह खाने की कोशिश की पर वह आवाज़ मेरे पास से कभी नहीं आई।

"क्या हुआ, मुस्कुरा क्यों रहे हो?"

वह मुझे देख रही थीं मुझे पता ही नहीं चला। मैं उस आवाज़ के बारे में उनसे कहना चाहता था पर यह मैं पहले भी उनसे कह चुका हूँ, सो चुप रहा।

खाना खाने के बाद मेरे दोस्त रिषभ का फ़ोन आया। मैं उसके साथ कॉफ़ी पीने चला गया। रिषभ जानता था माँ आ रही हैं। हमारे दोस्तों के बीच यह बहुत प्रचलित था। जब रिषभ के माँ-बाप शहर आए हुए हों तो हमारी ज़िम्मेदारी होती थी उसे घर से बाहर निकालने की। वह बाहर आते ही लंबी गहरी साँस लेता और कहता, "ओह! मैं तो मर ही जाता अगर तुम्हारा फ़ोन नहीं आता तो।"

coffee shop में जैसे ही रिषभ ने मुझे देखा वह हँसने लगा।

"बचा लिया बच्चू।" मैंने खीसें निपोर दी। उसने कॉफ़ी आर्डर की,

और मेरे सामने आकर बैठ गया।

"क्या, बचा लिया तुझे?"

इस बार उसने प्रश्न पूछा। क्या जवाब हो सकता है इसका! मैं फिर मुस्कुरा दिया और सोचने लगा किससे बचा लिया, माँ से? उनके मौन से? उन बातों से जो माँ से आँखें मिलते ही हम दोनों के भीतर रिसने लगती थीं? या फिर ख़ुद से?

"मैंने मेघा को भी बुला लिया। वह भी आती होगी।"

"क्यों। मेघा को क्यों बुला लिया?"

"अरे यूँ ही। उसका फ़ोन आया था। वह तेरे बारे में पूछ रही थी।"

"मैं ज़्यादा देर रुक नहीं पाऊँगा। माँ अकेली हैं।"

माँ अकेली हैं कहने के बाद ही मुझे लगा, हाँ, माँ बहुत अकेली हैं। इच्छा हुई कि अभी इसी वक़्त वापिस चला जाऊँ। पर मैं बैठा रहा।

"उसने कहा, उसने तुझे फ़ोन किया था पर तूने उठाया नहीं?"

"हाँ! मैं व्यस्त था।"

"कैसी हैं माँ?"

"अच्छी हैं।"

"यार सुन, चली जाएँगी माँ कुछ दिनों में। इतना परेशान होने की ज़रूरत नहीं है।"

"नहीं, मैं परेशान नहीं हूँ। सब ठीक है। थैंक गॉड तूने फ़ोन कर दिया। अभी अच्छा लग रहा है।"

यह सुनते ही रिषभ ख़ुश हो गया। जो वह सुनना चाहता था मैंने कह दिया था। तभी किसी ने मेरे कंधे पर हाथ रखा। मैं उसकी तरफ़ मुड़ा ही था कि वह मेरे गले लग गई। कुछ इस तरह कि 'मैं तुम्हारा दुःख समझती हूँ'। मैं समझ गया यह मेघा ही है। वह कुछ देर तक मेरे गले लगी रही। मैं थोड़ा असहज होने लगा था। तभी वह मेरी पीठ पर हाथ फेरने लगी। मुझे ऐसी सांत्वनाओं से हमेशा घृणा रही है। मैंने तुरंत मेघा को अलग कर दिया। वह मेरी बग़ल में बैठ गई और बैठते ही उसने भरे-गले से पूछा- "कैसे हो?"

मेरी इच्छा हुई कि अभी इसी वक़्त यहाँ से भाग जाऊँ।

"कॉफ़ी पियोगी?"

यह कहते ही मैं उठने लगा। तभी रिषभ, The Matchmaker बोला-

"तुम लोग बैठो। मैं लेकर आता हूँ कॉफ़ी।"

रिषभ के जाते ही मेघा ने अपना हाथ मेरे हाथ पर रख दिया।

"मैंने तुम्हें फ़ोन किया था।"

"हाँ, sorry मैं बिज़ी था।"

"Yeah. I understand."

"मैं यहाँ ज़्यादा रुक नहीं पाऊँगा। माँ घर में अकेली होंगी।"

"तुम चाहो तो मैं तुम्हारे साथ आ सकती हूँ।"

"no, thank you."

मुझे पता है रिषभ कॉफ़ी लेकर जल्दी नहीं आएगा। वह हम दोनों को अकेले समय देना चाहता है। मेघा बहुत अच्छी लड़की है पर उसमें मातृत्व इतना भरा हुआ है कि वह मुझे असहज कर देती है। रिषभ के हिसाब से वह मेरा ख़्याल रखती है, जबकि मेरे हिसाब से वह उन महिलाओं में से है जो दूसरों के दुःख की साथी होती हैं। उन्हें इस काम में बड़ा मज़ा आता है। दूसरों के दुःख में एक सच्चे दोस्त की हैसियत से भागीदारी निभाना। मेघा जब भी मुझे देखती है मुझे लगता है कि वह मेरे चेहरे में दुःख की लकीरें तलाश कर रही है। उसके साथ थोड़ी देर रहने के बाद मैं सच में दुखी हो जाता हूँ। रिषभ के कॉफ़ी लाते ही मैं उठ गया। रिषभ मना करता रहा पर मैं नहीं माना। जाते-जाते मेघा ने बहुत गंभीर आवाज़ में मुझसे कहाँ कि 'you know I am just a phone call away.' मैंने हाँ में सिर हिलाया और लगभग भागता हुआ अपने घर चला गया।

मेरी कभी-कभी इच्छा होती थी कि मैं झंझोड़ दूँ या पुरानी घड़ी की तरह माँ और मेरे बीच के संबंध को नीचे ज़मीन पर दे मारूँ और यह संबंध फिर से पहले जैसा काम करना शुरू कर दे। बीच में बीते हुए सालों को रबर लेकर मिटा दूँ। घिस दूँ, कोई भी निशान न रहे। मैं सब भूलना चाहता हूँ पर माँ भूलने नहीं देतीं। शायद माँ भी सब भूलना चाहती हैं पर मेरे अगल-बग़ल के रिक्त स्थान में उन्हें बार-बार अनु का न होना दिख जाता होगा।

अनु यहीं है, इसी शहर में। अगर वह किसी दूसरे शहर में होती या

दिल्ली में, अपनी माँ के पास चली जाती तो शायद सबकुछ थोड़ा सरल होता। माँ अभी भी आशा रखती हैं कि सबकुछ पहले जैसा हो सकता है। जीवन कितनी तेज़ी से आगे बढ़ जाता है पता ही नहीं चलता। माँ बहुत पुराना जी रही हैं। नया उन्हें कुछ भी नहीं पता। उन्हें नहीं पता कि अनु अब किसी और के साथ रहने लगी है। वह उससे जल्द शादी करने वाली है। हमारा लिखित, क़ानूनन तलाक़ हो चुका है, जिसके पेपर मैंने न जाने क्यों अपने ज़रूरी काग़ज़ातों के बीच संभालकर रखे हैं। मैं कभी-कभी उसे अकेले में खोलकर पढ़ लिया करता था। पूरा। शुरू से आख़िर तक। हमेशा मुझे आश्चर्य होता था कि एक निजी संबंध को अलग करने में कितने सरकारी मरे हुए शब्दों का प्रयोग किया जाता है। मुझे हमेशा वह petition एक कहानी की तरह लगता था।

मैंने दरवाज़ा खोला तो माँ सतर्क हो गईं। मैंने देखा उनके हाथ में मेरी डायरी है। कुछ सालों से मुझे डायरी लिखने की आदत-सी लग गई थी। उसमें मैं दुख, पीड़ा, दिनभर की गतिविधियाँ नहीं लिखता था। उसमें मैं आश्चर्यों को लिखता था। छोटे आश्चर्य। जैसे आज एक लाल गर्दन वाली चिड़िया बालकनी में आई। मैं उसके ठीक पास जाकर खड़ा हो गया पर वह उड़ी नहीं, वह मुझे बहुत देर तक देखती रही या आज चाय में मैंने शक्कर की जगह नमक डाल दिया। माँ ने मुझे देखते ही वह डायरी फ्रिज़ के ऊपर ऐसे रख दी मानो सफ़ाई करते हुए उन्हें वह नीचे पड़ी मिली हो।

"रात को क्या खाओगे?" माँ ने तुरंत बात बदल दी। मैंने डायरी को अलमीरा के भीतर, अपने कपड़ों के नीचे दबा दिया।

"आज कहीं बाहर चलकर डिनर करें?"

"कहाँ जाएँगे?"

"बहुत-सी जगह हैं। चलिए ना, मैंने भी बहुत दिनों से बाहर खाना नहीं खाया है।"

"ठीक है।"

माँ को बाहर होटल में खाने में बहुत मज़ा आता था। जब भी वह बहुत ख़ुश होती थीं तो कहती थीं, "चलो, आज बाहर खाना खाते हैं"। एक बार अनु और मैं उन्हें सिज़लर खिलाने ले गए थे। उन्हें सिज़लर खाता देखते हुए

हम दोनों की हँसी रुक ही नहीं रही थी।

हम दोनों एक साउथ इंडियन रेस्टोरेंट में जाकर बैठ गए। मैंने स्पेशल थाली आर्डर की और माँ ने रेग्युलर। मुझे बहुत भूख लग रही थी, सो मैं थाली आते ही खाने पर टूट पड़ा। माँ बहुत धीरे-धीरे खा रही थीं। कुछ देर में उन्होंने खाना बंद कर दिया।

''खाना ठीक नहीं लगा क्या?'' मैंने खाते हुए पूछा।

''मन खट्टा है। स्वाद कहाँ से आएगा!''

मेरा भी खाना बंद हो गया। जिन बातों के ज़ख़्म हमने घर में दबा के रखे थे, मुझे लगा वे यहाँ फूट पड़ेंगे।

''क्या हुआ?'' मैं पूछना चाहता था पर मैं चुप रहा। माँ पानी पीने लगीं। मेरी भूख अभी ख़त्म नहीं हुई थी पर एक भी निवाला और खाना मेरे वश में नहीं था।

''भाई कैसा है?''

माँ ने इसका कोई जवाब नहीं दिया। भाई और मेरी बातचीत बहुत पहले बंद हो चुकी है। मेरे अकेले रह जाने का ज़िम्मेदार वह मुझे ही मानता है। माँ उसी के साथ रहती हैं। उसने माँ को भी मना कर रखा था मुझसे मिलने के लिए। अब शायद उसका ग़ुस्सा भी शांत हो गया होगा और उसने माँ से कहा होगा कि जाओ देख आओ अपने लाडले को। और माँ भागती हुई सब ठीक करने चली आईं।

''अजीब-सा बनाया है आपने यह। कोई स्वाद ही नहीं है।''

मैंने वेटर को बुला के फटकारा। वह दोनों थालियाँ उठाकर ले गया।

''माँ, चलो आइसक्रीम खाते हैं।''

''मुझे कुछ भी नहीं खाना है। कुछ भी नहीं। चल घर चलते हैं।''

मैंने बिल चुकाया और हम दोनों घर वापिस आ गए।

माँ ने मेरा हाथ पकड़ा और वह मुझे लेकर बालकनी में चली आईं। वह हमेशा ऐसा ही करती थीं। जब भी कोई ज़रूरी बात हो वह हाथ पकड़कर, अलग ले जाकर बात कहती थीं पर यहाँ तो कोई भी नहीं था। शायद बात ज़्यादा ज़रूरी होगी।

''अब तू क्या करेगा?''

"कुछ भी नहीं माँ। मैं क्या कर सकता हूँ!"

"तू एक बार उसे फ़ोन तो कर लेता!"

"नहीं, उसने मना किया है।"

"क्या, क्यों? तू उसका पति है। तू फ़ोन भी नहीं कर सकता है क्या?"

माँ की आवाज़ थोड़ी ऊँची हो गई। मैं चुप ही रहा।

"तू बहुत ज़िद्दी है। यह ठीक नहीं है। कभी-कभी तुझे जो अच्छा न लगे वह भी तुझे करना चाहिए। कभी तो अपने अलावा किसी और के बारे में सोच। तू हमेशा, हर जगह महत्वपूर्ण नहीं है।"

"माँ इस संबंध को अब नहीं बचाया जा सकता है।"

"अगर तू चाहे तो सब हो सकता है।"

"अब वह समय निकल चुका है। यूँ मेरे हाथ में कुछ था भी नहीं।"

"क्या मतलब समय निकल चुका है?"

"जैसे आप यह सब होता हुआ देख रही हैं वैसे ही मैं भी यह सब होता हुआ देख ही रहा हूँ।"

"तू सीधे-सीधे क्यों नहीं बात करता है?"

क्या सीधे-सीधे बात की जा सकती थी? शायद मैं सीधे-सीधे बात कर सकता पर उन सीधी बातों के शब्द इतने नुकीले थे कि वह मेरे कंठ में कहीं अटक जाते, चुभने लगते। मैं सब कुछ सीधा ही कहना चाहता पर उस चुभन के कारण बाहर अर्थ बदल जाते। मैं अब सीधी बात नहीं कह सकता हूँ। मैं बालकनी से निकलकर भीतर चला आया। माँ वहीं खड़ी रहीं। मैं जानता हूँ इस वक़्त माँ मेरी बातों के ताने-बाने से अर्थ निकालने में जुटी होंगी। फिर उन अर्थों के बहुत से सवाल होंगे और उन सवालों के जवाब फिर मेरे कंठ में चुभेंगे और इस बार मैं चुप रहूँगा।

क्या हुआ था मेरे और अनु के बीच?

अब मैं उसके बारे में सोचता हूँ तो मुझे हँसी आ जाती है।

हम दोनों एक लंबी सैर के लिए निकले थे। मैं अपना वॉलेट घर पर भूल गया। उसने कहाँ, "क्यों चाहिए तुम्हें वालेट? तुम्हारे पास कभी पैसे तो होते नहीं है।" पर मैं वापिस घर चला गया अपना वॉलेट लेने। जब मैं

वापिस आया तो वह वहाँ पर नहीं थी। वह चली गई थी। मैंने उसे फ़ोन किया, "कहाँ चली गई?" उसने कहा, "आती हूँ।" वह बस आने ही वाली थी और मैं इंतज़ार नहीं कर रहा था। जब मैंने इंतज़ार करना शुरू किया, वह वापिस नहीं आई।

माँ बहुत देर बाद वापिस कमरे में आईं। मैं दोनों के बिस्तर लगा चुका था। माँ ने हाथ-मुँह धोए, अपने बैग से सुंदरकांड की छोटी-सी किताब निकाली और उसका पाठ करने लगीं। मैं अपने बिस्तर पर लेट गया। बचपन से ही मुझे माँ के मुँह से सुंदरकांड सुनने की आदत है। कुछ देर में मुझे झपकी आने लगी। कब आँख लग गई पता ही नहीं चला। अचानक मुझे आवाज़ सुनाई दी-

"बेटा...बेटा..।"

मैं थोड़ा हड़बड़ाकर उठा। माँ मेरी बग़ल में बैठी थीं।

"क्या हुआ माँ?"

"तेरी कमर में दर्द रहता है ना, तेरी गर्म तेल से मालिश कर देती हूँ।"

मैंने देखा माँ के हाथ में एक कटोरी है।

"कितना बज रहा है?"

"तू सो जा ना। मैं मालिश करती रहूँगी।"

"माँ मेरी कमर ठीक है बिल्कुल। कुछ नहीं हुआ है।"

"मुझे सब पता है। तू पलट जा, चल।"

मैं पलट गया और माँ मेरी कमर की मालिश करने लगीं। मालिश के दौरान मैं माँ को कहता रहा, "बस..बस.. हो गया।" पर माँ नहीं मानी।

मैं उठकर बैठ गया।

"क्या हो गया बेटा?"

"बाथरूम से आता हूँ।"

मैं बाथरूम में जाकर थोड़ी देर बैठ गया। माँ मेरी मालिश नहीं कर रही थीं वह अपने उस बेटे को छू रही थीं जिसे उन्होंने बचपन में अपना दूध पिलाया है, नहलाया-धुलाया है। जिसे उन्होंने अपने सामने बड़ा होते देखा था। मैं वह नहीं हूँ। मैं बड़ा होते ही दूसरा आदमी हो चुका हूँ। बचपन मेरे सामने एक खिलौने की तरह आता है जिससे मैं खेल चुका हूँ। मेरे घर में

वह खिलौना अब सजावट की चीज़ भी नहीं बन सकता है।

मैंने मुँह पर कुछ पानी मारा। बाहर आया तो देखा माँ अपने बिस्तर पर लेट चुकी हैं।

''लाइट बंद कर दूँ?''

''हम्म..''

मैंने लाइट बंद कर दी। धीरे से अपने बिस्तर में घुस गया। कुछ करवटों के बाद अचानक माँ की आवाज़ आई।

''बेटा कल मेरा रिज़र्वेशन करा देना।''

''कुछ दिन रुक जाओ।''

''नहीं, तेरे भाई ने जल्दी आने को कहा था।''

''ठीक है।''

मौन। सन्नाटा। कुछ करवटों की खरखराहट। फिर मौन और अंत में नींद।

गुणा-भाग

अपने घर को क़रीब मैं बीस बार फिर से जमा चुका हूँ, फिर भी लगता है कि कहीं कुछ पूरा नहीं है। अब पिछले पंद्रह मिनट से इस खिड़की के पर्दे को लेकर परेशान रहा हूँ।

इसे लगा ही रहने दूँ या खुला छोड़ दूँ? खुला ही रखता हूँ।

आज तीन साल बाद, वंदना मुझसे मिलने आ रही है। अच्छा ही है कि वह अकेली आ रही है, ऋषि उसके साथ नहीं है। वह बता रही थी, उसने अपने बाल कटवा लिए हैं।

कैसी दिखती होगी, छोटे बालों में? सात साल हम लोग साथ रहे हैं। इन तीन सालों में वह कितना बदल गई होगी? अपनी सारी पुरानी पेंटिंग मैंने छुपा ली हैं, सिर्फ़ एक पेंटिंग बाहर रखी है जो उसे बहुत पसंद थी। सोचता हूँ, ये उसे दे दूँगा। आज इतने सालों बाद वह मिल रही है। कुछ तो देना ही चाहिए ना! उसके लिए मैंने कढ़ी-चावल बनाए हैं। उसे बहुत अच्छे लगते थे पर साथ में आलू-गोभी की सूखी सब्ज़ी भी बनाई है। यह डर के कारण बनाई है।

पता नहीं कितना बदल गई होगी! पर्दा बंद कर देता हूँ बहुत ज़्यादा रोशनी अंदर आ रही है। नहीं, ये तो काफ़ी अँधेरा हो गया, थोड़ा खुला रखता हूँ।

कल उसका फ़ोन आया था। मुझे अजीब लगा, तीन दिन से वह इसी शहर में है। तीन दिन बाद उसने मुझे फ़ोन किया है। शायद व्यस्त होगी। पता नहीं, बहुत काम करती है। कह रही थी, बस थोड़ी ही देर के लिए आएगी। मेरे बहुत ज़िद करने पर वह डिनर के लिए तैयार हो गई। early dinner. कहने लगी, डिनर के टाइम पर आऊँगी और चली जाऊँगी। यह शायद किसी संबंध के अंत के लिए ज़रूरी होता है। आख़िरी बार हम लोगों ने यहीं इसी कमरे में डिनर साथ में किया था। यहीं वो मेरे सामने ही बैठी थी, चुपचाप और आज तीन साल बाद हम यहीं साथ में डिनर करेंगे। इन तीन सालों में मैंने तुम्हें जितना अकेले जिया है और जितना तुमने मुझे याद किया है, हम वो सब एक-दूसरे को वापस दे देंगे और फिर हमारे संबंध में 'है' के सारे निशान मिट जाएँगे।

मुझे आज भी वह रात याद है। आख़िरी बार हम दोनों डिनर साथ कर रहे थे। तुम खाना खा चुकी थी और मेरी थाली में सिर्फ़ आधी रोटी पड़ी थी, बिना दाल बिना सब्ज़ी के।

मैं चोर निगाहों से बार-बार तुम्हें देख रहा था और तुम थाली में पता नहीं कौन-सा चित्र बना रही थी। खाना खाने के बाद जब भी तुम थाली में अपनी उँगलियों से चित्र बनाती हो तो पता नहीं क्यों मैं बादलों के बारे में सोचता हूँ। शायद तुम्हें पता नहीं कि तुम थाली में अपनी उँगलियों से क्या बना रही हो पर मैं उन बादलों को देख रहा हूँ, जिन्हें कभी तुम घना कर देती हो तो कभी एक भी बादल तुम्हारी थाली में नहीं होता। तभी तुमने गहरी साँस भीतर ली और उसे छोड़ दी। 'चुप ही रहूँ या कुछ कह दूँ' जैसे विचारों के बहुत से हाथी और खरगोश बादलों में बनते-बिगड़ते रहते हैं। फिर थोड़ी देर में तुमने अपनी उँगली हटा दी। उन बादलों को अकेला छोड़ दिया और थाली के किनारों को ज़ोर-ज़ोर से रगड़ने लगी। जैसे जो बादल अभी-अभी तुमने बनाए थे वो बस बरसने ही वाले हैं तभी एक बूँद थाली में आकर गिरी और सारे के सारे बादल आकर भीग गए।

मुझे उस बूँद के गिरते ही एक सिसकी सुनाई दी। पर मैं काफ़ी देर तक कुछ नहीं बोला। मैंने अपने हाथों से इशारा किया पर वो मुझे देख ही नहीं रही थी। तो थोड़ी देर बाद मुझे कहना पड़ा-

"पानी पी लो।"

मैं यह वाक्य काफ़ी देर से अपने मन में दोहरा रहा था। मेरी आवाज़ सुनते ही मुझे लगा मैंने वो तार काट दिया है जिसकी वजह से हम दोनों यहाँ बँधे बैठे थे। उसने पानी नहीं पिया, उसने अपनी थाली उठाई और भीतर चली गई। उसके जाते ही मैं अचानक हल्का महसूस करने लगा। मैं काफ़ी देर से हिला भी नहीं था। एक ही जैसा बैठे रहने में मेरा जोड़-जोड़ दर्द कर रहा था।

"शिव, मैं अब अलग रहना चाहती हूँ।"

चुप्पी इसी वाक्य से शुरू हुई थी। इस बीच मेरी इच्छा हुई थी कि चिल्लाकर कह दूँ-

"तुम पागल हो गई हो!"

"यह क्या कह रही हो?"

"देखो मैं..."

पर मैं कुछ कह नहीं पाया। फिर मेरी इच्छा हुई कि कम-से-कम एक सिगरेट ही पी लूँ। पर मैंने नहीं पी। ऐसे समय आपको वो सब कुछ करने की इच्छा होती है, जिसे उस चुप्पी ने बाँधे रखा हो और ऐसे ही समय आपको अपने नाम से नफ़रत होने लगती है। काश! ये 'शिव' मेरा नाम नहीं होता तो वो किसी और से कह रही होती। 'शिव, मैं अब अलग रहना चाहती हूँ।' मैं जब तुम्हारी थाली में उन बादलों को देख रहा था, तुम्हारे साथ बिताए कितने साल उन बादलों में मुझे फिर से दिखे। मैंने उन्हें फिर से चखा। तुम्हारे अलग रहने की घोषणा को छोड़कर बाक़ी सब कितना स्वादिष्ट था!

मुझे पता नहीं क्यों इस पर्दे से नफ़रत हो रही है, इसे निकाल दूँ क्या? साफ़ दिख रहा है कि ये मैंने आज ही ख़रीदकर लगाए हैं। पर अब जो है, सो है।

मुझे हमारी पहली मुलाक़ात याद है। मतलब, पहली प्रेम मुलाक़ात। ICH (Indian Coffee House) में हम दोनों बैठे थे। मुझे डर था कि

मेरी पहचान का कोई यहाँ न आ जाए। क्योंकि ICH हमारा अड्डा था। पर हम अड्डेबाज़ रोज़ शाम को मिला करते थे।

ICH के वेटर भी काफ़ी हैरान थे, क्योंकि उन्होंने पहली बार मुझे किसी लड़की के साथ यूँ अकेले बैठा देखा था। मैं सिगरेट पिए जा रहा था और तुम ख़ाली कॉफ़ी के कप के साथ खेल रही थी। मैं तुम्हारी उँगलियों को देख रहा था और तुम पता नहीं क्या सोच रही थी।

'तुम्हारे जीवन में किसी एक छोटी जगह के एक कोने को, क्या मैं अपने तरीक़े से सजा सकती हूँ।'

मैं तुम्हारी उँगलियों को देखकर बता सकता हूँ कि तुमने मन में ये सोचा होगा, जब तुमने अंत में सिर्फ़ ये कहा– "मुझे घर सजाना अच्छा लगता है।"

फिर तुम कुछ माचिस की तीलियों से कुछ घर जैसा बनाने लगी। सच, मुझे कुछ और कहना था। मुझे पता था, तुम्हारे जाने का समय हो रहा है। मैं कहना चाह रहा था कि थोड़ी देर और रुक जाओ। सिर्फ़ तब तक, जब तक इन माचिस की तीलियों का घर पूरा न बन जाए। पर मैंने कहा–

"तुम्हें देर तो नहीं हो रही ?" तुमने तुरंत अपनी उँगलियों से घर बिखेर दिया।

"हाँ, मुझे चलना चाहिए।"

"कल ?"

"कल, मैं कोशिश करूँगी।"

"ठीक है।"

अब तुम अपना पर्स उठाओगी, एक बार मुझे देखकर मुस्कुराओगी और चली जाओगी। मैं काफ़ी देर यहीं बैठा रहूँगा। इन्हीं बिखरी हुई तीलियों के साथ और सोचता रहूँगा उस घर के बारे में जो इन तीलियों से बन सकता था।

वंदना ठीक कहती थी, मुझे सच में रंगों का ज्ञान नहीं है। मतलब पेंटर होकर रंगों का ज्ञान नहीं है। अब ये नीली दीवारों के घर में, कोई अपनी खिड़की पर लाल पर्दे कैसे लगा सकता है ? पुराने पर्दे ही ठीक हैं, सोचा था नये पर्दे लगाऊँगा तो उसे लगेगा कुछ बदल गया है। पर मुझे नहीं लगता, कुछ बदला है। पुराने पर्दे ज़्यादा ठीक हैं, उन्हें ही लगाता हूँ।

उसके साथ जिए हुए दिनों को जब याद करता हूँ तो लगता है जैसे कल ही की बात है। वो मेरे भीतर इस क़दर ज़िंदा है। मुझे हमेशा एक बात पर आश्चर्य होता है। मैं उससे पूछना चाहता था पर कभी पूछ नहीं पाया और अब शायद पूछ भी नहीं सकता हूँ। पर मैं सच में जानना चाहता था कि इतने सारे लड़कों में उसने मुझे ही क्यों चुना। शायद ये उसके लिए बचकानी बात हो, पर मेरे लिए इसी बात ने सब कुछ बदल दिया था। ICH में सिगरेट के कश के साथ, दुनिया बदल देने वाली बातें फीकी लगने लगी थीं। अपनी पेंटिंग मुझे बचकानी लगने लगी थी। मैं अब पेंटिंग नहीं, प्रेम कविताएँ लिखना चाहता था। बस इंतज़ार करता था उन दुपहरों का जब वो मुझसे मिला करती थी। क्या था ये पहला प्रेम, पहला सेक्स या तुम्हारी उँगलियाँ, जो कहानियाँ कहती थीं।

'शिव, मैं अलग रहना चाहती हूँ।' काश! मैंने उससे शादी कर ली होती तब वो मुझसे कहती, "शिव, मैं तुमसे तलाक़ चाहती हूँ।" और ये कहना 'अलग रहना चाहती हूँ' से ज़्यादा कठिन होता। जब वो अपनी थाली लेकर भीतर चली गई थी, तब मैं अपनी थाली में पड़ी हुई आधी रोटी को देख रहा था। एक अजीब-सा ख़्याल आया। आधा जीवन जी चुका हूँ, आधा पड़ा हुआ है। बिना सब्ज़ी, बिना दाल के अकेला। जिसे कोई खाना नहीं चाहता। वो शायद भीतर बेडरूम में जाकर रो रही होगी या अपनी थाली रखने के बाद किचन में ही खड़ी होगी। पता नहीं। अगर मैं थाली रखने किचन में गया और वो वहाँ मुझे खड़ी मिली तो बात उसे ही शुरू करनी पड़ेगी। चूँकि मैं किचन में थाली रखने आया हूँ और जा भी सकता हूँ। पर अगर वो भीतर बेडरूम में चली गई होगी तो बात मुझे ही शुरू करनी पड़ेगी क्योंकि उसके घेरे में प्रवेश करने के बाद मैं बिना बात के नहीं जा सकता हूँ। ये कुछ अजीब से नियम हैं, जिनका गणित पूरे समय मेरे दिमाग़ में गुणा-भाग कर रहा होता है।

किचन में तुम नहीं थी। सो, मैंने थाली रखी और भीतर तुम्हारे घेरे में प्रवेश कर लिया।

मेरे पैर कुछ ढीले पड़ने लगे थे। तुम दूसरी तरफ़ करवट लिए लेटी थी। ये एक तरीक़े की घोषणा थी कि मैं तुमसे बात नहीं करना चाहती। पर ये सवाल मेरे जीवन का था, सो मेरा बात करना बहुत ज़रूरी था। पर मैं वहीं खड़ा रहा। मेरे पैर आगे बढ़ने का नाम ही नहीं ले रहे थे। तभी मेरी निगाह

अपने बेडरूम पर गई। इस पूरे बेडरूम में, बेडरूम की हर चीज़ों पर तुम्हारे हाथों के निशान देखे जा सकते हैं। फिर एक गणित जैसा ख़्याल मेरे मन में आया कि अगर कोर्ट में मुझे सिद्ध करना हो कि 'ये बेडरूम जितना तुम्हारा है, उतना ही मेरा भी है', तो कैसे सिद्ध करूँगा? अगर इस बेडरूम से मैं सिगरेट का पैकेट हटा लूँ तो यहाँ ऐसा कुछ भी नहीं है, जो मेरा किया हुआ है। सिवाय एक बच्ची की पेंटिंग के जिससे तुम नफ़रत करती हो।

मुझे लगने लगा, मेरे शरीर के साथ-साथ इस पूरे बेडरूम का बोझ भी मेरे पैरों पर ही है। अचानक मेरे घुटने ढीले पड़ गए, पैर उठाने की हिम्मत नहीं थी। सो, मैं अजीब-सा हाथों के बल, घिसटता हुआ जैसे-तैसे पलंग तक पहुँच गया। वंदना, मेरी बग़ल में दूसरी तरफ़ करवट किए लेटी थी। मैं उससे उसके घेरे के भीतर, उसके इलाक़े में, उससे बात करने आया हूँ।

पर क्या बात? ये किसी केस में जज के फ़ैसला सुना देने के बाद की जिरह जैसा है। केस close हो चुका है, फ़ैसला सुनाया जा चुका है, आजीवन सज़ा हो चुकी है।

'अब बहस कैसी?' 'बात कैसी?' 'कौन-सी?'...

मैं सोचने लगा उस पहले शब्द के बारे में। पहला शब्द क्या होगा, क्या कहूँगा या पहले तुम्हें हाथ लगाऊँगा। कहाँ, कंधों पर या बालों में? मेरे हाथ लगाते ही तुम पलटकर मुझे गले लगा लोगी या मुँह छिपा लोगी या पता नहीं, तुम ये भी कह सकती हो, 'इतना सुनने के बाद भी तुम बेडरूम में आ गए, बेशरम!''

मैंने बिना कुछ कहे वंदना के कंधे पर हाथ रखा, उसे धीरे से पलटाया। वो सो चुकी थी। गहरी नींद। जैसे दिनभर खेलने के बाद, शाम को बच्चे खाना माँगते हैं ना, आप उनके लिए खाना लाओ, उससे पहले वो सो चुके होते हैं। बच्चों जैसी वंदना, मेरे साथ खेलने के बाद सो चुकी थी। गहरी नींद। शायद वो बहुत दिनों से या महीनों से पता नहीं, शायद सालों से मुझसे यह कहना चाहती थी कि- 'शिव, मैं अब अलग रहना चाहती हूँ'। आज उसने कह दिया और वो सो गई। गहरी नींद।

हमने शादी नहीं की। यही एक बात थी जिस पर हम दोनों एक साथ राज़ी हो गए थे पर पहली बार ये विचार मेरे ही मन में आया था कि हम

साथ रहेंगे, पर शादी नहीं करेंगे। ये उस वक़्त intellectual जैसा कुछ था। इसमें एक philosophy-सी दिखती थी पर एक सीधा कारण भी था। जब मैं तुमसे पहली बार मिला था, जब तुमने कहा था कि तुम्हें घर सजाना अच्छा लगता है और तुम माचिस की तीलियों से एक घर बनाने लगी थी। तब शायद पहली बार मैंने प्यार को महसूस किया था। तुम्हारी उँगलियों को कहानी कहते सुना था। मुझे लगा शादी के बाद ये सारी कहानियाँ कहीं ख़त्म न हो जाएँ। ये सब कुछ बस इसी तरह बहुत सुंदर है, इसे बस ऐसे ही रहने दो। मेरी इच्छा हुई कि अभी इसी वक़्त वंदना को झिंझोड़कर उठाऊँ और कहूँ कि चलो हम अभी इसी वक़्त शादी करते हैं और फिर से एकदम शुरू से एक नया जीवन।

जब मेरी पहली पेंटिंग की exhibition लगी थी, तब तुमने मुझसे कहा था- "तुम अपनी आत्मा पेंट करते हो।" उसके बाद, उस exhibition की भीड़ में मैंने कुछ और नहीं सुना।

सब कुछ धीमा हो गया था। एकदम धीमा और अभी कुछ साल पहले, तुमने कहा था- "तुम्हारी paintings में तुम्हारा frustration दिखता है।"

तब से मेरे हाथ काँपने लगे थे। पेंट, कैनवास को छूने से डरता था। हर पेंटिंग के बाद मुझे लगता था, जैसे मेरी ये पेंटिंग तुम्हारे सामने हाथ फैलाए खड़ी हो और कह रही हो कि 'Please अपने विचार बदल लो और वो आत्मा वाली बात एक बार फिर से कह दो।'

'तुम अपनी आत्मा पेंट करते हो।'

और 'तुम्हारी paintings में तुम्हारा frustration दिखता है।'

ये हमारा संबंध था और ये हमारा संबंध हो गया था। ये सब कुछ बच सकता था अगर तुम मेरी बात मान लेती। अगर हम दोनों के बीच एक तीसरा होता, हमारी बच्ची वर्षा। वर्षा, मैंने तो उसका नाम भी रख लिया था। मैं जानता था तुम्हें बच्चे अच्छे नहीं लगते पर ये शायद हमारे संबंध के लिए ज़रूरी था। तुम कितना चिढ़ जाती थी जब मैं तुम्हें कभी-कभी वर्षा कहकर पुकारता था! मैंने वर्षा की एक पेंटिंग बनाई। सुंदर-सी हमारी वर्षा और जानबूझकर उसे मैंने अपने बेडरूम में लगाया था। तुम्हें क़सम दी थी कि

तुम उसे कभी नहीं निकालोगी। वर्षा के न होने का, मैंने बस तुमसे इतना ही बदला लिया था।

मैं कितना बेवक़ूफ़ हूँ! मैंने सारी पेंटिंग छुपा दी पर बेडरूम से वर्षा की पेंटिंग निकालना भूल गया। तुम्हें कैसा लगेगा, मैं अभी भी वर्षा का बदला तुमसे लेना चाहता हूँ?

अभी सब ठीक है। घर पूरा जमा हुआ है, खाना बन चुका है। कढ़ी-चावल और एक डरी हुई आलू-गोभी की सब्ज़ी। बस ये खिड़की के पर्दे ही थोड़ा खटक रहे हैं पर ये पर्दे उन लाल पर्दों से कहीं बेहतर हैं जो मैं ख़रीदकर लाया था। सोचता हूँ, जो पेंटिंग तुम्हें देना है वो यहीं सामने ही रख दूँ। शायद तुम्हें याद आ जाए कि ये वही पेंटिंग है जिसे देखकर तुमने कहा था, 'तुम अपनी आत्मा पेंट करते हो' और तुम ज़िद करने लगो, "शिव, देखो ये पेंटिंग मैं ले जाऊँगी चाहे कुछ भी हो जाए। नहीं मैं कोई बात नहीं सुनूँगी।"

मैं भी थोड़ा ज़िद करूँगा। पर बाद में कह दूँगा-

"ठीक है, ले जाओ। पर देखो ये मेरी आत्मा है, इसे संभालकर रखना।"

कोई दरवाज़ा खटखटा रहा है। वंदना ही होगी। ऐसा तो नहीं कि वो बहुत देर से दरवाज़ा खटखटा रही हो और मैं अपने गुणा-भाग के चक्कर में सुन ही नहीं पाया। दरवाज़ा खोलने के ठीक पहले, मैंने एक साँस भीतर ली। लंबी गहरी साँस। वो क्षण आ गया जब मैं इतने सालों बाद उसे फिर से देखूँगा। दरवाज़ा खुलते ही तुम सामने खड़ी थी। तुम मुस्कुरा रही थी। मैंने 'अंदर आओ' नहीं कहा। मैं शायद कहना भूल गया। तुम अपनी मुस्कान लिए भीतर चली आई।

अब ये कैसे हो सकता है! तीन साल पहले भी तुम यूँ ही आती थीं। मैं दरवाज़ा खोलता था और तुम मुस्कुराकर भीतर चली आती थी, जैसे कुछ हुआ ही नहीं और पूरे घर को पता लग जाता था कि कौन आया है। घर में पड़ी हुई, सारी निर्जीव चीज़ें बड़े अजीब तरीक़े से अपनी ही जगह सजीव हो जाती थीं। यहाँ तक कि ये पंखा भी थोड़ी ज़्यादा ठंडी हवा फेंकने लगता था। ये सच है। मैंने महसूस किया है।

"कैसे हो?" वंदना ने ये मुझे देखे बिना पूछा।

"ठीक हूँ।"

मैं जानता हूँ, तुम इस पूरे घर में इस वक़्त क्या ढूँढ़ रही हो। तुम ख़ुद को ढूँढ़ रही हो। अपने छूटे हुए ख़ुद को। मैं सच कहता हूँ वंदना, तुम अपने शरीर के निशान अभी भी पूरे घर में महसूस कर सकती हो। जिस सोफ़े पर अभी-अभी तुम बैठी हो, ठीक उसकी बग़ल में अगर तुम हाथ रखकर देखो, तुम्हें लगेगा तुम अभी कुछ देर पहले यहीं से उठकर गई हो।

"तुम बैठोगे नहीं, शिव?" उसके कहते ही मुझे पता लगा कि मैं घर के बीच में बड़े अजीब ढंग से खड़ा हूँ। एक ज़बरदस्ती की हँसी मेरे चेहरे पर आ गई।

"मैं तुम्हारे लिए पानी लाता हूँ।"

"नहीं शिव, पानी मेरे पास है। Thanks."

एक बहाने से मैं किचन की तरफ़ जाना चाह रहा था। पानी की बॉटल उसके हाथ में ही थी और मैं देख नहीं पाया। ये क्या कर रहा हूँ मैं। मैं अपने-आपको कोसने लगा। मुझे लगा, मैं बच्चा हो गया हूँ और किसी board exam का पेपर दे रहा हूँ। सारे प्रश्न पता हैं, सारे उत्तर पता हैं, साल भर से इसी की तैयारी की है पर ठीक परीक्षा के समय कुछ याद नहीं आ रहा है।

"बैठो भी।" वंदना ने ये इतने अपनेपन से कहा कि मैं बैठ गया।

मैं अब चुप था। मुझे पता था कि मैं जो भी करूँगा उसके करते ही पछताने लगूँगा। मैं इस गुणा-भाग से पूरी तरह थक चुका था। सो, मैं चुपचाप वंदना की ओर देख रहा था। शायद वही कुछ कहे। पर वो चुप थी। मैंने देखा, वंदना काफ़ी बदल गई है। अजीब-सी बच्चों जैसी मोटी हो गई है। काफ़ी मोटी हो गई है। फिर मेरी निगाह उसकी उँगलियों की तरफ़ गई जो कहानियाँ कहती थीं। अब चुपचाप उसके घुटनों पर बस पड़ी हुई हैं। मैं वंदना से कहना चाह रहा था कि तुम पर ये छोटे बाल सूट नहीं करते।

"तुम अच्छी लग रही हो। स्वस्थ, मतलब काफ़ी स्वस्थ।"

"हाँ शिव, मैं pregnant हूँ।"

"तुम्हें देर हो रही होगी ना, मैं खाना गरम कर देता हूँ। आज मैंने तुम्हारे

लिए....''

''मैं खाना नहीं खाऊँगी, शिव। मैं pregnant हूँ।''

वंदना ने ये थोड़ी ऊँची आवाज़ में कहा और मैं चुप हो गया। इसके बाद क्या हुआ मुझे ठीक-ठीक पता नहीं। शायद वंदना मुझे कुछ समझाना चाह रही थी या बताना चाह रही थी। उसकी आँखें, हाथ, उँगलियाँ सब कुछ मुझसे कुछ कह रही थीं पर मेरे लिए हर चीज़ हल्की धुँधली हो गई थी। उस धुँध में मुझे जितना दिख रहा था, उतना मैं कह रहा था।

फिर पता नहीं क्या हुआ पंद्रह मिनट, आधे घंटे के बाद। मैंने अपने-आपको किचन में पाया। मैं किचन में क्या कर रहा हूँ? हाँ, मैं किचन में चाय बना रहा हूँ। वो चाय नहीं पीती। उसे चाय अच्छी नहीं लगती। मैं ख़ुद अपने लिए चाय बना रहा हूँ।

Pregnant शब्द मेरे दिमाग़ में घूम रहा था। अचानक मुझे याद आया। जब उसने मुझसे कहा कि मैं pregnant हूँ। तो मैंने उससे कुछ कहा था। हमने थोड़ी देर बात की थी, किस बारे में मुझे याद नहीं। पर मैंने उसे दो-तीन बार वंदना की जगह वर्षा कहा था।

चाय बन चुकी थी, मैं छान चुका था फिर भी मैं यहीं खड़ा था। तभी मुझे मेरे बनाए हुए कढ़ी-चावल दिखे और साथ में डरी हुई आलू-गोभी की सब्ज़ी। डरा हुआ मैं, जब चाय लेकर बाहर आ रहा था, तब पहली बार, पहली बार मैंने भगवान से कुछ माँगा।

'हे ईश्वर, जब मैं बाहर जाऊँ तो वो वहाँ न बैठी हो। वो चली गई हो।'

मैं बाहर आया। वो वहीं बैठी थी। एक बार फिर ईश्वर अपने ही चमत्कारों में व्यस्त था। अब हमारे बीच बात करने को कुछ नहीं बचा था। मैं जल्दी-जल्दी चाय ख़त्म करना चाह रहा था पर चाय थी कि सिर्फ़ मेरी जीभ जला रही थी। सब कुछ इतना शांत था कि पहली बार मैंने अपनी चाय पीने की आवाज़ सुनी।

''शिव, मैं चलती हूँ। मुझे देर हो रही है, ऋषि मेरा इंतज़ार कर रहा होगा। हम कल वापिस जा रहे हैं।''

वो यह कहते हुए खड़ी हो गई। मैं भी उसके साथ दरवाज़े तक गया।

दरवाज़ा खोलने के ठीक पहले वो रुक गई। मैं थोड़ा पीछे ही था। वो थोड़ी देर चुपचाप खड़ी रही। फिर मेरी तरफ़ देखकर मुस्कुराने लगी।

ये सब मुझे इंजेक्शन लगने के पहले के दर्द जैसा लगता है। जब डॉक्टर तैयारी करता है, सुई को हवा में रखकर पानी उछालता है फिर जहाँ इंजेक्शन लगाना है, वहाँ गीली रूई से पोंछता है और फिर...

चले जाने के पहले के वाक्य मुझे कुछ ऐसे ही लगते हैं। मैंने उसे इंजेक्शन लगाने का समय नहीं दिया। मैंने आगे बढ़कर दरवाज़ा खोला और कहा, ''तो ठीक है फिर।''

''हाँ, ठीक है। चलती हूँ।''

और वो चली गई।

मैं दरवाज़ा बंद करके वापिस अपनी आधी बची हुई चाय के पास आकर बैठ गया। सामने मेरी पेंटिंग पड़ी हुई थी। वही पेंटिंग जिसे देखकर वंदना ने कहा था–''तुम अपनी आत्मा पेंट करते हो।''

मैं अपनी आत्मा के सामने काफ़ी देर बैठा रहा।

लकी

ज़िदगी का खेल, उसका एक चक्र है। उसके विरुद्ध जीना भी उसी के खेल का हिस्सा होकर जीना है। विरुद्ध क्या है? मैं किस चीज़ के विरुद्ध तैर रहा था? जब मैं ख़ुद को देखता हूँ तो मुझे अनंत 'मैं' दिखाई देते हैं। अनंत 'मैं' में मैं अनंत लोगों के जीवन का हिस्सा हूँ। यह एक लूप है। जिसमें मैं गोल हूँ। क्या मैं इसके विरुद्ध हूँ? मेरा नाम लकी है। आजकल कभी-कभी बहुत तेज़ आँखें मिचकाता हूँ। तो आँखें मिचकाना बंद करना वश के बाहर होता जाता है। कहीं किसी दीवार पर सिर टिकाना पड़ता है और भौं को तेज़ी से ऊपर की और ख़ींचे रखना पड़ता है, कुछ देर तक। तब जाकर कहीं आँखों का मिचकाना बंद होता है। पहले बहुत ज़ोर से छाती पर घूँसा मारने की इच्छा होती थी। आजकल मैं मार देता हूँ। कोई भी इच्छा दबाकर नहीं रखता हूँ। यह मैं अपने पिताजी को कहता हूँ। पिताजी डर जाते हैं पर असल में मेरे हाथों पर भी मेरा वश नहीं है। वह इच्छा को यथार्थ में बदल देते हैं, मेरे पता होने से पहले। हम हार चुके हैं। यह कब पता चलता है? क्या मरने के ठीक पहले! कब? ज़िदगी के खेल में हार जाने के बाद क्या

होता है? मैं हार जाना चाहता हूँ। जीतने में मैं फिर एक लूप में ख़ुद को दिखता हूँ। क्या मैं अभी इसी वक़्त हारा हुआ घोषित नहीं हो सकता। मुझे नहीं खेलना है। अगर हारकर भी हम इस खेल से बाहर नही हो सकते हैं तो जीतना तो एक भ्रम है। है ना?

मैंने लिखते ही यह फाड़ दिया। खिड़की से आती हुई सूर्य की रोशनी ज़मीन पर थी। एक कछुए की तरह रेंगती हुई वह कुछ देर में ग़ायब हो जाएगी। मैंने अपने कमरे का दरवाज़ा खोल दिया। घर की दिनचर्या की खटर-पटर भीतर कमरे में दाख़िल हो गई। पिताजी का सुंदरकांड, माँ के बर्तन और मेरी बहन का घर में न होना, सब मैं महसूस कर सकता था। यह घर कितना बदल गया है! मैंने शर्ट पहनी और घर के बाहर निकल आया। मेरा नाम लकी है।

मेरे घर जाते ही क्या होता है? पहले मेरे घर आने पर सभी मुझपर वार करने लगते थे, टूट पड़ते थे। पर अब मुझे एक कोने में खाना मिल जाता है। माँ टीवी में इतनी व्यस्त दिखती हैं कि उन्हें हमारा चेहरा देखने की फ़ुर्सत ही नहीं मिलती। जब टीवी बंद होता है तब तक मैं ख़ुद को अपने कमरे में बंद कर चुका होता हूँ। अक्सर सोने के पहले मैं अपने हाथों की रेखाएँ टटोलता हूँ। मेरे हाथ में एक तिल उग आया है। मेरे पिताजी की ज्योतिष की दुकान है। मैंने उस तिल का मतलब पिताजी से पूछा तो वह कहने लगे कि जब मुट्ठी बंद करो तो तिल मुट्ठी के भीतर बंद होना चाहिए। तुम्हारा तिल मुट्ठी के बाहर रह जाता है। सो, किसी काम का नहीं है। मेरा नाम लकी है। पिताजी ने कभी मेरा हाथ नहीं देखा। मेरे पैदा होने पर उन्होंने मेरी कुंडली बनाई होगी। उनका सालों तक मुझसे बहस करना शायद उस कुंडली के विरुद्ध उनका तैरने जैसा होगा। मैं उस दिन से डर गया हूँ जिस दिन से उन्होंने मुझे कुछ भी कहना बंद कर दिया। वह चुप हो गए। माँ एक दिन टीवी भूली थीं जब पिताजी ने उनसे कहा था कि लकी पर कालसर्प योग है। माँ मुझे पूरी रात मनाती रहीं। जैसे उन्हें मेरे इस तरह होने के पीछे का कारण मिल गया हो। अंत में मैं मान गया। अगले ही दिन सुबह-सुबह पिताजी और मैं नासिक चले गए। बस में बैठे-बैठे मैंने उनसे पूछा- "मेरी कुंडली में क्या लिखा है?"

"बस जब रुकेगी तो कुछ खाने को ले आना।" पिताजी ने जवाब

दिया।

"मेरा नाम लकी आपने कुंडली को देखकर रखा था क्या?"

"ज़्यादा पानी मत पीना, मूतने के लिए यह बार-बार बस नहीं रोकेंगे।"

हम दोनों फिर चुप रहे। जब बस रुकी तो मैं उनके लिए कुछ खाने को ले आया। वह कहने लगे, "खाने को क्यों लाए? मैंने नहीं मँगाया था। और तुम भी कुछ मत खाओ। पूजा से पहले अन्न ग्रहण नहीं कर सकते।"

जब हम वहाँ पहुँचे तो भीड़ थी। मेरे जैसे कई लोग थे। मैं उन लोगों के चेहरे देखता रहा। मेरी इच्छा थी कि किसी की आँखों में मैं ख़ुद को देख सकूँ। पर उस भीड़ में सब खोए हुए-से थे। हम रात को धर्मशाला में रुके। पिताजी से मिलने उनके बहुत से पंडित दोस्त आए। मैं उनमें से कुछ लोगों को जानता था। वह हमारे घर आ चुके थे। पिताजी का ज्योतिष का व्यापार बहुत अच्छा चल निकला था। उनके कुछ दोस्तों ने मेरे लिए कुछ अँगूठियाँ सुझाईं पर अब मेरी उँगलियों में जगह ही नहीं थी। जितने मंतर पढ़े जा सकते थे पिताजी पढ़ चुके थे पर फिर भी गुंजाइश बहुत-सी चीज़ों की रह गई थी। कभी-कभी मेरी इच्छा होती थी कि मैं पिताजी से कह दूँ कि बस...बस...बस..।

जब हम वापिस आ रहे थे तो पिताजी ख़ुश थे। उन्होंने जैसे बीमारी को पकड़ लिया था और उसे एक ही झटके में कुचल डाला था। माँ दरवाज़े पर खड़े रहकर हमारा इंतज़ार कर रही थीं। पिताजी ने सफलता की ख़बर उन्हें सुनाई, माँ ने उस रात हम दोनों को पूड़ियाँ खिलाईं। जब मैं वापिस कमरे में आया तो अपने तिल को मुट्ठी में बंद करने की कोशिश करने लगा पर वह बाहर ही रह जाता था। मेरा नाम लकी था।

कुछ दिन बीते। महीने बीते। जब मैं वैसा-का-वैसा ही बना रहा तो पिताजी ने कालसर्प योग के आगे अपने हथियार डाल दिए। वह चुप हो गए। मेरे लिए एक तरह से यह ठीक ही हुआ कि मेरा, मेरे जैसा होने में असल में मेरा हाथ नहीं था। वह कोई कालसर्प योग है जो मुझे मेरे जैसा बनाए हुए है। मैं पिताजी की नज़रों में बीमार था पर मैं बीमार नहीं था। क्या मैं बीमार हूँ? क्या यूँ ही जीते रहना बीमारी है? बिना किसी ध्येय के, बिना किसी

कारण के जिए जाना। बचपन में जब कोई मुझसे यह सवाल पूछता था कि तुम बड़े होकर क्या बनना चाहते हो तो मैं अपने दाँत भीच लेता था। जीभ को अपने मूल की तरफ़ ले जाने की कोशिश करता था।

मैं लिखता हूँ। छोटी कहानियाँ लिखना मुझे बहुत पसंद है। मैं लिखता हूँ। कुछ कहानियाँ छपी भी हैं। बहुत-सी कहानियाँ छपने को दी हैं पर मेरी माँ ने एक बार टीवी देखते हुए पूछा था-

"तू असल में करना क्या चाहता है?"

मैंने जवाब दिया था, "मैं जो करना चाहता हूँ, वह कर रहा हूँ।"

"कुछ करता दिखता तो नहीं है?"

"आपने मुझे लिखते हुए देखा है। है ना?"

"हाँ। तो?"

"तो मैं वही करता हूँ। मैं लिखता हूँ।"

"किसके लिए?" माँ ने आश्चर्य से पूछा।

"जो भी पढ़ेगा उसके लिए।"

"तो क्या तू और कुछ भी नहीं करेगा?"

"इसमें और कुछ की गुंजाइश नहीं है माँ।"

"अरे, कम-से-कम पिताजी की दुकान पर ही जाकर बैठ जाया कर। उनके काम में ही हाथ बँटा दे।"

मैं चुप रहा। कुछ देर में माँ ने कालसर्प योग को कुछ गालियाँ निकाली और फिर अपने धारावाहिकों में उलझकर रह गईं।

हमेशा देर हो जाती थी। अपने-आपको लगातार सिद्ध करने की दौड़ में हमेशा देर हो जाती थी। मेरी एक बहन थी जिसने एक मुसलमान से शादी कर ली थी। सो, उसे पिताजी ने अपने घर से बेदख़ल कर दिया था। मैं उसे अपने जीवन से अलग नहीं कर सका। जब तक वह हमारे साथ रहती थी बिल्कुल घर वालों की तरह व्यवहार करती थी। पर बेदख़ल होते ही वह मेरे क़रीब आ गई। वह मुझे समझने लगी, ऐसा मुझे लगता है। मैं उसके साथ बहुत ठीक महसूस करता हूँ। जिससे उसकी शादी हुई है वह बहुत ज़हीन आदमी है। पर मेरी बहन की सास बहुत कट्टर है। मेरी बहन को अपने भगवान अलमारी में छुपाकर रखने पड़ते हैं। उसकी सास को दिखाने

के लिए उसे पाँच टाइम नमाज़ भी पढ़ना पड़ता है। मैं बहुत ज़्यादा उससे मिलने नहीं जाता हूँ, उसकी सास को शक हो जाता है। मेरे हाथों में बहुत-सी अँगूठियाँ होने के कारण मेरी बहन की सास मुझसे बहुत घबराई हुई रहती है। उसे लगता है कि कहीं मेरी बहू अपने भगवान के पास वापिस न चली जाए। मैं जितनी बार अपनी बहन से मिलता हूँ वह उतनी ही बार मुझे ज़्यादा मुसलमान दिखती है। अब वह अलमारी से भगवान को भी कम ही निकालती है। नमाज़ में उसे एक शांति मिलने लगी है। वह कहती है बिना नमाज़ के दिन काटती हूँ तो लगता है कि कुछ ग़लत हो जाएगा। यह बात मुझे बड़ी दिलचस्प लगती है। मैंने एक छोटी कहानी अपनी बहन के बारे में लिखी थी पर वह कहीं भी नहीं छपी। मेरी बहन का नाम आशा है। मेरा नाम लकी है।

हर कुछ समय में भीतर कुछ बदल जाता है। वह बिल्कुल वह नहीं रहता जैसा वह हुआ करता था। मैं इस बात को बहुत ध्यान से महसूस करता था। मेरी बहन जब हमारे साथ रहती थी तो घर कुछ और होता था। मैं अपने घर में बिल्कुल दूसरा होता था। उसके जाते ही जैसे घर मुझे कुछ ज़्यादा तवज्जो देने लगा था। मेरे पास इतना कुछ कभी नहीं था जिससे मैं अपनी बहन की ख़ाली जगह को भर सकता। मैं घर के उन हिस्सों में जाकर कुछ समय गुज़ारा करता था, जहाँ भी मुझे मेरी बहन की ख़ाली जगह दिख जाया करती थी। मैं अपने पिताजी और अपनी माँ को ज़्यादा अकेला पाता था। बहन ने यहाँ से जाने के बाद कभी वापिस क़दम नहीं रखा। वह बदल गई थी। वह मेरी बहन से मेरी दोस्त हो गई थी। मैं जब भी उससे मिलता तो मुझे लगता कि मैं अपनी बहन की किसी सहेली से मिल रहा हूँ जो मेरी बहन को जानती थी। जैसे मैं मेरी बहन को जानता था। क्या वह भी ऐसा ही कुछ सोचती होगी? क्या उसे उन ख़ाली जगहों की याद आती होगी जो वह अपने पीछे छोड़ गई थी? वह बहुत ही सरसरी तौर पर घर के बारे में मुझसे पूछती थी। मैं भी अधूरे जवाब उसे दे देता। वह कहती थी कि मुझे तुम्हारी चिंता होती है। पर उसके कहने में चिंता शब्द मुझे सुनाई नहीं देता था। मेरी बहन जानती थी कि मैं लेखक जैसा कुछ था पर उसे हमेशा लगता था कि मैं समय रहते कुछ काम करने लगूँगा। पर लिखना मेरा काम है वह यह कभी

भी नहीं समझ पाई। मैं उससे उम्र में छोटा था। सो, वह अभी तक मेरे बड़े होने का इंतज़ार कर रही थी। बड़े हो जाने के अपने दुःख थे। दुःख आदमी को बदल देता है। मैं हर कुछ समय में बदल रहा था पर मैं दुखी नहीं था। मैं लिख रहा था।

आशा, मेरी बहन के चले जाने के बाद मैंने देखा था कि पिताजी बहुत बूढ़े दिखने लगे थे। उनका काम में भी बहुत मन नहीं लगता था। वह यह बात लोगों से छुपाना चाहते थे कि उनकी बेटी ने एक मुसलमान से शादी कर ली थी। माँ के लिए बेटी की शादी अभी हुई ही नहीं थी। वह कहीं चली गई थी। माँ आशा की बात भी ऐसे करती थी कि मानो वह कल गई हो और बस कुछ ही दिनों में वापिस आ जाएगी। माँ के लिए समय रुक गया था। मैं बदल गया था। घर बदल गया था। पिताजी बूढ़े हो गए थे पर माँ रुक गई थीं। घर की खिड़की से जब सुबह के सूरज की रोशनी भीतर प्रवेश करती थी तो उसके साथ एक भारीपन चला आता। पूरा दिन हम तीनों को एक-दूसरे के साथ बिताना होता था। मैं चुप रहता। माँ के कहने में मतलब ग़ायब हो गए थे। पिताजी जब तक घर में रहते, सुंदरकांड का पाठ करते रहते।

मैं सूरज की रोशनी के भीतर प्रवेश करते ही बाहर निकल जाता। आशा, मेरी बहन के साथ कभी मिल लेता। कभी कुछ दोस्तों के घर पर अपना लिखना जारी रखता। फिर मैं अंतिमा से मिला। मुलाक़ात आशा के साथ हुई थी। आशा और अंतिमा दोनों पॉटरी करते थे। आशा उससे पॉटरी सीख रही थी। पहली मुलाक़ात में अंतिमा और मेरे बीच यह बात हुई–

"मेरा नाम लकी है।" मैंने कहा।

"हम्म्म।" उसने जवाब नहीं दिया जैसा दिया। फिर कुछ देर हम दोनों के बीच चुप्पी बनी रही। मैं एक किताब ले गया था, उसे पढ़ता रहा। कुछ देर में उसने कहा– "क्या पढ़ रहे हैं?"

"Outsider."

"ओह कामू! मैंने पढ़ा है। बहुत सुंदर है!"

"अच्छा, और क्या पढ़ा है आपने?"

"मैंने आपकी भी कुछ कहानियाँ पढ़ी हैं।"

"और?"

"और क्या?"

"आपको कैसी लगीं?"

"अच्छी हैं। अभी क्या लिख रहे हैं?"

"मन तो है कि अभी जो हमारे बीच बातचीत चल रही है, उसे लिख दूँ।"

"तो लिख दीजिए।"

फिर मैं चुप हो गया। वह मिट्टी से खेलती रही। उसकी टी-शर्ट पर भी मिट्टी के निशान थे। उसने जींस को ऊपर की तरफ़ मोड़ रखा था। वह हमेशा व्यस्त दिखती थी। इतनी व्यस्तता में उसने कब मेरी कहानियाँ पढ़ लीं मुझे नहीं पता। मैं उसे काम में बँधा देखता रहा।

"आप तब तक इस मिट्टी को मथ सकते हैं, अगर आप इस वक़्त पढ़ नहीं रहे हैं तो?"

मैं मिट्टी को मथने लगा। मिट्टी को मथते-मथते मेरे भीतर पता नहीं क्या हुआ कि मैं उसे बहुत ज़ोर-ज़ोर से कूटने लगा। उस मिट्टी को नोचने लगा। फाड़ने लगा। फिर उसे पटक कर मथने लगा।

"धीरे से। मिट्टी को महसूस कीजिए। कुछ देर अपना हाथ मिट्टी में रहने दें। वह मिट्टी ख़ुद बताएगी कि उसे कैसे मथना है। यूँ समझिए कि आप कहानी लिख रहे हैं और मिट्टी क़लम है। स्याही है। काग़ज़ है।"

वह इतना कहकर फिर कहीं काम से चली गई। मैं मिट्टी को देखता रहा। वह इस वक़्त एक विकृत आकार में थी। मैं अपने भीतर की विकृति उसमें देख सकता था। मैंने अपनी आँखें बंद कर लीं। कुछ देर मिट्टी को छुआ पर मन अस्थिर था। वह भाग रहा था। सो, मैंने उसे वैसे-का-वैसा छोड़ दिया। नल में अपने हाथ धोए और बाहर एक पेड़ के नीचे अपनी किताब लेकर पढ़ने लगा।

लगा मैं पकड़ा गया हूँ। विक्षिप्तता कैसे किसी कोमल चीज़ के सामने आते ही उभर आती है। अंतिमा ने कुछ पहचान लिया था। मैं अस्त-व्यस्त-सा पेड़ के नीचे बैठा रहा। मैं पढ़ नहीं पा रहा था। मैंने किताब वापिस अपने बैग में रखी और अंतिमा के पास गया-

"तुमने मुझे कहाँ पकड़ा? मेरे लिखे में या जिस तरह मैं मिट्टी को

रौंद रहा था उसमें ?''

अंतिमा मेरी बहन के साथ चाय पी रही थी। वह मेरा सवाल समझ नहीं पाई। मेरी बहन मुझे आश्चर्य से देखने लगी।

''क्या हुआ तुम्हें लकी ?'' मेरी बहन ने पूछा।

''तुम चाय पियोगे ?'' अंतिमा ने कहा।

इससे पहले कि मैं कुछ जवाब दूँ अंतिमा उठकर चलने लगी। मैं अंतिमा को देख रहा था। उसने पलटकर कहा–

''चलो कैंटीन में बैठकर चाय पीते हैं। आशा, मैं आती हूँ।''

मैं और अंतिमा कैंटीन की तरफ़ चलने लगे।

''ज़्यादा दूर नहीं है।''

''कोई बात नहीं, मुझे चलना अच्छा लगता है।''

मैं कुछ ज़्यादा ही नर्म हो गया था, ग्लानिवश।

''मैं एक बड़ी कंपनी में जॉब करती हूँ। काम ख़त्म होते ही कुम्हारवाड़ी भाग जाती हूँ। जब तक मिट्टी को छू न लूँ, उससे खेल न लूँ, मेरी थकान ही नहीं मिटती। अजीब चमत्कार है इसमें। जब चक्के पर आप अपने हाथ गीले कर लेते हो और धीरे से मिट्टी को छूते हो, मिट्टी अपने-आपको समर्पित कर देती है। पर जब वह आपका समर्पण सूँघ लेती है तब मिट्टी की कोमलता उतनी ही होती है जितनी आपके भीतर की उस वक़्त की कोमलता। मेरे हर एक दिन का असर मैं अपनी बनाई हुई चीज़ों में देख सकती हूँ। मैं जब अपने पिछले कुछ महीनों पहले के बिगड़े हुए किसी कप को देखती हूँ तो मुझे अपनी उस वक़्त की बेचैनी बहुत छिछली जान पड़ती है। कभी अगर आप मेरे घर आओगे तो मैं आपको मेरे पूरे एक साल की ऊहापोह दिखा दूँगी।''

उसने शायद मेरी हर बात का जवाब दे दिया था। इसके बाद मेरे उस प्रश्न के कोई मानी नहीं रह गए थे। मुझे लगा कि अंतिमा मिट्टी है और मुझे उससे बात करने के लिए समर्पण की ज़रूरत है। कैंटीन दूर थी। हम यहाँ-वहाँ की बात करते रहे। मैंने अपनी सारी महत्वपूर्ण बातें कैंटीन के लिए बचा रखी थीं। उन बातों का एक सिलसिला बना लिया था जिसे मैं कैंटीन में उससे कहना चाहता था। आख़िरकार हम कैंटीन पहुँच गए। चाय हमारे सामने आ चुकी थी। शाम का वक़्त था। पतझड़-सा माहौल। टेबल-कुर्सियों

पर सूखे पत्ते बिखरे पड़े थे। एक काली बिल्ली थी जिसे शायद हमपर शक था, जो हमारे अगल-बग़ल मँडरा रही थी।

"तुम्हारा लेखन बहुत सीधा है। बात को तुम वैसा ही कहते हो जैसी बातें दिखती हैं। तुम उसके दिखने के पीछे के अर्थ में नहीं जाते हो जो मुझे अच्छा लगता है।" उसने चाय की पहली चुस्की के साथ अपनी बात शुरू की।

"मेरे लेखन से लोगों को ज़्यादा शिकायत यह होती है कि उसमें कहानी नहीं होती। मतलब कहानी जैसा उनको कुछ नज़र नहीं आता।" मैंने कहा।

"हम कितनी कहानियाँ सुन लेंगे? कितनी और कहानियों की हमें ज़रूरत है?"

इसका जवाब मेरे पास नहीं था। सो, मैं चुप रहा।

"मुझे लगता है कि Nothingness को हम कह नहीं सकते। लिख नहीं सकते। उसे हम कहीं किसी के कृतित्व में महसूस कर लेते हैं बस। और वह Nothingness रह जाती है उस कृतित्व में हमारे साथ। जैसे ख़ालीपन को भरने की मूर्ख कोशिश जब भी हम करते हैं, पर क्या ख़ालीपन को कभी भी भरा जा सकता है? वह एक स्थिति है। है ना? हम उसे हमारी सारी व्यस्तता के बाद अपनी बग़ल में पड़ा हुआ पाते हैं हर बार। तुम्हारे लिखने में यह बहुत सहजता से है। तुम चीज़ों को, संबंधों को उसके ख़ालीपन में बहुत सुंदरता से देखते हो।"

मुझे नहीं पता वह किसकी बात कर रही थी। मैं जानना चाहता था कि उसने कौन-सी कहानियाँ पढ़ी हैं पर पूछने की हिम्मत नहीं हुई। अपने लिखे के बारे में इतना कुछ सुनने की मुझे आदत नहीं है। पर मैंने उसे टोका नहीं मुझे लगा कि वह मेरे लेखन के सहारे कुछ अपने बारे में बोल रही है। सो, मैं सुनता रहा।

"मेरे पॉटरी के गुरु हैं इक़बाल भाई। वह एक लेबल इस्तेमाल करते हैं हर पॉट पर। Nothing concrete... मुझे यह बात अच्छी लगती है। अच्छा यह बताओ तुम अपनी उँगलियों पर इतना वज़न ढोते हुए कैसे लिख सकते हो?"

मुझे हँसी आ गई। वह मेरी अँगूठियों के बारे में बात कर रही थी। शायद उसका ध्यान उनपर इसलिए गया कि मैं बहुत समय से इन अँगूठियों को उससे छुपाने की कोशिश कर रहा था।

"यह लंबी कहानी है। वैसे मुझे इनका कोई बोझ नहीं लगता है। अब इनकी मुझे आदत हो गई है। पर लिखते वक़्त मैं इन्हें उतार देता हूँ।"

"तभी तुम अब तक बड़े लेखक नहीं बन पाए।"

"कैसे बना जाता है बड़ा लेखक?"

"बाज़ार।"

शाम थोड़ी से घनी हो गई थी। हल्की ठंडी हवा में उसके बाल माथे पर बार-बार सरक आते। वह हर कुछ देर में उन्हें अपने माथे से हटा देती।

"तुम्हें यह अजीब नहीं लगता?"

मैंने कहा, "जब तुम अपने बहुत निजी क्षण में मिट्टी और तुम्हारे बीच के रिश्ते से कोई पॉट बनाती हो और उसे अचानक बाज़ार में ले जाकर खड़ा कर दिया जाता है। लोग उसका मूल्यांकन करते हैं और तब पता चलता है कि हमारे बहुत निजी क्षण की, उस रिश्ते की कितनी क़ीमत है?"

"इक़बाल भाई इसलिए कुछ पॉट बनाकर तोड़ देते हैं।"

"और आप?"

"मेरे भीतर इतनी क्षमता नहीं है। बिल्कुल नहीं। अब हमें चलना चाहिए, आपकी बहन इंतज़ार कर रही होगी।"

मुझे अचानक अपनी महत्वपूर्ण बातें याद हो आईं जिन्हें मैंने कैंटीन के लिए बचा रखी थीं। मैं कैंटीन से उठने में थोड़ा सहमा पर हमेशा की तरह मैंने उन बातों को जाने दिया। हम वहाँ से चले आए।

संवाद ही तो हैं जिनके लिए इतनी ज़्यादा जद्दोजहद है। उन संवादों की खनक जो आप लिखने ही वाले थे और कोई आपसे आकर कह देता है। अपने बचकानेपन को छिपाने के लिए हम उससे कह ही नहीं पाते कि इन संवादों के पौधे मैंने बहुत पहले अपने भीतर उगा रखे थे।

कुछ दिनों बाद मैंने अपनी कुछ कहानियाँ फाड़ दीं। एक वह भी जो मैंने आशा के बारे में लिखी थी। मुझे अच्छा लगा, अचानक कहानियाँ फाड़ते ही एक पूर्णता महसूस हुई।

एक दिन खाना खाते-खाते मेरे मुँह से आशा का ज़िक्र छिड़ गया। भीतर किचन में रोटी बेलने की आवाज़ बंद हो गई। पिताजी ने खाना खाना बंद कर दिया। माँ भीतर से रोटी देने के बहाने से आई और मुझसे पूछा-

''कैसी है वह?''

''अच्छी है।'' मैंने जवाब दिया और रोटी खाने लगा।

''क्या कुछ उम्मीद है?''

मैं उम्मीद का मतलब नहीं समझा। पिताजी वापिस खाने में लग गए। उन्होंने माँ को नहीं टोका।

''उम्मीद मतलब?''

''मतलब क्या?''

माँ ने अपने पेट की तरफ़ इशारा किया। मैं तब समझा।

''हाँ! नहीं, मेरा मतलब मुझे अभी कुछ पता नहीं है।''

''हमारे बारे में पूछती है?'' माँ यह वाक्य पूरा नहीं कह पाई और रोने लगीं।

''हाँ! बहुत पूछती है।''

पिताजी आधा खाना छोड़कर उठ गए। हाथ धोने के बाद वह सीधा पूजा वाले कमरे में चले गए। मैंने माँ को और कोई जवाब नहीं दिया। अंदर किचन से उनके लिए खाना लाया और उनके सामने रख दिया। कुछ देर वहाँ बैठा रहा। माँ ने इसके बाद कुछ नहीं पूछा। वह रोती रहीं। मैं कुछ देर में उठा और अपने कमरे में चला गया।

चाँदनी रात थी। चाँद खिड़की से नज़र आ रहा था। मैं एक कोरे पन्ने से खेल रहा था। यह क्षण मुझे बहुत पाक लगता है। इस वक़्त कुछ भी लिखा जा सकता है। बात कहीं से भी शुरू हो सकती है और कहीं भी पहुँच सकती है। ऐसे क्षणों में मेरे भीतर बच्चों की-सी चंचलता आ जाती है। मैं कुलबुलाने लगता हूँ शब्द-शब्द। अगर शुरुआती शब्द 'अ' है तो मुझे अ की गोलाई, उसके घुमाव, सब कुछ गुदगुदी पैदा करते हैं। बहुत से शब्द हैं जिन्हें मैं नहीं लिखता हूँ। फिर बहुत देर बाद एक शब्द कहीं लिखाता है और फिर कड़ियाँ जैसे वह पहला शब्द एक झोला है। जादूई पिटारा। जिसमें से बाक़ी सारे शब्द निकल रहे हैं। इनमें मैं कहीं विलुप्त हो जाता हूँ।

तभी मुझे आहट हुई कि मेरे दरवाज़े के बाहर कोई खड़ा है। मैं अपने बिस्तर से धीरे से उठा और दरवाज़े के पास चला आया। हाँ कोई है, मैं दरवाज़े के उस तरफ़ की हिचकिचाहट महसूस कर सकता था। मैंने धीरे से

पूछा- "कौन है ?"

कुछ देर तक कोई स्वर सुनाई नहीं दिया। मैंने दरवाज़ा खोलने की कोशिश की पर तभी पिताजी की धीमी आवाज़ आई-

"लकी! सुनो, जब तुम आशा से मिलो तो कह देना कि वह चाहे तो घर आ सकती है, पर अकेले। उसे साथ न लाए।"

"जी, मैं कह दूँगा उससे।"

"कल उसका जन्मदिन है। अगर कल आएगी तो तेरी माँ को भी अच्छा लगेगा। देख लेना।"

"जी, मैं कह दूँगा।"

पिताजी चले गए।

फिर मैं कोरे पन्ने के पास नहीं जा सका। मैं अपने पिताजी को जानता हूँ। उन्हें कितनी मुश्किल हुई होगी मुझसे यह बात कहने में। मैं पिताजी के सुख के लिए इतना ही अभी तक कर पाया था कि मैंने लिखने के अलावा कभी उन अँगूठियों को अपने हाथ से अलग नहीं होने दिया था, बस। पर पहली बार मैं उनके लिए कुछ करना चाहता था। सुंदरकांड का पाठ ख़त्म करके वह बहुत देर पूजा वाले कमरे में चुप शांत बैठे रहते थे। कभी-कभी उन अकेले क्षणों में मैंने उन्हें देख लिया था। वह चोरों की तरह उस वक़्त सहम जाते। इन अकेले क्षणों में वह अपनी किन पर्तों के नीचे टहल रहे होते थे मैं यह कभी जान नहीं पाऊँगा और मेरे लेखक होने का कमीनापन यह है कि इसमें भी मुझे एक कहानी दिख रही थी।

माँ उसके बाद कभी सहज नहीं रहीं। मानो उनके भीतर का कोई चित्र दीवार से गिरकर टूट गया हो। अगले दिन आशा नहीं आई। मैं गया था आशा को कहने पर तब तक आशा अपने शौहर के साथ अपना जन्मदिन मनाने शहर से बाहर निकल चुकी थी। उस दिन माँ ने खाने में पूड़ियाँ बनाई थीं। पिताजी ने मुझसे नहीं पूछा कुछ भी। हमने चुप्पी के बीच पूड़ियाँ खाईं।

कुछ दिनों बाद मैं आशा से मिलने गया। मैंने एक ख़ुशख़बरी की तरह यह बात आशा से कही कि पिताजी चाहते हैं कि तुम घर आओ, पर आशा के चेहरे पर ग़ुस्सा छा गया। उसने मुझसे कहा कि जो इतने साल मैं घर नहीं गई उन सालों का हिसाब कौन देगा ? उससे आगे कुछ कहा नहीं गया और

वह उठकर चली गई। मैं कुछ देर इंतज़ार करता रहा पर वह बाहर नहीं आई। मैंने मानो उसके घर से कहा हो, 'मैं चलता हूँ'। जवाब का इंतज़ार बेकार था। सो, मैं वहाँ से निकल आया। कुछ देर चलने के बाद मेरे पैर अचानक कुम्हारवाड़ी की तरफ़ मुड़ गए। अंतिमा से मिलने की इच्छा तीव्रता पर थी। मैं क्यों उससे मिलना चाहता था? सारे कारण बहाने थे। मैं फिर उससे संवाद चाहता था बस। बस?

कुम्हारवाड़ी में मैं बहुत देर इधर-उधर टहलता रहा। कुछ देर कैंटीन में भी बैठा रहा पर अंतिमा नहीं दिखी। शायद आज वह नहीं आई। मैंने अपने झोले में हाथ डाला। कोई भी किताब नहीं थी। वर्ना मैं उस पेड़ के नीचे बैठकर किताब पढ़ता रहता। ख़ैर, चाय की छोटी गुमटी दिखी सोचा एक चाय पीकर निकल जाऊँगा। यूँ भी इस तरह उससे मिलना अजीब ही होता। तभी मुझे उसकी एक झलक दिखी। वह और इक़बाल भाई कहीं बाहर से चले आ रहे थे। मैं झेंप गया और उस चाय की गुमटी में थोड़ा दुबक गया। वह दोनों कैंटीन की तरफ़ जा रहे थे। मैं उनके पीछे हो लिया। यह कितना बचकाना था! अगर वह मुझे इस तरह देख ले तो मेरे पास कोई भी कारण नहीं होगा कि मैं ऐसा क्यों कर रहा हूँ पर मुझपर मेरा कोई वश नहीं था। वह कैंटीन में बैठ गए। मैं एक पेड़ की आड़ में खड़ा होकर अंतिमा को देखता रहा। मुझे अचानक अपने वह संवाद याद हो आए। वे महत्वपूर्ण बातें जो मैं उससे उस दिन कैंटीन में नहीं कर पाया था। मैं उन महत्वपूर्ण बातों को तरतीब से जमाने लगा। मैं छुपा हुआ था और पकड़ा जाना चाहता था। पर नहीं भी पकड़ा जाना चाहता था। मुझे लगा कि अगर पकड़ा गया तो सीधा अपनी महत्वपूर्ण बातें कहना शुरू कर दूँगा। पर अचानक वह बातें मुझे क़तई महत्वपूर्ण नहीं लगीं। वह छिछली बातें थीं। बेमतलब। बेमानी। क्या कहूँगा! असल में मेरे पास कुछ भी कहने को नहीं था। एक सीधे सवाल का जवाब तक नहीं कि मैं यहाँ क्यों आया हूँ।

वह उठने लगे थे। मैंने उन्हें जाने दिया।

आशा एक दिन घर पर आई, सुबह-सुबह। हम सब घर पर ही थे। पर वह अकेली नहीं आई थी। वह अपने शौहर को साथ लाई थी। हम सब उससे मिले। उसने पिताजी और माँ के पैर छुए। उसका नाम आसिफ़ था। मेरा नाम लकी है। हम सब पिघलने के लिए तैयार बैठे थे। कुछ देर की बातचीत में माँ पूड़ी के लिए आटा गूँथने किचन में चली गईं। पिताजी अचानक सब धर्मों की इज़्ज़त पर बातचीत करते पाए गए। घर के कुछ अँधेरे कोनों में फिर हल्की सूर्य की किरण पड़ने लगी थी। मैं अपने कमरे में गया और भीतर से दरवाज़ा बंद कर दिया। मेरे कोरे पन्ने मेरा इंतज़ार कर रहे थे।

क्या फिर से एक मौक़ा और मिल सकता है, जिसमें हम कुछ ग़लतियाँ कर सकें जो नहीं कर पाए थे और कुछ ग़लतियाँ सुधार लें?

इक़बाल भाई कुछ पॉट तोड़ देते थे। मैंने अपनी कुछ कहानियाँ फाड़ दी थीं और अंतिमा से फिर मैं कभी नहीं मिला। यह सारी बातें एक अंत देती हैं। इसमें एक असहजता है पर अंत सहज है।

कोरे पन्ने के सामने बैठे हुए इस बार अक्षर नहीं शब्द आया दिमाग़ में 'अंत'। मैं फिर 'अ' के उतार-चढ़ाव महसूस करने लगा। फिर उसके ऊपर की ख़ूबसूरत बिंदी को देखता रहा और ख़ूबसूरत 'त' की सुंदरता पर मैं मुग्ध हो गया। पर पता नहीं क्यों मन में इच्छा हुई कि 'त' में छोटी इ की मात्रा लगाऊँ और उसके बाद 'मा' लिख दूँ। मैंने अंत में लिखा 'अंतिमा'।

माँ

मेरा नाम कोंपल है। बहुत समय तक मुझे इसके मानी नहीं पता थे। एक दिन मेरी माँ मुझे एक पेड़ के पास ले गईं और उसमें अभी-अभी आए नए कोमल पत्तों को छूने को कहा। बहुत छोटे-छोटे, हरे रंग में बहुत-सा पीला रंग लिए वह अत्यधिक कोमल पत्ते कोंपल कहलाते हैं। मैंने उससे कोमल चीज़ आज तक नहीं छुई थी। माँ ने कहा कि यह तू है। मैंने कहा, ''यह तो बहुत कमज़ोर लगते हैं''। उन्होंने कहा कि यह कमज़ोर नहीं हैं, कोमल हैं। जो तू है। मैंने उन कोपलों को छूते हुए माँ से कहा था कि अगर यह कोमल-से पत्ते मैं हूँ तो यह पेड़ आप हैं। मैं इस बात को बहुत पहले भूल चुका था।

कल गाँव से सोनी जी का फ़ोन आया था कि तुम्हारी माँ कल रात अचानक चल बसी हैं। कल अंतिम क्रिया-कर्म करना पड़ेगा। तुम तुरंत पहुँच जाओ। मैं अपने ऑफ़िस में बहुत बुरी तरह व्यस्त था। बहुत से काम मुझे निपटाने थे। मैंने सोनी जी के फ़ोन को 'ठीक है' कहकर रख दिया। बहुत देर तक मैं अपने ऑफ़िस के काम में उलझा रहा। तभी काम करते-

करते मुझे कुछ ख़ाली-ख़ाली-सा लगने लगा। मैं बहुत देर तक अपनी डेस्क को देखता रहा। फिर कुछ चीज़ें ढूँढ़ना शुरू कर दिया। मेरे दोस्त ने मुझे देखा और पूछा कि क्या खोज रहा हूँ। मैंने अपने कंधे उचका दिए और फिर खोजने में जुट गया। अचानक मुझे पसीना आने लगा। असामान्य तरीक़े से, बहुत पसीना। मैंने अपने एक दोस्त से पूछा कि देख मुझे कहीं बुख़ार तो नहीं है? उसने मेरा माथा छुआ और कहा, "नहीं"। मैंने उससे कहा कि यार मेरी माँ नहीं रही और तब उसकी आँखों में मैंने वह देखा जिसे मैं खोज रहा था। फिर मुझसे खड़े रहते नहीं बना। मैं बैठना चाहता था। लेटना चाहता था। मैं बहुत सारे तकिये चाहता था। रज़ाइयाँ, जिसमें गुत्थम-गुत्था होकर मैं सो जाऊँ। छिप जाऊँ। मैं माँ की कोख जैसी सुरक्षा ढूँढ़ रहा था।

कुछ देर में मैंने ऑफ़िस से अपना सामान उठाया और सीधा अपने घर आ गया।

मैं सुबह चार बजे से उठा हुआ हूँ। सुबह कितनी धीमी गति से होती है इसका अंदाज़ा मुझे आज तक नहीं चला। मैं नहा चुका था। शेव कर चुका था। पूरा सामान बाँध चुका था पर सुबह होने का नाम ही नहीं ले रही थी। अपनी रैक पर रखी किताबों में मेरी निगाह गोर्की की मदर पर पड़ी। अपनी बहुत जवानी के दिनों में मैंने वह किताब पढ़ी थी। किताब ख़त्म करते ही मेरे भीतर एक बहुत ही रिरियाती हुई इच्छा जागी कि काश! मेरी माँ भी पेलाग्या निलोवना की तरह महान माँ होती! मैंने कई दिनों तक अपनी माँ से ठीक से बात नहीं की थी। मुझे लगा था कि उन्होंने मुझे धोखा दिया है। उन्हें महान होना चाहिए था, वह हो सकती थीं। फिर क्यों नहीं हुईं? आज लगता है कि पेलाग्या निलोवना से कहीं महान वह माँएँ हैं जो बिना किसी 'आह' के एक घर में काम करते हुए पूरी ज़िंदगी गुज़ार देती हैं। उनकी कोई कहानी हमने नहीं पढ़ी। उन्हें किसी ने कहीं भी दर्ज नहीं किया। वह अपने पति के जर्जर होने और बच्चों से आती ख़बरों के बीच कहीं अदृश्य-सी बूढ़ी होती रहीं। यह हमारी माँएँ हैं जिनका ज़िक्र कहीं नहीं है।

मेरी माँ पढ़ी-लिखी थीं। हमेशा से लिखना चाहती थीं। मैं लिखने पढ़ने से कतराता था। माँ ज़बरदस्ती कुछ किताबें मेरे सिरहाने रख दिया करती थीं, जिन्हें मैं महज़ नींद लाने के लिए पढ़ता था। नींद में आधी पढ़ी हुई कहानी

अपने बहुत ही अलग विरले अंत खोजने लगती। मेरे सपने उन कहानियों के अंत की कल्पना बन जाते। सुबह माँ को कहानी के बारे में बताता तो आधी कहानी सही होती और आधी मेरे सपने की बात होती। माँ को हमेशा से लगता था कि मैं पढ़ने से बचने के लिए मनगढ़ंत कहानी बनाता हूँ पर उन्होंने यह बात कभी मुझसे नहीं कही।

मैंने लिखना शुरू कर दिया। उन कहानियों के काल्पनिक अंत को जिसकी आदत माँ को लग गई थी। फिर धीरे-धीरे वह पढ़ी हुई कहानियाँ छूट गईं और मैं पूरी एक कहानी की कल्पना करने लगा। माँ हमेशा मेरे लिखने से ख़ुश रहतीं।

मैंने घड़ी देखी छः बज चुके थे। मैंने अपना सामान उठाया और एयरपोर्ट के लिए रिक्शा पकड़ लिया। बारिश बहुत हो रही थी, सुबह का समय था, मैं अपने समय से बहुत पहले ही एयरपोर्ट पहुँच गया। एक कॉफ़ी लिए मैं एक कोने में जाकर बैठ गया। एक बहुत बूढ़ी औरत दिखी जो कुछ ढूँढ़ रही थी। मैं बहुत देर तक सोचता रहा कि मैं उठकर उसकी मदद करूँ पर मैं उठा नहीं। एक औरत उसके पास गई, उस औरत ने उसे इशारे से बताया कि बाथरूम वहाँ है। वह बूढ़ी औरत जब धीरे-धीरे चलती हुई बाथरूम की तरफ़ जा रही थी तो मुझे अपनी माँ दिखी। नहीं वह कभी भी इतने बूढ़ी नहीं थी पर वह दिखी। मैंने अपनी कॉफ़ी छोड़ी और उस बूढ़ी औरत की तरफ़ लपका। मैं जैसे ही उनके पास पहुँचा वह मुझे देखकर मुस्कुराने लगीं। मैंने उनसे कहा, "माँ!", वह बूढ़ी औरत रुक गई और मुझे आश्चर्य से देखने लगी। मैं फिर ठंडा पड़ चुका था। चुप। वह बूढ़ी औरत कुछ डर गई। जल्दी से मुड़ी और बाथरूम की तरफ़ जाने लगी। कुछ देर मैंने उन्हें जाते हुए देखा और मैं फिर उनके पीछे हो लिया। ठीक बाथरूम के पास मैंने उन्हें रोक लिया, "माँ!" वह बूढ़ी औरत काँप रही थी। बहुत डर चुकी थी। अचानक वह मुझे डाँटने लगी। मुझे पागल कहकर संबोधित करने लगी। कुछ लोग हमारे पास आ गए। मुझसे कुछ भी कहते नहीं बना। मैं वहीं ठंडा खड़ा रहा। बहुत से लोगों ने मुझे धक्का देकर वहाँ से अलग कर दिया। मैं उस बूढ़ी औरत से क्या कहना चाहता था, मुझे नहीं पता। मैं शायद माँ से संवाद चाहता

था जो बहुत पहले बंद हो चुके थे।

माँ पिताजी के बारे में ऐसे बात करती थीं मानो वह कोई सैनिक हों जिसका काम उनपर पहरा देना हो। पिताजी जब तक जीवित थे उन्होंने माँ पर पहरा दिया। शादी के बाद पिताजी हमेशा घर में ताला लगाकर जाते थे। माँ लिखना चाहती थीं इसलिए घर में पिताजी को जहाँ कहीं भी पेन दिखता वह तोड़ देते। तभी मैं पैदा हुआ और माँ ने पहली बार कोमलता देखी और उन्होंने मेरा नाम कोंपल रख दिया। मुझे हमेशा से लगता रहा है कि माँ के दो जीवन हैं। एक पिताजी से पहले और एक पिताजी के बाद। पिताजी से पहले का जीवन माँ हमेशा भूल जाना चाहती थीं इसलिए वह उसे सबसे ज़्यादा याद रहता था। पिताजी के बाद का जीवन वह अभी तक जी रही थीं।

हवाई जहाज़ में बैठते ही मुझे पहली बार अपने वह दिन याद आ गए जब मैं अपने घर की खिड़की से कभी-कभी कोई हवाई जहाज़ देख लेता था। माँ इसे अच्छा शगुन मानती थीं। वह तुरंत मुझे एक रुपये का नोट देतीं और कहतीं कि जा, जाकर पेड़े ले आ, आज रात प्रसाद में पेड़े खाएँगे। हम बहुत पेड़े नहीं खा पाते थे, शायद हवाई जहाज़ के लिए पेड़े भी इसलिए थे कि वह बहुत कम ही हमारे गाँव से गुज़रते थे। अगर ज़्यादा गुज़रते तो हम पेड़े से बताशे पर उतर आते इसका मुझे पूरा यक़ीन था। मेरे बड़े होते-होते हमारे गाँव से कभी-कभी एक दिन में दो हवाई जहाज़ गुज़र जाते। दूसरे हवाई जहाज़ का ज़िक्र न तो माँ मुझसे करतीं और न मैं माँ से। दूसरे हवाई जहाज़ पर हम दोनों मौन हो जाते और ख़ुद को इधर-उधर के कामों में व्यस्त कर लेते जैसे हम कुछ सुन ही नहीं पा रहे हों।

हम ज़मीन से बहुत ऊपर उड़ रहे थे। तभी मेरे सामने एयर होस्टेस ने खाना रखा। मैंने उसे धन्यवाद कहा। मैंने सुबह से कुछ भी नहीं खाया था। बहुत भूख लगी थी। मैंने जल्दी में खाना खाने की कोशिश की पर कुछ भी मेरे मुँह में नहीं गया। मेरी बग़ल में एक सज्जन बैठे थे जो बड़ी तल्लीनता के साथ खा रहे थे वह मुझे न खाता देखकर रुक गए। उन्हें लगा खाने में कुछ ख़राबी है। मैंने उनकी तरफ़ ध्यान नहीं दिया और खिड़की के

बाहर देखने लगा। छोटे-छोटे कुछ गाँव मुझे दिखाई दिए। मैं बहुत ध्यान से एक-एक घर को देख रहा था। मुझे लगा शायद खिड़की में बैठा हुआ मैं ख़ुद को दिख जाऊँगा। मैं उन पेड़ों का स्वाद अपने मुँह में महसूस कर सकता था। मुझे अचानक सब कुछ धुँधला दिखने लगा। मेरी आँखों में पानी भर आया था। मैं झेंप गया। बग़ल में बैठे सज्जन खाना खाते हुए मुझे देख रहे थे। मैंने खाने में से टिशु उठाया और अपनी आँखें पोंछ लीं। किस बात पर मैं रो दिया था? मुझे समझ में नहीं आया। मैं कब आख़िरी बार रोया था, मुझे याद नहीं। नहीं इसे रोना नहीं कहते। मैं रोया नहीं था। बस किसी कमज़ोर क्षण में मेरी आँखें छलक गई थीं और कुछ भी नहीं। नहीं मैं रो नहीं सकता हूँ।

मैंने अपनी कुर्सी पीछे की और अपनी आँखें बंद कर लीं।

कितने मासूम दिन थे वह! माँ मेन बोर्ड स्कूल से रोज़ शाम को लाल रंग की प्लास्टिक की टोकरी लेकर आती थीं। मैं अकेला घर में उसका इंतज़ार किया करता था। रोज़ उनकी लाल रंग की प्लास्टिक की टोकरी में कुछ चॉक के टुकड़े पड़े होते। वह दिन भर अकेले रहने के इनाम के तौर पर मुझे दे देतीं। चॉक के टुकड़े इनाम थे मेरे अकेलेपन के। एक भगवान का आला था जिसमें भगवान रहते, इस बात पर मैं उस वक़्त ऐसे विश्वास करता था जैसे इस बात पर कि समुद्र में इतना पानी होता है कि उसका दूसरा किनारा नहीं दिखता। मैं भगवान को भी चित्रों में देखा था और समुद्र को भी। उस भगवान के आले में बिछे लाल कपड़े के नीचे माँ के हर महीने के साठ रुपये होते। हर महीने साठ रुपये का हमारा खेल था। कभी साठ रुपये पच्चीस तारीख़ को ख़त्म हो जाते तो कभी इक्कीस तारीख़ को ही दम तोड़ देते। पर वह महीने जिनमें हम छब्बीस या सत्ताईस तारीख़ तक पहुँच जाते वह महीने स्वर्ग के महीने कहलाते। मेरे बड़े होते-होते माँ की तनख़्वाह एक सौ सत्तर रुपये तक पहुँच गई थी। मैं इन दिनों कुछ पैसे भगवान के आले से चुराना भी सीख गया था। पैसे चुरा तो लेता पर उनका क्या करना है यह कभी सोचा नहीं था। चोरी किए हुए पैसे मेरी स्कूल की गणित की किताब में जमा होते गए। पर घबराहट इतनी ज़्यादा बढ़ती चली गई कि गणित में मैं फेल होता

गया। गणित की कॉपी जब भी खोलता उसमें चोरी के पैसे दिख जाते और मैं वहीं उसे उसी वक़्त बंद कर देता। फिर एक दिन मैं पंजाब नेशनल बैंक चला गया उन्हें जमा करने, पर मेरा सिर उस बैंक के काऊंटर तक ही पहुँचता था। सो, हाथ से इशारा करके मैंने एक औरत से कहा कि सुनिए, मेरे पास पैसे हैं। मुझे इसे बैंक में जमा करना है। बड़े होने पर मैं आपसे ले लूँगा। उस औरत ने मुझे पहचान लिया और पैसे समेत मेरी पेशी माँ के सामने करा दी। पर माँ ने उस औरत से कहा कि मैंने ही इसे पैसे दिए थे। बैंक में जमा करने के लिए। वह औरत मेरी माँ की मूर्खता पर बहुत हँसी थी। मैं उस वक़्त भीतर रोया था और शायद वह ही दिन था जिस दिन से मैंने बड़ा होना शुरू किया था। बड़े होते रहने के अपने दुःख थे। जिसमें बूँद-बूँद अपनी संवेदनशीलता को कठोर होते देखना और कुछ न कर पाना, एक ग्लानि थी। इन सारे दिनों की काई जैसी भीतर जमा होती गई थी। ग्लानि जिसको कहा जा सकता है। अपने ही बिताए ख़ूबसूरत मासूम दिनों की ग्लानि।

मैंने लिखना कब छोड़ा था? बहुत गर्मी के दिन थे तब। मुझे पसीना बहुत अच्छी तरह याद है। गर्दन के पीछे, रीढ़ की हड्डी से सरकता पसीना। मेरे हाथ में मेरी एकमात्र छपी हुई कहानियों की किताब थी। इस संकलन का नाम था 'अनकहा'। ठीक इस वक़्त से कुछ समय पहले मैंने अपना एक अधूरा उपन्यास और बहुत-सी बिखरी हुई कविताएँ जलाई थीं। गर्मी उसी की थी। पसीने की बूँदें, जो मेरे गर्दन से नीचे की तरफ़ सफ़र कर रही थीं, उनका संबंध उस आग से भी था जिनकी आँच अभी भी बाल्टी में धधक रही थी। मैंने ऐसा क्यों किया था? उस दिन मेरी कहानियों की किताब 'अनकहा' का पहला पृष्ठ मेरी गोद में खुला हुआ था और मैं उसमें लिखा हुआ वाक्य पढ़ रहा था, 'माँ के लिए'।

गाँव में रहते हुए मुझे एक स्वप्न ने एक दिन घेर लिया था। उस सपने में मुझे एक आदमी दिखा जिसकी शक्ल मेरे बाप से मिलती हुई थी। मैंने मेरे बाप की बहुत-सी तस्वीर देखी हैं। उन सारी तस्वीरों में वह बहुत जवान दिखते थे। पर मेरे स्वप्न में वह वृद्ध थे। पहाड़ी वृद्ध। उनके चेहरे पर खिंची आड़ी-तिरछी लकीरों में मुझे पीला द्रव बहता हुआ दिखता। फिर उन सपनों का तारतम्य बनने लगा। वह धीरे-धीरे अपनी कहानी को आगे बढ़ाने लगे।

मेरा वृद्ध पहाड़ी बाप मुझसे गुज़ारिश करने लगा कि कृपया मेरे चेहरे से यह पीलापन हटा दो। मैं उनके चेहरे को छूने से डरता। बहुत क़रीब जाकर देखा तो उनके चेहरे की लकीरों में मुझे पीला द्रव बहता हुआ नज़र आया। मैंने एक लकड़ी उठाई और उस द्रव को उस लकड़ी से रगड़-रगड़ कर निकालना शुरू किया। पीछे एक पीपल का पेड़ था। उसके पत्ते झड़कर अगल-बग़ल गिर रहे थे। बहुत मद्धिम हवा का पत्तों से खड़खड़ाना मैं साफ़ सुन सकता था। इस सरसराहट के बीच मेरे पहाड़ी बाप की कराह भी थी और उस कराह के पीछे छिपे हुए कुछ शब्द थे, जो बहुत जल्द वाक्यों में बदलते जा रहे थे।

"बेटा, इस पीले द्रव का मूल खोज।"

"ऊपरी सफ़ाई धोखा है।"

"पीड़ा तेरे होने की नहीं है। पीड़ा मेरे न होने की है।"

"इस जगह से कहीं निकल जा। वर्ना अंत में वह बन जाएगा जिसके सपने तुझे डराते हैं।"

यह सपने मुझे कुछ साल भर आते रहे। इसकी शुरुआत सिर्फ़ पीपल का पेड़ था और अंत यह आख़िरी वाक्य।

प्लेन समय पर उतरा। मेरा गाँव क़रीब यहाँ से नब्बे किलोमीटर दूर था। मैंने एक टैक्सी की और गाँव की तरफ़ चल दिया। मैं यहाँ आख़िरी बार दो साल पहले आया था। वह मेरी माँ से आख़िरी मुलाक़ात थी जो बहुत ही डरावनी थी। आज भी याद करता हूँ तो सिहर जाता हूँ।

धीरे-धीरे, क़दम-क़दम हमने बिख़री हुई-सी कुछ चीज़ों को एकत्रित किया था और उसे घर कहना शुरू किया था। बहुत छोटी-छोटी चीज़ों को लेकर हम ख़ुश हो जाते और बिना वजह एक-दूसरे से चिढ़ने लगते। तभी कुछ लोग घर आने लगे जिन्हें लेकर पहली बार मैंने भय महसूस किया। वह लोग दिन के उजाले में घर आते और माँ से हँस-हँस कर बातें करते और रात के अँधेरों में खो जाते। यह वह ही समय था जब मुझे बार-बार चाय बनानी पड़ती थी। तभी पहली बार मुझे एहसास हुआ था कि मेरी माँ

बहुत ख़ूबसूरत हैं। उनके काले घने लंबे बाल हैं। उनका तांबई रंग। उनका लंबा पतला शरीर। माँ ऐसी नहीं होती है। बाक़ी सबकी माँएँ बूढ़ी होने की सीढ़ियाँ चढ़ती हुई थकी-सी दिखती थीं पर मेरी माँ एक उम्र पर रुकी हुई थीं। मेरे बड़े होने के दुखों में यह दुःख अपना वज़न लगातार बढ़ाए जा रहा था। मैं माँ को बूढ़ा देखना चाहता था।

एक रात सोते वक़्त मैंने माँ से कहा था-

"माँ आप बहुत ख़ूबसूरत हो?"

मैं अपनी बात कहना चाहता था पर यह सवाल के रूप में मेरे मुँह से निकला। माँ कुछ देर चुप रही, फिर उसने कहा-

"बेटा क्या मुझे शादी करनी चाहिए?"

मैं दंग रह गया। अचानक मुझे घबराहट होने लगी। मैं कुछ देर में पसीने-पसीने हो गया। मैं ज़ोर-ज़ोर से साँसें लेने लगा। माँ मेरे क़रीब आईं और उन्होंने मुझे अपनी ओर खींचना चाहा। मैंने उन्हें झटका देकर अलग कर दिया। ग़ुस्से में मैं उठकर बाथरूम गया।

कितनी इच्छा होती है कि गाँव वैसा ही रहे, हमारी स्मृतियों में वह जैसा गुदा हुआ है! वहाँ कभी लोग बूढ़े न हों। कभी हमारी जी हुई पगडंडियों पर हमारे न होने की डामर न बिछ जाए। जैसे ही मेरी टैक्सी गाँव की सरहद में घुसी मुझे मेरा शरीर भारी लगने लगा। मैंने अपनी शर्ट के कुछ बटन खोल दिए।

"यार सुनो, ज़रा एसी चालू कर दो।"

"साहब वह चालू है।"

मुझे बहुत गर्मी लग रही थी। टैक्सी मेरे मोहल्ले की तरफ़ बढ़ रही थी। मुझे कुछ सूरतें पहचानी हुई लग रही थीं पर मुझे लगा सब लोग धूप में जले हुए हैं। तभी मैंने परायापन महसूस किया। अब मेरा इस गाँव से कोई संबंध नहीं है। कुछ भी नहीं। दो साल पहले जब मैं यहाँ आया था तो एक ग़ुस्सा था इस गाँव को लेकर। अब वह भी नहीं है। मैंने कहीं भी अपनी टैक्सी नहीं रोकी। मैं सीधा अपने घर की तरफ़ बढ़ा।

माँ और मेरे संबंध में मेरा लिखा हुआ एक रक्त की तरह काम करता था जिसका संचार बहुत समय तक लगातार बना रहा। मैं शहर आ गया था। माँ से बहुत कहा कि चलो यहाँ क्या रखा है। मेरे साथ रहना। पर वह नहीं मानीं। कहने लगीं, ''मेरी सारी उम्र यहीं कटी है। तू आते रहना और मैं भी आती रहूँगी। फिर तेरा लिखा पढ़ूँगी तो तू पास ही रहेगा''। माँ मेरे साथ नहीं आईं। कई साल बीत गए। बीच-बीच में वह आती रहतीं। फिर उन्हें गाँव वापिस जाने की जल्दी लग जाती। मेरा जाना बहुत कम होता था। इसी बीच मेरा पहला कहानी संकलन 'अनकहा' छपा। उस समय माँ मेरे साथ थीं। बहुत ख़ुशी थी उन्हें उस बात की। हम दोनों उस रात बाहर खाने गए थे। खाने के बीच में ही उन्होंने कहा–

''तुझसे एक बात कहनी है?''

''बोलो माँ।''

''तुम सोनी जी को जानते हो ना?''

''हाँ, वह वकील थे ना।''

सोनी जी वकील थे। सब्ज़ी बाज़ार के पास कहीं रहते थे, अब मुझे ठीक से याद नहीं है। उनका एक लड़का था जो मेरे से बड़ा था, उससे मेरी कभी नहीं बनी। हम हमेशा आपस में लड़ लेते थे। उसके कारण मैं सोनी जी को भी बहुत पसंद नहीं करता था।

''हाँ वही वकील।'' यह कहते ही माँ चुप हो गईं।

''क्या हुआ उन्हें?''

''नहीं, उन्हें कुछ भी नहीं हुआ है। वह मेरे साथ रहना चाहते हैं।''

''क्या मतलब? उनका तो अपना घर है। वह तो....''

मैं कुछ आगे बोल पाता इससे पहले मैंने माँ का चेहरा पढ़ लिया, जिसपर उस रात की छाया थी जब उन्होंने कहा था कि बेटा, क्या मुझे शादी करनी चाहिए। मैं डर गया। कहीं यह वही बात तो नहीं है? माँ बूढ़ी हो चुकी हैं। वह मेरी माँ हैं। पिताजी मेरे सपने में आते हैं भले ही मैंने उन्हें कभी देखा नहीं है। पर मैं जानता हूँ मेरी माँ कौन है और मेरे पिताजी कौन हैं। पता नहीं क्या-क्या मेरे दिमाग़ में उबलने लगा। फिर मुझसे कुछ भी नहीं हुआ। मैं पसीने-पसीने था। माँ बहुत देर तक मुझे कुछ-कुछ समझाती रहीं

पर मैं कुछ भी सुन नहीं पा रहा था।

अगले दिन माँ वापिस गाँव चली गईं। उस रात मैंने बाथरूम से लोहे की बाल्टी उठाई और उसमें अपने सारे लिखे को जला दिया। उस दिन की गर्मी मुझे अभी तक याद है। हाथ में बस वह कहानी संग्रह था 'अनकहा'। जिसके पहले पृष्ठ पर लिखा था, 'माँ के लिए'। बहुत दिनों तक मुझे मेरे पिताजी के सपने आते रहे। मैं उनके बूढ़े चेहरे से पीलापन निकालता रहा। मैं उस पीलेपन की जड़ भी खोजना चाहता था पर जड़ें कहाँ थीं, इसका उत्तर मैं कभी भी नहीं खोज पाया। ख़ुद को बहुत समझाने पर भी मैं 'माँ' शब्द के भीतर 'आज का समझदार आदमी' नहीं घुसा पाया। मैं माँ का अकेलापन भी समझता था। उनकी सारी बातें सही थीं पर मैं अलग ही इतिहास को जानता था। जिसमें माँ माँ की तरह होती है। मैंने उसके बाद कभी भी यह नहीं जानना चाहा कि वह कैसी हैं। मैं कभी-कभी उनसे बात कर लिया करता था। बस, वह कैसे रह रही हैं? क्या हो रहा है? मैं अपने संवादों को वहाँ तक जाने ही नहीं देता था।

मैंने चश्मा पहन लिया था जिसमें जैसा और जितना मैं देखना चाहता था मुझे उतना ही दिखता था। चीज़ों के पीछे के सत्य में मेरी कोई दिलचस्पी नहीं थी। इस चश्मे का असर मेरे लिखने पर बहुत हुआ। मेरा लिखना लगभग छूट चुका था। जब भी कोशिश करता चश्मा कहीं ग़ायब हो जाता और उस चश्मे के बिना जो भी दिखता वह मेरी साँस की नली में कहीं फँस जाता। मैं पसीने-पसीने हो जाता। घबराकर घर से बाहर चला जाता। वापिस दोस्तों के बीच अपना चश्मा पहन लेता। काम बहुत अच्छा चलने लगा था। मैं अपने ऑफ़िस में बुरी तरह व्यस्त हो चुका था। लिखने में दिलचस्पी पूरी तरह ख़त्म हो चुकी थी।

कुछ ही समय बीता था कि जीवन एक ढलान पर तेज़ी से आगे बढ़ने लगा था। एक घर ख़रीद लिया था। ऑफ़िस में ही एक लड़की थी जिससे घर सजाने की बातें होने लगी थीं। मैंने कभी कोई निर्णय नहीं किए। अधूरी पढ़ी कहानियों के चक्कर में कब लिखना शुरू कर दिया पता नहीं चला। शहर आया तो किसी ने कहा कि लिखते रहना, पहले यह अच्छा काम मिल रहा है उसे क्यों ठोकर मारते हो। मैंने काम कर लिया और लिखना कब

का पीछे रह गया। माँ की सारी समस्या को मैंने बहुत पीछे अपनी सारी व्यस्तताओं में दबाकर रख दिया था।

तभी गाँव से मेरे कुछ दोस्तों के फ़ोन आने लगे। वह मुझसे सीधी बात नहीं करते थे। वह इधर-उधर घुमाकर मुझसे मेरी माँ के बारे में पूछते। मैं बहुत समय तक बात समझा नहीं। फिर एक दिन मैंने अपने दोस्त सुधीर को फ़ोन लगाया। सुधीर मेरा एकमात्र दोस्त रह गया था गाँव में। उसने मुझसे कहा कि तेरी माँ और सोनी जी साथ रहने लगे हैं। यह गाँव के लिए बड़ी बात है। पहले सब खुसफुसाहट में बात करते थे पर अब लोग सीधा बोलने लगे है। और भी बहुत-सी बातें उसने कहीं जिसपर मैंने फ़ोन काट दिया।

मुझे लगता है हम लोग इस बड़े महाकाव्य में व्यक्ति न होकर महज़ शब्द हैं। वह मेरे लिए एक शब्द हैं 'माँ' जिसकी परिभाषा मेरे ख़ून में है, उस परिभाषा से अलग अगर वह व्यक्ति व्यवहार करता है तो वह व्यक्ति अपने शब्द की परिभाषा लाँघ रहा है। जिसे कैसे सहन करना है मुझे कभी नहीं सिखाया गया। मैं भी एक शब्द हूँ 'कोंपल'। मैंने भी अपनी परिभाषा लाँघी हैं। मैं कठोर रहा हूँ 'माँ' शब्द के लिए। जबकि यह नाम उसने ही मुझे दिया था। मेरा गाँव से कोई संबंध नहीं था पर माँ का वहाँ उन लोगों के बीच इस तरह रहना बहुत कठिन था। मैं अब अपनी व्यस्तता के पीछे छिपकर नहीं बैठ सकता था। मुझे इसे सुलझाना ही था किसी भी क़ीमत पर। बहुत सोचने पर मैं एक नतीजे पर पहुँचा कि माँ को यहाँ ले आऊँगा। चाहे वह कुछ भी समझें। उन्हें अपने साथ रखूँगा। मैं पहली फ़्लाइट से अपने गाँव पहुँचा।

गाँव में घुसने से पहले मैंने सुधीर को गाँव के बाहर वाले एक ढाबे पर बुला लिया। उससे कुछ देर बात करने पर पता चला कि माँ बहुत कम ही घर से निकलती हैं। सिर्फ़ सोनी जी बाज़ार में कभी-कभार किसी को दिख जाते हैं। लोगों के लिए मसाला है, सबके पास कहने के लिए बहुत कुछ है। मैं चुपचाप सब सुनता रहा फिर मैंने उसे बताया कि मैं माँ को अपने साथ ले जाने आया हूँ। उसने कहा यह ही सही है। कुछ देर की बात के बाद मैं सीधा अपने घर पहुँचा। दरवाज़ा सोनी जी ने खोला।

"अरे वाह! तुम आ रहे हो तुमने बताया भी नहीं। सुनिए, देखिए कौन आया है ? आपका कोंपल!"

मैं सीधा भीतर चला गया। सोनी जी की तरफ़ बिना ध्यान दिए। माँ पूजा वाले कमरे में लेटी हुई थीं। मैं सीधा उनके पास गया। उनके पैर छुए। बड़ी मुश्किल से वह अपने पलंग से उठ पाईं।

"क्या हुआ माँ?"

वह बहुत दुबली हो चुकी थीं। जर्जर काया। शरीर बहुत गर्म था। मैं उनकी बग़ल में बैठ गया।

"रहने दीजिए, उठने की क्या ज़रूरत है! क्या हुआ है माँ?"

तभी मुझे सोनी जी की आवाज़ आई, वह दरवाज़े पर खड़े थे।

"कई महीनों से इनकी ऐसी ही हालत है। डॉक्टर ने पूरी तरह बेड-रेस्ट बोला है, पर यह मानती कहाँ है! मैंने कहा था कि तुम्हें बता दें या मैं तुम्हारे पास छोड़ आता हूँ पर इन्होंने मना कर दिया। चाय पियोगे?"

कुछ देर चुप्पी बनी रही। मैं सोनी जी की आवाज़ अपने भीतर चबा रहा था। 'यह कौन होते हैं मुझे बताने वाले कि मेरी माँ कैसी है, कैसी नहीं है!' किचन में कुछ बर्तनों की खट-पट सुनाई दे रही थी। भगवान के कमरे की ख़ुशबू बिलकुल वैसी ही थी। उन्हीं दिनों की। घर बहुत साफ़ दिख रहा था। मैं कब से माँ से नही मिला हूँ! बहुत समय हो गया। उनसे बात किए भी काफ़ी समय बीत चुका था। माँ मुझे देख नहीं रही थीं। वह मुझे निहार रही थीं।

"कुछ लिखना शुरू किया?"

"नहीं।"

मैं भीतर नाराज़गी लेकर आया था जो कुछ माँ की हालत को देखकर पिघली थी पर कड़वाहट बहुत-सी थी, जिसकी वजह से जवाब तुरंत मुँह से निकल गया।

"तुम बाहर बैठो। मैं हाथ-मुँह धोकर आती हूँ।"

माँ ने यह मुस्कुराते हुए कहा था पर मैं समझ गया कि उन्होंने कुछ सूँघ लिया था। वह मेरी माँ थीं। मेरे माथे के बल से समझ जाती थीं कि भीतर क्या चल रहा है। मैं बाहर के कमरे में जाकर बैठ गया। सोनी जी मेरे लिए चाय ले आए और मेरे सामने आकर बैठ गए। उनसे संवाद मुश्किल थे। सो, मैं उनकी तरफ़ देख भी नहीं रहा था। अपने ही घर में मैं मेहमान की तरह

बैठा था। कुछ देर में माँ बाहर आईं। अभी भी वह वैसी ही ख़ूबसूरत थीं। लंबी। तांबई रंग। सोनी जी ने उठकर उन्हें सहारा देना चाहा पर माँ ने मना कर दिया, वह मेरी बग़ल में आकर बैठ गईं।

"मुझे बाज़ार में कुछ काम है। मैं आता हूँ।"

सोनी जी स्थिति समझ चुके थे। वह जाने लगे।

"नहीं, रहने दीजिए। कोंपल आया है, बाज़ार बाद में चले जाइएगा।"

सोनी जी कुछ समझ नहीं पाए। वह वापिस आकर बैठ गए।

"रुकोगे कुछ दिन?" माँ ने पूछा।

मैं सोनी जी के सामने संवाद नहीं करना चाहता था मैंने उनकी तरफ़ एक बार देखा। वह सहमे से मेरे सामने बैठे रहे।

"यह घर के ही आदमी हैं।" माँ ने कहा।

माँ सीधी बात पर आना चाहती थीं। मेरे पास कोई चारा नहीं था।

"माँ, मैं आपको लेने आया हूँ। हम आज शाम को साथ चल रहे हैं। मैंने फ़्लाइट टिकट भी बुक कर ली है आपके लिए।"

"देखा आपने, कितना प्यार करता है मुझसे यह!"

उन्होंने यह बात सोनी जी से कही। सोनी जी आधा लजाए, आधा मुस्कुरा दिए।

"माँ, मैं टिकिट भी बुक कर चुका हूँ। आपको मेरे साथ चलना ही पड़ेगा।"

"कहाँ ले जाएगा मुझे! रख पाएगा अपने साथ?"

"आप मेरी माँ हो! क्यों नहीं रखूँगा?"

"माँ! जिससे शर्मिंदगी हो रही है! तभी तू भागा हुआ आया ना?"

"देखो माँ, मैं यह सब बर्दाश्त नहीं कर सकता कि..."

"देख, तुझसे तो बोला भी नहीं जा रहा है।"

बात बिगड़ गई थी। मैं कुछ देर चुप रहा। सोनी जी अपनी बग़लें झाँक रहे थे। माँ सीधा मुझे ही देख रही थीं। माँ ने फिर पूछा–

"क्या बर्दाश्त नहीं कर सकता?"

"माँ, आपको पता है यहाँ लोग आपके बारे में क्या-क्या बोल रहे हैं? इस उम्र में यह सब ठीक लगता है क्या? मैं बस और कुछ नहीं सुनना

चाहता। मैं चाहता हूँ आप मेरे साथ रहो बस।''

''बहुत पहले मैंने एक दुकान खोली थी जिसमें बहुत सारी चीज़ें बिकती थीं। तब उस वक़्त लगा कि देखो मैं अपने पैरों पर खड़ी हूँ। लोग मुझसे वह ख़रीदने आते हैं जो मैं बेचती हूँ। फिर उम्र के साथ-साथ दूसरा ख़्याल घर कर गया कि नहीं मैं असल में महज़ एक ज़रिया हूँ। कोई है जो थोक में चीज़ें बनाता है। मैं बस उसे फुटकर में लोगों तक पहुँचाती हूँ। मैं असल में वही बेच रही हूँ जो लोग ख़रीदना चाहते हैं तो मैं क्या चाहती हूँ? इसका उत्तर मेरे पास नहीं था। एक दिन मैंने वह दुकान बंद कर दी। बस। लोगों को अब मैं कुछ भी नहीं बेच रही हूँ। और तुम्हें भी...''

मेरे पास इसका कोई जवाब नहीं था। मैंने इस तरह की बातों की कभी कल्पना भी नहीं की थी। मैं चुप हो गया। कुछ देर मैं घर में बिताना चाहता था पर वह मुमकिन नहीं था। माँ अपने कमरे में वापिस चली गईं। पता नहीं क्यों मेरी इच्छा हुई कि मैं सोनी जी से बात करूँ। पर मैं उनसे कुछ कह नहीं पाया। मैंने अपना सामान उठाया और जाने लगा। सोनी जी मुझे बाहर तक छोड़ने आए।

''बीमारी के कारण थोड़ी चिड़चिड़ा गई हैं। वैसे हमेशा तुम्हारे बारे में बातें करती हैं।'' सोनी जी ने कहा

मैंने जाते वक़्त उन्हें प्रणाम किया। यह दो साल पहले मेरी माँ से आख़िरी मुलाक़ात थी जिसे सोचकर आज भी मैं सिहर जाता हूँ।

मैंने टैक्सी वाले को अपने घर की गली के बाहर ही रोक दिया। मैं अपने घर चलकर जाना चाहता था। घर के सामने सुधीर दिखा। हम एक-दूसरे के सामने मूक खड़े रहे। फिर उसने कहा कि 'अंदर चले जाओ। कुछ सामान रह गया है मैं उसे लेकर आता हूँ'। मैं भीतर गया तो सब जगह चुप्पी थी। भगवान के कमरे से कुछ धुआँ निकल रहा था। मैं भगवान के कमरे में गया, वहाँ माँ का शव रखा हुआ था। सोनी जी बग़ल में बैठे हुए थे.. एक थाली में राख़ रखी हुई थी और बहुत-सी दूब जल रही थी। मैं माँ के शव की बग़ल में बैठ गया। सोनी जी ने मुझे देखा। उनकी आँखें लाल थीं। मैं उनसे दूर बैठा था। वह खिसककर मेरे पास आ गए। मेरे कंधे पर हाथ रखा।

फिर कुछ देर में अपना सिर मेरे कंधे पर रख लिया। मेरा पूरा शरीर कड़क हो गया। वह रो रहे थे सुबक-सुबक कर बच्चों की तरह। मैंने अपने कंधे को हल्का-सा झटका दिया, वह अलग हो गए। फिर कुछ समय में उठकर बाहर चले गए।

कैसे ऐसा होता है कि आज के बाद वह हमारे जिए में नहीं होगी! किसी की मृत्यु पर सबसे ज़्यादा दुःख हमें किस बात का होता है? शायद उस ख़ाली जगह का जो उसके जाने के बाद छूट गई है। नहीं हमारे भीतर नहीं। हमारे भीतर की ख़ाली जगह भरने के हमारे पास बहुत गुण हैं। ख़ाली जगह वह छूट जाती है जहाँ वह हमेशा से थी। जैसे इस घर और मेरे बीच के संबंध। मेरे और इस गाँव के संबंध के बीच की ख़ाली जगह। मेरे और मेरे कोंपल होने के बीच की जगह। मेरे और मेरे माँ शब्द के बीच की जगह और पता नहीं क्या-क्या? उनके चले जाने पर महसूस होता है कि असल में वह हर जगह कहीं न-कहीं मौजूद थीं। उन जगहों पर अब मेरी ही आवाज़ लौटकर मेरे पास आएगी। मेरी हर हरकत गूँजेगी मेरे ही कानों में। हमें सालों इंतज़ार करना होता है तब कहीं इस ख़ाली जगह में हल्की-सी घास नज़र आने लगती है। फिर हम एक रात की किसी कमज़ोर घड़ी में वहाँ पेड़ लगा आएँगे और वह बहुत समय बाद एक हरा भरा घास का मैदान हो जाएगा। तब शायद हम कह सकेंगे कि वह अब जा चुकी हैं।

मुझे लग रहा था कि माँ बहुत गहरी नींद में हैं। अभी आँखें खोलेंगी और मुझसे पूछेंगी कि कुछ नया लिखा? वह अभी भी माँओं जैसी माँ नहीं थीं। वह अभी भी ख़ूबसूरत लग रही थीं। मैं खिसककर उसके चेहरे के पास आ गया। उनके गालों को हल्के से छुआ। गाल बहुत ठंडे थे। मैंने उनके चेहरे पर हाथ फेरा और लगा कि वहाँ कुछ नहीं है। कोई हरकत नहीं। मैं उनके माथे और आँखों को हल्का सहलाने लगा और मुझे वहाँ इंतज़ार दिखा। लंबा इंतज़ार, जिसकी रेखाएँ हल्की पीली पड़ चुकी थीं। मैंने एक कपड़ा लिया और उसे पानी में भिगोकर उस पीलेपन को मिटाने लगा। तभी सोनी जी की बच्चों-सी सुबक सुनाई दी। वह दरवाज़े पर खड़े रो रहे थे। मेरी इच्छा हुई कि मैं उनसे माफ़ी माँग लूँ। मेरे न होने की और इस वक़्त मेरे यहाँ होने की सब-सारी बातों की माफ़ी।

कुछ देर में सुधीर अर्थी का सामान ले आया। उसके साथ कुछ लोग और थे। सभी उसके हमउम्र थे। उसके दोस्त होंगे जो माँ को जानते भी नहीं हैं शायद। माँ की शवयात्रा में सिर्फ़ हम तीन ही लोग होंगे इस बात से शायद सुधीर घबरा गया होगा। अब हम तीन नहीं थे हम पाँच थे। मुझे अच्छा लगा। माँ ने बहुत पहले एक लेखक की डायरी से पढ़कर एक वाक्य सुनाया था जो मुझे याद आ गया, 'जीवन में अकेलेपन की पीड़ा भोगने का क्या लाभ यदि हम अकेले में मरने का अधिकार अर्जित न कर सकें ! किंतु ऐसे भी लोग हैं जो जीवन-भर दूसरों के साथ रहने का कष्ट भोगते हैं, ताकि अंत में अकेले न मरना पड़े (निर्मल वर्मा)।'

श्मशान में माँ को सूखी लकड़ियों के बीच लेटा हुआ देखा तो इच्छा हुई कि उनसे कह दूँ कि मैं कोंपल नहीं हूँ। मेरी कोमलता बहुत पहले ख़त्म हो गई थी। मैं सूखा हुआ पत्ता हूँ जो बहुत पहले अपने पेड़ से अलग हो गया था। सुधीर अग्नि लेकर मेरे पास आया। माँ को अग्नि देने की मेरी हिम्मत नहीं हुई। मैं अग्नि देने का अधिकार नहीं रखता था। मैंने लकड़ी सोनी जी को पकड़ा दी और उनसे कहा कि वह अग्नि दें। वह इसका अधिकार रखते हैं, मैं नहीं।

मुझे लगा मैं किसी घने हरे पेड़ को जलते हुए देख रहा हूँ। माँ को जलता हुए देखने की मेरी हिम्मत नहीं हुई। मैं नदी की तरफ़ मुड़ गया। कुछ देर बाद सोनी जी आए और मैं उनके साथ अपने घर चला गया।

अगले दिन सुबह हम माँ की अस्थियाँ बटोरने गए। सुबह की राख़ में माँ को टटोलना, जो कहानी कल तक मुझे असह्य रूप से लंबी लग रही थी वह अभी इस राख़ में ख़त्म हो चुकी थी। इस राख़ में मैं माँ को ढूँढ़ रहा था। कभी वह मुझे अपने घर के बाहर खड़ी दिखतीं तो कभी लाल डलिया लिए मेरे लिए चॉक लाती हुईं, पर पकड़ में कुछ भी नहीं आता। सिर्फ़ राख। तब पहली बार मैं सोनी जी के गले लगकर रोया था। बहुत रोया।

क्या हम कुछ भी नहीं बदल सकते जो बीत गया है? क्या वह समय वापिस नहीं आ सकता जब पेड़ पर मैं कोंपल था? वह दिन जिस दिन सुबह के वक़्त माँ ने मुझे पहली बार कोंपल दिखाई थी? वह दोपहर जब हम कभी-कभी बिना वजह पेड़े खा लिया करते? या कम-से-कम वह दो

साल पहले का दिन जब मैं माँ से नाराज़ होकर चला गया था! काश! मैं रुक जाता। सोनी जी से बात कर लेता। माँ किसी को अब कुछ नहीं बेच रही है, वाली बात समझ सकता। मैं प्लेन में बैठे-बैठे सोच रहा था कि काश! ऐसा कोई प्लेन होता जिसमें बैठकर हम अपने अतीत में जाते और कुछ चीज़ें ठीक कर लेते। कुछ लोगों को प्यार दे देते। किसी के साथ थोड़ा ज़्यादा बैठ लेते। किसी को सुनते और समझते, कहीं किसी के गले लग जाते और जी भरकर रो लेते।

प्लेन शहर में उतरने वाला था। मैंने अपनी कुर्सी सीधी कर ली थी। खिड़की खोल दी थी और कमर में पेटी बाँध ली थी।

मुमताज़ भाई पतंगवाले

एक

काश! मैं आनंद को मना कर देता। कैसे बचपन की बेवक़ूफ़ियों पर मैं अचानक भावनाओं में बह गया!

छुट्टियाँ बर्बाद हुईं सो अलग। मुझे आश्चर्य हुआ तनु ने मुझे रोका नहीं। तनु को क्या पता कौन आनंद है, कौन मुमताज़ भाई हैं। मैंने बचपन के इन बचकाने दिनों का ज़िक्र उससे कभी नहीं किया। पर मुझे उसे सब बताना पड़ा, क्योंकि जब आनंद का फ़ोन आया, उसे तनु ने ही रिसीव किया था। "बिक्की है?" आनंद ने पूछा था और तनु ने 'wrong number' कहकर फ़ोन काट दिया था। उसने फिर फ़ोन किया, "बिक्की है?" तनु ने फिर काट दिया। जब तीसरी बार उसने फ़ोन किया तो तनु चिढ़ गई। उसने मुझसे पूछा, "यह बिक्की कौन है? यह आदमी बार-बार फ़ोन कर रहा है"। और मैं दंग रह गया। 'बिक्की' असल में विक्की और वैसे विवेक। मैं धीरे से रिसीवर की तरफ़ बढ़ा। तनु को लगा था कि मैं मज़ाक़ कर रहा हूँ उसने आनंद से कहा, "लीजिए बिक्की से बात करिए"। मैंने फ़ोन लिया तो तनु

अपनी हँसी दबाते हुए मेरी बग़ल में खड़ी हो गई। उसे लग रहा था कि हम वह wrong number वाला खेल खेल रहे हैं। मैंने कहा, "मैं विक्की बोल रहा हूँ"। तनु कहने लगी, "अरे, वो बिक्की है"। मैंने उसकी तरफ़ देखा और वह चुप हो गई थी। आनंद ने कहा कि मुमताज़ भाई की हालत बहुत ख़राब है। पर अजीब बात है कि वह तुम्हारा नाम ले रहे थे। तुम अगर एक दिन के लिए आ जाओ तो तुम देख लो। वैसे आ जाते तो यहाँ सबको अच्छा लगता। फ़ोन काटने के बाद तनु ने सवालों की रेल लगा दी। मुझे बहुत कुछ अब याद नहीं था। पर मैंने जितना कुछ भी उसे बताया, उसके बाद मैं ख़ुद भावुक हो गया और मैंने उससे कहा कि मेरी इच्छा है कि मैं एक बार वहाँ चला जाऊँ। तनु मेरी बात से तुरंत सहमत हो गई। वह अगले दिन ऑफ़िस गई, उसने बॉस से छुट्टी की बात कर ली। मेरा रिज़र्वेशन करवा दिया (हम दोनों एक ही ऑफ़िस में काम करते हैं), और अब मैं ट्रेन में अपनी भावनाओं में बह जाने पर पश्चाताप कर रहा हूँ।

हर बार जब भी मैं ट्रेन में सफ़र करता हूँ तो कोई-न-कोई बच्चा मेरे अगल-बग़ल वाली बर्थ पर ज़रूर होता है। मुझे बच्चे अच्छे नहीं लगते, ख़ासकर ट्रेनों में। वह रात भर सोने नहीं देते हैं। हर बार मैं बहुत गंदे बहाने बनाकर अपनी बर्थ बदल लेता हूँ। इस बार मैंने एक औरत से यह कहकर अपनी बर्थ बदली कि मुझे हर आधे घंटे में बाथरूम जाना होता है। मेरी बीमारी है, इसलिए मुझे बाथरूम के पास वाली बर्थ चाहिए। वह पहले नहीं मानी। फिर मुझे कहना पड़ा कि अगर मेरी दूरी बाथरूम से ज़्यादा हुई तो मैं कभी-कभी संभाल नहीं पाता हूँ और...। वह डर गई और उसने बर्थ बदल दी। जब मैं खाना खाने के बाद सोने की तैयारी में जुट गया तो देखा वह औरत बार-बार मेरी तरफ़ देख रही है। उसे दिखाने के लिए मैं हर थोड़ी देर में उठकर बाथरूम में चला जाता। बाथरूम में जाकर मैं कुछ देर आईने के सामने खड़ा रहता और बाहर निकल आता। यह सिलसिला देर रात तक चलता रहा। बमुश्किल वह सो गई और मैंने चैन की साँस ली। उस चैन की साँस लेते ही मुझे सच में बाथरूम लगने लगी। मैं वापिस उठा, बाथरूम गया। बाथरूम करने के बाद मैं कुछ देर आईने के सामने यूँ ही खड़ा रहा। मेरी कलमें सफ़ेद होने लगी हैं। मैंने अपने माथे के बालों को उठाकर देखा

तो दो-तीन सफ़ेद बाल वहाँ भी नज़र आ गए। मैं तुरंत बाथरूम से बाहर निकल आया। अपनी बर्थ पर लेटे हुए मैं खिड़की के बाहर देख रहा था। एक शहर अपनी पूरी रोशनी लिए मेरे सामने से मानो भाग रहा था। कुछ ही देर में शहर ख़त्म हो गया। वापिस अँधेरा। अब शीशे में मुझे अपनी शक्ल दिख रही थी। कौन-सा शहर था वह? क्या मैं कभी उस शहर में गया हूँ? फिर मैं सोचने लगा कि अगर अपने घर में मैं इन सफ़ेद बालों को देखता तो तुरंत काट देता। मैं घर में क्यों नहीं हूँ? मैं ख़ुद को कोसने लगा। कोसते-कोसते कब नींद आ गई पता ही नहीं चला।

दो

शक्कर की लाइन बहुत लंबी थी। मैं बहुत देर तक लाइन से दूर खड़ा रहा, मेरी निगाहें आसमान पर थीं। मुमताज़ की पतंग पर। यह राशन कार्ड से सामान लेने का समय मेरे पतंग उड़ाने का ही समय क्यों होता है? मैंने देखा लाइन में खड़ा एक आदमी मुझे घूर-घूरकर देखे जा रहा है। अरे! यह तो सुधीर शास्त्री हैं, मेरे मामा। मैं तुरंत हँसता हुआ उनकी बग़ल में जाकर खड़ा हो गया। उनका कुर्ता पकड़कर उनसे कहा,

"मामा जी, मामा जी! आप शक्कर ले लेंगे?"

मेरे इतना कहने पर उन्होंने एक चपत मुझे जमा दी। मुँह में गुटखा होने की वजह से वह मुझे गाली नहीं दे पाए। ग़ुस्से से पीछे लाइन में खड़े होने का इशारा किया। मैं झोला रगड़ता हुआ वापिस लाइन से थोड़ा हटकर खड़ा हो गया। मुमताज़ भाई की पतंग। मैं वापिस आसमान में था। लाल तुर्रे वाली काली पतंग। ऊँची आसमान में थमी खड़ी थी। मैं खिसक कर लाइन में खड़ा हो गया जिससे मेरे मामा मुझे न देख सकें। तभी मुमताज़ की पतंग एक जंगी जहाज़ की तरह नीचे आई और अपने एक बहाव में तीन पतंगों को काटती हुई वापिस ऊपर आसमान में। वैसी-की-वैसी थम गई, मानो नीचे कुछ हुआ ही न हो। तीनों कटी हुई पतंग मेरे सिर के ऊपर से चली जा रही थीं। यह मेरे सब्र की ऐसी परीक्षा थी जिसमें मेरी हार तय थी। मैंने एक बार अपने मामा को देखा, जिनका नंबर आने ही वाला था और एक बार उन पतंगों को। मैंने एक गहरी साँस भीतर ली और मामा की ओर लपका। इससे

पहले कि वह कुछ समझ पाते, मैंने अपना झोला और राशन कार्ड उनके हाथ में थमाया और पतंग की ओर भाग लिया। पीछे से मुझे मेरे मामा की आवाज़ सुनाई दी थी कि तेरी माँ को बोलूँगा। मैं यह झोला यहीं पटक के जा रहा हूँ। अबे रुक, हरामी साला!

एक पतंग गुप्ता जी के घर पर चली गई। दूसरी पतंग अवस्थी जी के बग़ीचे में। मेरी आज तक समझ में नहीं आया कि जिन लोगों के घर पर बच्चे नहीं होते या जिन्हें पतंग उड़ाने में कोई दिलचस्पी नहीं होती, पतंग कटने के बाद हमेशा उन्हीं लोगों के घर पर क्यों जाती है! लेकिन तीसरी पतंग टाल की तरफ़ जा रही थी। मैं उस ओर भागा। साथ में कई लड़के उस ओर जा रहे थे। कुछ लोगों के हाथ में झाड़-झंखाड़ भी थे। वह पतंग नीचे आ रही थी पर ऐन वक़्त पर वह गोता खा गई और बग़ल की गली की तरफ़ मुड़ गई। सभी पतंग के पीछे भागे पर अचानक मेरी निगाह उसके माँझे की ओर गई। मुमताज़ भाई ने पतंग को लंबे गोते के बाद काटा था। सो, माँझा पतंग में काफ़ी था। सभी पतंग की ओर भागे लेकिन मैं उल्टे माँझे की तरफ़ भागा। दो लंबी छलांग लेनी पड़ी, पहली छलांग में मैं टाल के दूसरी तरफ़ था पर दूसरी छलांग में मैं नाली में गिर गया। लेकिन माँझा मेरे हाथ में था। मैंने तेज़ी से माँझा खींचा, पतंग मेरे हाथ में आ चुकी थी। मैं नाली में खड़ा हँसने लगा। ज़ोर-ज़ोर से। इस जीत का कोई गवाह नहीं था, सो मैं अकेले ही नाली में खड़े होकर चिल्ला पड़ा, "मुमताज़ भाई, मैंने पतंग लूट ली। मुमताज़ भाई... या... या... हू...हू...।"

कीचड़ में सना हुआ, एक हाथ में पतंग लेकर मैं भागता हुआ तुरंत राशन की दुकान पर पहुँचा। वहाँ सन्नाटा था। मामा ग़ायब, राशन की दुकान पर ताला लगा हुआ था। मैं ठंडा पड़ गया। आधा शरीर कीचड़ में सना हुआ है, एक हाथ में पतंग। मेरे सामने माँ का ग़ुस्से से लाल-पीला चेहरा घूमने लगा। पतंग मेरी जीत थी, सो उसे मैं छोड़ नहीं सकता था। मैंने बाहर के नल में ख़ुद को थोड़ा-सा साफ़ किया और डरता हुआ घर पहुँचा। दरवाज़े पर ही सिगरेट की ख़ुशबू आ रही थी। मतलब अवस्थी जी घर आए हुए हैं। मैं चोरी से किचन में जाना चाह रहा था पर मेरे घर में घुसते ही माँ ने देख लिया। अवस्थी जी सिगरेट के कश लगाते हुए मुझपर हँसने लगे। मैंने पतंग

दरवाज़े के पीछे छुपाने की असफल कोशिश की। फिर अवस्थी जी के पैर छुए। अवस्थी जी ने मुझे अपनी बग़ल में बिठा लिया। मैंने देखा कि माँ की बग़ल में शक्कर भरा हुआ बैग और राशन कार्ड रखा हुआ है। मैंने माँ की तरफ़ देखा। वह मुझे देखकर मुस्कुरा रही थी। यह तूफ़ान के पहले की शांति थी। दूर टीवी के पास बैठी मेरी बहन अपना होमवर्क कर रही थी। उसने मुझे इशारे से कहा कि बहुत पिटाई होने वाली है। मैं समझ गया पूरा घर अवस्थी जी के जाने का इंतज़ार कर रहा है। तभी अवस्थी जी कहने लगे कि यह बदबू कहाँ से आ रही है? मैं ठंडा पहले ही पड़ चुका था। अब मैं पीला पड़ता जा रहा था। यह ठंडा पड़ने के बाद की स्टेज़ है, इसके बाद आदमी लाल पड़ता है और फिर काम तमाम। माँ ने तुरंत मुझे अवस्थी जी की बग़ल से उठा दिया। मैं भागता हुआ किचन में चला गया। घर में छुपने की कोई और जगह ही नहीं थी। मैं भीतर बैठा-बैठा अपनी सज़ा के बारे में सोचने लगा। तभी अवस्थी जी के दरवाज़े पर पहुँचने की आवाज़ आई। 'अच्छा आइएगा' यह वाक्य मेरे कानों में गूँजने लगा और फिर कुछ ही देर में मैं पीला पड़ जाने के बाद वाली स्टेज़ पर पहुँच गया। मैं पिट-पिट के लाल पड़ चुका था। माँ जानती थीं कि मारने का इसपर अब ज़्यादा असर नहीं होता है, सो उन्होंने मारने के बाद मेरे कपड़े उतारे और मुझे नंगा घर के बाहर खड़ा कर दिया। शर्म के मारे मैंने आँखें नहीं खोलीं। कौन मेरी बग़ल में रुका, किसने मुझे देखा मुझे कुछ भी पता नहीं। बस मुझे मेरे मामा (सुधीर शास्त्री) की आवाज़ आई, "और उड़ाओ पतंग।" कुछ देर बाद मेरी सिसकियों के बीच में दूसरी आवाज़ आई मेरी बहन की, "चलो, माँ ने अंदर बुलाया है"। मैंने सिसकियों की आवाज़ को बनाए रखा, कपड़े पहने और होमवर्क करने बैठ गया। तभी माँ मेरी पतंग लेकर मेरे सामने आईं और उन्होंने उस पतंग के टुकड़े-टुकड़े कर दिए। तब मुझे असल में रोना आया। मैं बहुत रोया। बहुत। रोते-रोते कब मुझे नींद आ गई पता ही नहीं चला।

अगले दिन दोपहर में मैं सर्राफ़े में सब्ज़ी लेने गया। ठीक सब्ज़ी बाज़ार के पीछे ही मुमताज़ की पतंग की दुकान थी। कल शाम की मार मेरे पूरे शरीर को याद थी पर मुमताज़ भाई को अपनी जीत के बारे में विस्तार से बताने की इच्छा थी। एक पतंगबाज़ ही दूसरे पतंगबाज़ का दर्द समझ सकता

है। इस मंत्र का उच्चारण करते हुए मैं सब्ज़ी बाज़ार से होता हुआ सीधा मुमताज़ भाई की दुकान की तर.फ चल दिया।

रंगों का जमघट मुमताज़ की दुकान थी। छोटा-सा लकड़ी का टप था, उसकी एक तर.फ साइकिल की दुकान और दूसरी तर.फ आटा चक्की थी। उस स.फेद और काले के बीच में तितलियों-सी मुमताज़ भाई की दुकान। मैं भागता हुआ मुमताज़ भाई की दुकान के बाहर रखे फट्टे पर बैठ गया। दोपहर में मुमताज़ भाई की दुकान पर कम भीड़ होती थी। शाम को तो मुमताज़ भाई की शक्ल देखना भी मुश्किल होता था। मुमताज़ भाई हमेशा सा.फ स.फेद हा.फ शर्ट और स.फेद पैंट पहनते थे। सुंदर पतली दाढ़ी, घने काले बड़े बाल और इन सबके ऊपर उनके मुँह में पान। मुझे देखते ही मुमताज़ भाई ने पान थूका।

"अरे को भाई? क्या ख़्याल है?"

"ख़्याल दुरुस्त है मुमताज़ भाई।"

यह हमारा एक-दूसरे को अभिवादन था। यह संवाद कभी भी नहीं बदला था। मेरी इच्छा थी कि मुमताज़ भाई को पिटाई वाली बात पहले बताऊँ, क्योंकि एक पतंगबाज़ ही दूसरे पतंगबाज़ का दु:ख समझता है पर उनके चेहरे की मुस्कान को देखकर सोचा वह बात आख़िर में बताऊँगा।

"मुमताज़ भाई, कल जो आपने एक गोते में तीन पतंग काटी थी उसमें से एक पतंग मैंने लूटी।"

"क्या बात कर रिये हो तो इस बार तू ले के नी आया पतंग?"

"मुझे रास्ते में याद आया।"

तभी मुमताज़ ने कुछ कपड़ों के नीचे से एक हिचका (जिसमें माँझा लिपटा होता है) निकाला। माँझा सुर्ख़ लाल रंग का था।

"इसे छू के देख। देख।"

मैंने डरते-डरते हाथ आगे बढ़ाया।

"देख के, हाथ कट जाएगा।"

माँझे को छूने के बाद, मेरा हाथ ख़ुद-ब-ख़ुद जेब में चला गया। एक पर्ची निकली जिसमें साढ़े तीन रुपये रखे थे। पर्ची पर लिखा था- एक किलो आलू, आधा किलो प्याज़, आधा किलो टमाटर, धनिया-मिर्ची-अदरक

मुफ़्त। मैंने वापिस उस पर्ची को पैसे समेत जेब में डाल दिया।

''मुमताज़ भाई, पिछली बार आपने माँझा दिया था और कहा था कि ऊपर से रखकर ढील दे देना। बस दुश्मन का काम तमाम।''

मैं माँझे के लिए मना करना चाह रहा था पर मुमताज़ भाई से सीधा मना करने की हिम्मत नहीं थी। वैसे भी यह मेरी पुरानी शिकायत भी थी।

''पर जैसे ही मैंने ऊपर से रखकर ढील दी, उसने नीचे से खेंच दिया।''

मुमताज़ भाई तब तक लाल माँझे को अपने हाथों में लपेट रहे थे। मुझे डर लग रहा था कि कहीं यह मेरे लिए तो नहीं है।

''कौन-सा माँझा था वह?''

''वही कत्थई वाला।'' मैंने जवाब दिया।

मुमताज़ भाई ने हाथों में माँझा लपेटना बंद किया और ऊपर लटके हिचकों को बहुत देर तक देखते रहे। फिर कत्थई माँझे वाले हिचके को नीचे खींचा।

''यह वाला था ना?''

मैंने 'हाँ' में सिर हिलाया।

''साला! मियाँ लूटते हैं यह बरेली वाले भी। इस माँझे की बड़ी शिकायत मिली है। अगली बार से मैं अगर यह माँझा दूँ भी ना तो तुम मत लेना। साफ़ मना कर देना। इसे मैं वापिस बरेली भिजवाता हूँ। अपन हमेशा क्वाल्टी की चीज़ ही लेते हैं। इस लाल माँझे को देख रिया है? इसे सिर्फ़ मैं ही इस्तेमाल करता हूँ। किसी को नहीं दिया मियाँ आज तक यह। छुपा के रखता हूँ। आज पहली बार तुम्हें दे रिया हूँ। संभाल के। मुमताज़ भाई ने दिया है यह किसी को बक मत देना, यहाँ भीड़ लग जाएगी। जब पचास पेंच (पतंग) काट दो तो मुमताज़ भाई को याद रखना। भूलना नहीं। यह लो। दो रुपये। पतंग भी निकाल के रखी है अपुन ने तेरे वास्ते। इस्पेसल है। बस ढील देते रहना हवा से बातें करेंगी।''

''नहीं मुमताज़ भाई, पतंग है मेरे पास। बस माँझा काफ़ी होगा।''

''पतंग कहाँ से आई? वह लड्डू चोर की दुकान से ले ली क्या मियाँ?''

''क्या कह रहे हो मुमताज़ भाई! मैं तो लड्डू की दुकान की तरफ़ देखता

भी नहीं हूँ। कल वाली लूटी हुई पतंग रखी है।''

मैंने जेब से दो रुपये निकालकर मुमताज़ भाई को दिए। मुमताज़ भाई ने सलीक़े से माँझा एक काग़ज़ में लपेटा और मेरी तरफ़ बढ़ा दिया।

''वैसे मियाँ, इस माँझे से वह लूटी हुई पतंग उड़ाओगे तो लोग हँसेंगे।''

''मुमताज़ भाई अभी पैसे नहीं हैं पतंग के।''

और मैं चुप हो गया। पतंगबाज़ी के बीच में पैसे की बात करना भी मुझे गुनाह लगता है और वह भी मुमताज़ जैसे पतंगबाज़ के सामने।

''पैसे कौन माँग रहा है मियाँ! पैसे जब हो तब दे देना। अभी तो उस माँझे की इज़्ज़त रखो।''

मुमताज़ भाई ने वह पतंग दे दी। मेरी समझ से यह एक उभरते हुए पतंगबाज़ की सबसे बड़ी बेइज़्ज़ती थी। क्यों मैंने पैसे की बात भी निकाली मुमताज़ भाई के सामने!

मैं पछताया-सा, मुमताज़ भाई से विदा ले वहाँ से निकला। जैसे ही सब्ज़ी बाज़ार में घुसा मुझे जेब में रखी पर्ची याद आ गई। बस डेढ़ रुपये बचे थे। मैंने डेढ़ रुपये के आलू लिए और अपने पक्के दोस्त आनंद के घर भागा। आनंद घर पर नहीं मिला। अगर माँ ने पतंग देख ली तो इस धरती पर यह मेरा आख़िरी दिन होगा। सोचा पतंग फाड़ देता हूँ और माँझा घर में घुसते ही किताबों के पीछे छुपा दूँगा। मैंने आलू से भरा झोला नीचे रखा, माँझे को जेब में और अपने दोनों हाथों से पतंग को अपनी आँखों के सामने लाया। पतंग ख़ूबसूरत हरे रंग की थी। ठीक बीचों-बीच सफ़ेद अर्धचंद्र था। कैसे फाड़ दूँ? मैंने घुर्र घुर्र... आवाज़ निकालते हुए अपने दोनों हाथों की पूरी ताक़त लगा दी। कुछ नहीं हुआ। मेरे हाथ काँपने लगे। मुमताज़ भाई की दी हुई पतंग मैं कैसे फाड़ सकता हूँ? मैंने अपनी आँखें बंद कर लीं और फिर ज़ोर लगाया। पर पतंग वैसी की वैसी मुस्कुराते हुए मेरे सामने थी। मैं रोने लगा। सोचा मुमताज़ भाई के पास जाऊँ और उनसे कह दूँ कि मैं एक सच्चा पतंगबाज़ नहीं हो सकता। आप किसी और से दोस्ती कर लें। मैं पतंग लेकर गली में ही बैठ गया और मुमताज़ भाई का नाम ले-लेकर भभक कर रोने लगा।

सातवीं की परीक्षा सिर पर थी। माँ मेरे पतंग उड़ाने के टाइम को खा जाना चाहती थीं। माँएँ कितनी चालाक होती हैं! अब हर शाम को मुझे ट्यूशन जाना पड़ता था। वह भी अंग्रेज़ी की। चौहान सर, जो अंग्रेज़ी की ट्यूशन पढ़ाते थे, उन्हें लगता था दौ सौ मीटर के इलाक़े में उनके अलावा कोई और अंग्रेज़ी का 'अ' भी नहीं जानता है। शायद वह सही भी हों, क्योंकि मैंने आजतक अपने दौ सौ मीटर के मोहल्ले में किसी को भी अंग्रेज़ी का 'अ' बोलते हुए नहीं सुना। वह हर शाम अपने आँगन में ट्यूशन लेते थे। उनके हाथ और ज़बान एक साथ चलते थे। मेरी जान हलक़ को आ जाती जब मैं कोई भी कटी हुई पतंग को सामने से जाते हुए देखता। पिछली खाई हुई मारों का इतना डर भीतर भरा हुआ था कि मुझे लगने लगा, अगर मैं पतंग शब्द भी अपने मुँह से निकालूँगा तो मेरी माँ कहीं से भी प्रकट हो जाएँगी और मुझे मारना शुरू कर देंगी। यूँ भी चौहान सर के कारण मेरे कान अपना असली रंग छोड़ चुके थे। वे मुमताज़ भाई के माँझे के लाल रंग के समान हो गए थे जिसे मैंने अभी तक अपनी किताबों की अलमीरा के पीछे छुपा के रखा था।

ट्यूशन पढ़ते हुए मेरी निगाह आसमान और चौहान सर दोनों पर रहती थी। तभी आँगन की झाड़ियों के बीच से मुझे एक सफ़ेद चप्पल दिखाई दी, फिर सफ़ेद पैंट और सफ़ेद हाफ़ शर्ट। "अरे, यह तो मुमताज़ भाई हमारी गली से गुज़र रहे हैं।" मेरे मुँह से निकल पड़ा। आनंद ने मुझे एक चपत लगाई। मैं चुप हो गया। मैं खड़ा हुआ, चौहान सर को पेशाब का इशारा किया और मुमताज़ भाई के पीछे भाग लिया। मुमताज़ भाई को मैंने पहली बार उनकी दुकान के बाहर यूँ चलते हुए देखा था। कितने लंबे हैं मुमताज़ भाई! बहुत-सी गलियों से होते हुए वह एक छोटे से हरे दरवाज़े के सामने रुक गए। मैं पीछे छिपा हुआ था। उन्होंने दरवाज़ा खटखटाया। एक छोटी बच्ची ने दरवाज़ा खोला। मुमताज़ भाई ने उसे गोद में उठा लिया। उनके घर का दरवाज़ा बहुत छोटा था। सिर झुकाकर वह अपने घर में घुसे, दरवाज़ा आधा खुला हुआ था। मैं वहीं खड़ा रहा, अंदर कुछ पतंगें दिखीं। मैं उस दरवाज़े के कुछ और पास पहुँच गया। एक औरत भीतर से आई, जिसने मुमताज़ भाई को पानी लाकर दिया। वह बच्ची भागकर अंदर गई और उसने

एक कॉपी लाकर मुमताज़ भाई को दिखाई। मुमताज़ भाई ने उसे अपनी गोद में उठाया और उसे चूमने लगे। वह बच्ची मुमताज़ भाई को अपनी पेंटिंग की किताब दिखा रही थी। तभी उस बच्ची की आँखें मुझसे मिलीं। मैं निगाहें हटाना चाह रहा था पर हटा नहीं पाया। वहाँ से जाना चाह रहा था पर जा नहीं पाया। वह एकटक मुझे घूरती रही। मानो पूछ रही हो, ''तू कौन?'' यह मुमताज़ भाई का परिवार था और मैं कोई नहीं था। नहीं-नहीं, यह मुमताज़ भाई नहीं थे, पतंगबाज़ी एक झूठा खेल था और मैं हार चुका था। मेरे आँसू निकलते ही मुमताज़ भाई की बच्ची भागती हुई मेरी तरफ़ आई और उसने घर का दरवाज़ा मेरे मुँह पर बंद कर दिया। मुझे सबकुछ इतना शर्मनाक लगने लगा कि मैं वहाँ से भाग लिया। भागता हुआ मैं सीधा अपने घर पर गया। अपनी अलमारी के पीछे छुपाकर रखे हुए लाल माँझे को निकाला और उसके टुकड़े-टुकड़े कर दिए।

कुछ देर बाद आनंद मेरा बस्ता लेकर घर पर आया। 'बेटा, कल चौहान सर तेरे कान लाल नहीं, हरे कर देंगे' यह कहते हुए उसने बस्ता मेरी तरफ़ फेंक दिया। मैंने उसकी तरफ़ देखा भी नहीं। ''क्यों रे, आंटी ने मारा क्या?'' मैं चुप था। ''मैं जाऊँ क्या?'' इस बात पर मैंने उसका हाथ पकड़ लिया। ''अबे क्या हो गया?'' यह कहते ही आनंद मेरी बग़ल में बैठ गया। ''मुमताज़ भाई का अपना घर है, उनकी एक बेटी है, बीबी है।'' यह कहते ही मैं फूट-फूटकर रोने लगा। ''तो?'' आनंद ने 'तो' कहा और चुप हो गया। मैंने आनंद को आश्चर्य से देखा, क्या सच में वह यह सीधी-सी बात नहीं समझा? ''तो? तो मुमताज़ भाई झूठे हैं, पूरी तरह झूठे।'' आनंद ज़ोर-ज़ोर से हँसने लगा। मैं यह बर्दाश्त नहीं कर पाया, मैं चिल्लाने लगा, ''मुमताज़ भाई के बीबी-बच्चे कैसे हो सकते हैं? वह एक पतंगबाज़ हैं। बड़े पतंगबाज़। वह.. वह... सुपरमैन हैं।'' उसके बाद मेरे मुँह से कुछ और नहीं निकल सका और मैंने अपना बैग उठाकर पूरी ताक़त से आनंद के मुँह पर दे मारा।

सातवीं की परीक्षा बिना पतंग, बिना मुमताज़ भाई और बिना आनंद के गुज़र गई। छुट्टियाँ शुरू हो चुकी थीं। आसमान मुमताज़ भाई की पतंग की दुकान हो चुका था पर मैं पतंग नहीं उड़ाता था। मैं आसमान का खेल

छोड़कर ज़मीन के खेल पर आ चुका था। मैं कंचे खेलने लगा था। बाक़ी वक़्त मैं घर के काम करता रहता। माँ बहुत ख़ुश रहने लगी थीं। सुधीर शास्त्री (मेरे मामा) मेरी बग़ल से निकलते हुए मेरी जेब में चॉकलेट रख देते थे। अवस्थी जी ने मुझे क्रिकेट का बैट गिफ़्ट किया। मेरे पतंगबाज़ी छोड़ने के बाद यह पूरा गाँव मुझसे ख़ुश रहने लगा। पर बीच-बीच में घोर बदले की भावना मेरे भीतर उठने लगती। मेरी इच्छा होती कि मुमताज़ भाई की आँखों के सामने, लड्डू की दुकान से पतंग ख़रीदूँ या लंगड़ डालकर मुमताज़ भाई की काली ख़ूबसूरत पतंग को नीचे खींच, उसे धूल चटा दूँ या देर रात एक बाल्टी पानी लेकर जाऊँ और मुमताज़ भाई की पतंग की दुकान को भीतर-बाहर हर जगह से गीली कर दूँ। 'भगवान सब देखता है' का डर माँ ने ठूँस-ठूँसकर मेरे भीतर भर दिया था। सो, चाहकर भी मैं कुछ नहीं कर पाया।

एक पतंगबाज़ पतंग उड़ाना बंद कर सकता है पर उसके बारे में सोचना वह कभी भी बंद नहीं कर सकता। शाम होने पर मैं कंचे खेलता तो था पर उसमें मेरा मन कम ही लगता था। जब घर में कोई काम नहीं होता तो दिन भर मैं घर के भीतर वाले कमरे में ही बैठा रहता, क्योंकि बाहर वाला कमरा सड़क के एकदम किनारे पर था, कोई भी बच्चा भागता तो लगता कि वह पतंग के पीछे ही भाग रहा है। हर हँसी पतंग की हँसी लगती। बाहर खुसुर-फुसुर की बातचीत, जो भीतर साफ़ सुनाई देती, लगता कि सभी मुझे 'डरपोक पतंगबाज़' कह रहे हैं। एक दिन मैं अपनी गणित की किताब में अपना सर घुसाए भीतर किचन में बैठा था। छुट्टियों में दिए गए होमवर्क को पूरा करने की असफल कोशिश। तभी दरवाज़े पर खट-खट हुई। माँ अवस्थी जी के घर गई हुई थीं, बहन बाहर के कमरे में पढ़ने का नाटक कर रही थी। उसने भागकर दरवाज़ा खोला। बहन की बाहर से आवाज़ आई, ''भाई तुमसे कोई मिलने आया है''। मैं बाहर गया तो देखा मुमताज़ भाई दरवाज़े पर खड़े हैं।

''अरे को भाई। क्या ख़्याल है?''

''ख़्याल दुरूस्त है मुमताज़ भाई।''

मैं यह जवाब देना नहीं चाहता था।

"क्या मियाँ, अंदर आने को नहीं कहोगे?"

"आओ मुमताज़ भाई, आओ।"

मैंने देखा मुमताज़ भाई हमारे घर में सिर झुकाकर भीतर आए। जबकि दरवाज़ा उनके उछलने के बाद भी उनके सिर से नहीं टकराता। वह भीतर आकर सोफ़े पर बैठ गए। मैंने अपनी बहन को धक्का देकर किचन में ढकेल दिया। मैं खड़ा रहा।

"क्या मियाँ, पतंगबाज़ी का शोक काफ़ूर हो गया। बहुत दिन से दिखाई नहीं दिए?"

मेरे पास इसका कोई जवाब नहीं था। इच्छा तो हुई कि कह दूँ कि मुमताज़ भाई आप.. आप.. गंदे हैं। ग़लत हैं। झूठे हैं।

"माँ ने मना किया हुआ है।" यह आसान-सा जवाब था। मुमताज़ भाई चुप हो गए।

"क्या मियाँ ने पुरानी दोस्ती और पतंगबाज़ी सब छोड़ दी क्या?"

मैं मुमताज़ भाई की तरफ़ आश्चर्य से देखता रहा। तभी मेरी बहन भीतर से पानी लेकर आई। मुमताज़ भाई पानी लेकर बाहर गए, उन्होंने पहले पान थूका। आधे पानी से कुल्ला किया और आधा पानी पी गए।

"लाल माँझे से कितनी पतंग काटे तुम? बताया ही नहीं भाई?"

"वह लाला माँझा ग़लती से पानी में गिर के ख़राब हो गया था।"

"अरे, मुझे बताया होता मियाँ!"

"मैंने पतंगबाज़ी छोड़ दी है मुमताज़ भाई, अब मैं कंचे खेलता हूँ।"

यह वाक्य के मुँह से निकलते ही मैंने अपनी आँखें फेर लीं। वापिस देखा तो मुमताज़ भाई मुझे देखकर मुस्कुरा रहे थे। इच्छा हुई कि अभी इसी वक़्त उनके गले लग जाऊँ। उन्हें चूम लूँ। उनकी गोदी में बैठ जाऊँ और.. और... उनसे कहूँ कि मैं आपकी ख़ूबसूरत काली पतंग लाल माँझे के साथ उड़ाना चाहता हूँ।

"आनंद आया था दुकान पर, उससे ही तुम्हारे घर का पता पूछा।"

"वह क्यों आया था?"

"पतंग लेने आया था।"

"पतंग लेने! उसका पतंगबाज़ी से क्या लेना-देना?" मैंने ग़ुस्से में

कहा।

"क्या मियाँ! ख़ुद तो पतंगबाज़ी छोड़ के कंचे खेलने लगे हो, कम-से-कम दूसरों को तो पतंग उड़ाने दो। मेरे बीबी-बच्चों को भूखा मारोगे क्या?"

बीबी-बच्चों का नाम आते ही मेरा ग़ुस्सा आसमान छूने लगा। तो क्या मुमताज़ भाई अपना घर चलाने के लिए पतंग बेचते हैं! पतंगबाज़ी महज़ एक खेल है? मुमताज़ भाई महज़ एक और आदमी हैं! नहीं यह सब झूठ है। झूठ है।

"आप झूठे हैं।"

मुमताज़ भाई ने इसका कोई जवाब नहीं दिया। तभी बाहर एक स्कूटर रुकने की आवाज़ आई। यह अवस्थी जी का स्कूटर था।

"भाई, माँ आ गईं"। भीतर से बहन की आवाज़ आई जो दरवाज़े के कोने में खड़े होकर सब सुन रही थीं। उसके सुर में चेतावनी थी। मैं मुमताज़ भाई से थोड़ा दूर जाकर बैठ गया। माँ दरवाज़े पर पहुँचते ही स्तब्ध रह गईं। मुमताज़ भाई ने खड़े होकर नमस्कार किया। माँ ने उसका कोई जवाब नहीं दिया। मुमताज़ भाई मुझे देखने लगे। मैं अपने पैरों को देखने लगा। मानो मुझसे कोई ग़लती हो गई है। तभी मुमताज़ भाई की आवाज़ आई,

"तो क्या ख़्याल है?" यह उन्होंने माँ से पूछा था।

"जी?" माँ आश्चर्यचकित रह गईं।

"ख़्याल दुरूस्त हैं।" यह मैंने माँ और मुमताज़ भाई दोनों से एक साथ कहा। कुछ मध्यस्तता जैसा।

"माँ, यह मुमताज़ भाई हैं।"

माँ हम दोनों के बीच में आकर बैठ गईं। मेरी बहन भी हिम्मत करके बाहर आ गई और मेरे सामने आकर बैठ गई। सभी शांत बैठे थे। झूठी मुस्कुराहट माँ के अलावा हम तीनों के चेहरों पर थी।

"माँ, यह मुमताज़ भाई हैं। सर्राफ़े के पीछे इनकी पतंग की दुकान है।" बहन ने अति उत्सुकता में शांति भंग करनी चाही।

"मैं जानती हूँ। तू चुप रह।" बहन के चेहरे से मुस्कुराहट ग़ायब हो चुकी थी। मेरी मुस्कुराहट भी दम तोड़ रही थी। बस मुमताज़ भाई मुस्कुराए

जा रहे थे। शायद इसलिए कि वह माँ को अभी जानते नहीं थे। माँ, बहन से निपटकर मुमताज़ भाई की तरफ़ देखने लगीं। लेकिन मुमताज़ भाई मुझे देख रहे थे।

"हाँ, मैंने तुमसे थोड़ा झूठ बोला था मियाँ। वह लाल माँझे से मैं पतंग नहीं उड़ाता हूँ। वह तो उसी वक़्त नया माँझा आया था। पर मियाँ, कत्थई माँझा उतना ख़राब नहीं है, मैं उससे पतंग उड़ा चुका हूँ।"

माँ सन्न थीं। उनकी कुछ भी समझ में नहीं आया। अपने पूरे आश्चर्य से वह मुझे देखने लगीं। मुझे पता था माँ को इस वक़्त कुछ भी समझाना नामुमकिन था। सो, मैं सीधे मुमताज़ भाई की तरफ़ मुख़ातिब हुआ।

"मैं उस झूठ की बात नहीं कर रहा हूँ।"

"तो और क्या बात है मियाँ?"

"मुमताज़ भाई मैं.. मैं..."

मेरी कुछ समझ में नहीं आया कि मैं क्या कहूँ। क्यों हैं मुमताज़ भाई झूठे? और मैं चुप हो गया।

"मैं समझा मियाँ। पेंच काटने की बात ना (पतंग काटने)। तो ऐसा है कि मैं तुम्हारे बड़े होने का इंतज़ार कर रिया था। पतंगबाज़ी सिखाई नहीं जा सकती है मियाँ। वह आती है या नहीं आती है।"

"मुझे आती है क्या?"

"अगर नहीं आती तो मैं यहाँ क्यों आता मियाँ?"

"पर आपने कहा था कि कत्थई माँझे से ऊपर से रखकर ढील देना और हरे से नीचे से खेंच देना।"

"मियाँ, यह सब कहने की बातें हैं। जब पतंग लड़ रही होती हैं तो उस लड़ाई में पढ़ाई भूलना पड़ता है।"

इस बात पर मेरी माँ बिदक गईं। बहुत देर से वह सिर घुमा-घुमाकर कभी मेरी कभी मुमताज़ भाई की बातें समझने की कोशिश कर रही थीं।

"क्या है यह? आप यह क्या बात कर रहे हैं?"

मुझे माँ की बात सुनाई नहीं दी। पहली बार मुमताज़ भाई इतनी गहराई से पतंगबाज़ी की बातें कर रहे थे।

"मुमताज़ भाई, आप तो हमेशा खींच के पतंग काटते हो?"

"नहीं तो।"

"मैंने आपके हर पेंच देखे हैं।"

"अच्छा!"

"हाँ, मुमताज़ भाई।"

"मुझे कभी पता नहीं चला। पतंग लड़ाते वक़्त मुझे कुछ भी याद नहीं रहता।"

"मुझे भी मुमताज़ भाई, मुझे भी कुछ याद नहीं रहता। मैं तो पतंग को देखता हूँ और सबकुछ भूल जाता हूँ।"

माँ अचानक खड़ी हो गईं और मुमताज़ भाई के चेहरे के ठीक सामने आकर, मर्दों वाली आवाज़ में उन्होंने पूछा- "तुम यहाँ क्यों आए हो मुमताज़?"

उन्होंने भाई नहीं कहा। मुझे लगा वह किसी और से यह पूछ रही हैं।

"इन साहबज़ादे से मिलने।"

"कोई ख़ास वजह?"

"नहीं, कोई ख़ास वजह तो नहीं है।"

"तो आप ऐसे ही चले आए?"

"नहीं, ऐसे ही तो नहीं आया मैं। वजह है मगर वह ख़ास वजह नहीं है।"

"तो, क्या वजह है?"

"यह साहबज़ादे बहुत दिन से दिखे नहीं थे सो..."

"इनकी परीक्षा चल रही थी।"

"हाँ, मुझे पता था। पर वह तो ख़त्म हुए काफ़ी समय हो गया है तो मैंने सोचा.."

"क्या सोचा?"

"सोचा पतंगबाज़ी का मौसम है और यह जनाब नदारद!"

"इन्होंने पतंगबाज़ी छोड़ दी है।"

"हाँ, अभी बताया इन्होंने, यह आजकल कंचे खेलने लगे हैं।"

"क्या?"

माँ अचानक मुमताज़ भाई को भूलकर मुझे देखने लगीं। मैंने तुरंत 'ना'

में सिर हिला दिया। मुमताज़ भाई इस पूरे सवाल-जवाब के दौरान खड़े होते गए थे और माँ अंत में मुमताज़ भाई की जगह बैठ गई थीं। माँ वापिस मुमताज़ भाई की तरफ़ मुड़ीं।

"इसने पतंग उड़ाना बंद कर दिया है। अब यह कभी भी पतंग नहीं उड़ाएगा।"

इस घोषणा के होते ही मुमताज़ भाई की मुस्कुराहट उनके चेहरे से ग़ायब हो गई। मुझे लगा जैसे माँ ने मेरे सामने मुमताज़ भाई की काली पतंग के टुकड़े-टुकड़े कर दिए। मैं सहन नहीं कर सका। मेरी इच्छा हुई कि माँ के सामने चिल्लाकर कह दूँ कि आप चुप रहिए, यह मेरे और मुमताज़ भाई के बीच की बात है। आप एकदम चुप रहिए। कुछ सहारा तलाशने में मेरी आँखें मेरी बहन से मिल गईं। वह तुरंत भागकर माँ की बग़ल में बैठ गई मानो कह रही हो कि मैं माँ की तरफ़ हूँ। मैं क्या कर सकता था, कुछ भी नहीं। मैं मुमताज़ भाई के प्रेम में था। इतना कि उन्हें तकलीफ़ में देखना चाहता था, बेइज़्ज़त होते नहीं।

"मैं चलता हूँ।"

यह वाक्य मुमताज़ भाई ने मानो ख़ुद ही कहा पर वह वहीं खड़े रहे। माँ, बहन और मैं हम तीनों कमरे की अलग-अलग दिशाओं में देख रहे थे और मुमताज़ भाई की आँखें घर की छत में कुछ तलाश रही थीं। कुछ वक़्त के बाद मैं खड़ा हुआ और मुमताज़ भाई का हाथ पकड़ा। उनकी तरफ़ देखने की मेरी हिम्मत नहीं थी। मैं उनकी उँगलियों को देखता रहा जिसमें माँझे से कटने के बहुत सारे निशान बने हुए थे। फिर मैंने अपनी उँगलियों को देखा, उसमें भी कुछ वैसे ही निशान थे।

"मुमताज़ भाई, मैं एक पतंगबाज़ हूँ।"

और मैं उनके गले लग गया। कसकर। उनके पान की सुगंध उनके पूरे शरीर में थी। मैं मुमताज़ भाई की पूरी सफ़ेदी में, उनकी पान की ख़ुशबू में, उनमें घुल जाना चाहता था। अचानक मेरे मुँह से 'घुर्र...घुर्र...' की आवाज़ निकलने लगी।

"यह क्या कर रहे हो?"

माँ अचानक खड़ी हो गईं और उन्होंने मुझे खींचकर मुमताज़ भाई से

अलग कर दिया। माँ को लगा शायद मैं मुमताज़ भाई को मारना चाहता हूँ। पर असल में तो मैं मुमताज़ भाई के भीतर घुसने की जगह ढूँढ़ रहा था।

माँ ने मुझे ज़बरदस्ती अपनी गोद में बिठा लिया। मुमताज़ भाई बहुत धीरे से दरवाज़े की तरफ़ मुड़े, फिर रुक गए। फिर एक क़दम चले और रुक गए। पलटे और मुझे देखने लगे।

"मैं आपसे एक बात कहूँ?"

इस बार वह मुझसे नहीं मेरी माँ से कह रहे थे।

"कहिए पर जल्दी, मुझे घर में बहुत काम है।"

मुमताज़ भाई एक क़दम आगे बढ़े। पता नहीं क्या हुआ वह मेरी बहन को देखने लगे। कुछ देर चुप रहे फिर मेरी तरफ़ देखकर हँसने लगे। उनकी हँसी अचानक तेज़ होने लगी और उन्होंने कहा,

"रहने दीजिए।"

और वह चल दिए।

माँ कुछ देर तक सन्न बैठी रही। 'रहने दीजिए?' माँ के मुँह से निकला, उन्होंने मुझसे पूछा।

"रहने दीजिए?"

मैं दरवाज़े की तरफ़ देखने लगा। मानो मुमताज़ भाई अभी भी वहीं खड़े हुए हों। माँ अचानक चिल्लाने लगी- "रहने दीजिए?" वह दरवाज़े की तरफ़ गई, "इसका क्या मतलब है? रहने दीजिए? क्या मतलब है इसका? मुमताज़ अगर दम है तो कहो जो कहना था। मुमताज़ क्या?"

माँ चिल्लाते हुए घर के बाहर निकल गईं मानो मुमताज़ भाई कुछ चुरा के भागे हों। जब बाहर माँ चीख रही थीं तो मैं और मेरी बहन एक-दूसरे को देखने लगे। पहली बार हमने एक-दूसरे के प्रति सहानुभूति-सा कुछ महसूस किया। मैं अपनी बहन के पास जाकर बैठ गया। उसने कुछ देर में मेरे गले में अपना हाथ डाल दिया।

पतंग मैं भूल चुका था, पर मुमताज़ भाई को भुला देना इतना आसान नहीं था। आजकल आनंद पतंगबाज़ी करने लगा था। वह मुमताज़ भाई का शाग़िर्द हो चुका था। जब भी मेरी उससे मुलाक़ात होती वह सिर्फ़ पतंगबाज़ी या मुमताज़ भाई की बातें करता। मेरा ख़ून खौल जाता। मैं हर बार बात

बदलने की कोशिश करता पर वह वापिस घूम-फिरकर पतंगबाज़ी पर आ जाता। मैंने आनंद से मिलना बंद कर दिया। पर जब भी कभी पतंग सुनाई देता, जब कभी एक झुंड बच्चों का पतंग लूटने के लिए मेरे सामने दौड़ पड़ता, कोई माँझा, सद्दी, हिचका कुछ भी कहता, मेरे सामने मुस्कुराते हुए मुमताज़ भाई आ जाते और पूछते, "अरे को भाई, क्या ख़्याल है?" मैं कहता "ख़्याल दुरूस्त नहीं है मुमताज़ भाई। ख़्याल एकदम दुरूस्त नहीं है।" पर यह सब सुनने वाला कोई नहीं था। कुछ दोपहरों को मैं यूँ ही सब्ज़ी बाज़ार के दूसरी तरफ़ चला जाता। दूर से मुमताज़ भाई की पतंग की दुकान को घूरता रहता। कभी-कभी मुमताज़ भाई देख लेते पर उनके देखते ही मैं वहा से भाग जाता। मैं चिड़चिड़ा हो गया था। किसी भी बात पर रोने लगता। अपनी बहन पर हाथ उठा देता, अपने दोस्तों से लड़ लेता। यह सब मेरे बर्दाश्त के बाहर होता जा रहा था।

एक रात मुझे नींद नहीं आ रही थी। आँखें बंद होतीं तो मैं ख़ुद को मुमताज़ भाई की गोदी में बैठा पता। मैं उन्हें पतंग की पेंटिंग्स दिखा रहा होता। वह हँस रहे होते। तभी कहीं से आनंद और उनकी बेटी भागते हुए आते, उन्हें देखते ही मुमताज़ भाई मुझे अपनी गोदी से नीचे गिरा देते। मैं ज़मीन पर पड़ा रहता। मुमताज़ भाई अपनी बेटी को चूमते और आनंद को अपनी काली पतंग और लाल माँझा गिफ़्ट कर देते। मेरी आँख खुल जाती।

एक रात मैं कुछ ऐसे ही सपने से हड़बड़ा कर उठा। पता नहीं क्या समय हुआ होगा। मैं पसीने-पसीने था। मैं किचन में चला गया, मटके से पानी निकाला पर पीने की इच्छा नहीं हुई। तभी मुझे गैस की बग़ल में माचिस पड़ी दिखी। मैंने उस माचिस को जेब में रखा, धीरे से दरवाज़ा खोला और बाहर निकल गया। पता नहीं मुझे क्या हो गया था! मैं कहाँ चला जा रहा था! रास्ते में जो भी अख़बार, काग़ज़ मुझे दिखते मैं उन्हें बटोरता चलता। अंत में बहुत-सी रद्दी के साथ मैं मुमताज़ भाई की दुकान के सामने खड़ा था। उनका छोटा-सा लकड़ी का टप था। मैं खिसककर उस टप के नीचे घुस गया। रद्दी का एक छोटा-सा पहाड़ बनाया, अपनी जेब से माचिस निकाली और उस रद्दी में आग लगा दी। यह सब मैं क्यों कर रहा था, क्या हो रहा था

मेरे भीतर, मुझे कुछ भी नहीं पता। मैं बस बिना पलकें झपकाए एक रोबोट-सा किसी के आदेश का पालन कर रहा था। मैं ऐसा नहीं था। बिलकुल भी नहीं। मैं बहुत डरपोक हूँ पर मुझे डर नहीं लग रहा था। मैं रात में पेशाब करने लिए भी अकेले बाहर नहीं जाता था पर अभी मैं उस वीरान सब्ज़ी बाज़ार के कोने में मुमताज़ भाई के टप को जलता हुआ देख रहा था। पता नहीं कहाँ से बहुत तेज़ हवा चलने लगी! मैं अचानक लड़खड़ाकर गिर पड़ा। गिरते ही मुझे लगा मैं जाग गया। मैं कहाँ हूँ? यह क्या हो रहा है? सामने मुमताज़ भाई का टप जल रहा था। आग बहुत ज़ोर से फैलने लगी थी। वह बग़ल की साइकिल की दुकान और आटा चक्की को भी अपने घेरे में लेने लगी। यह मैंने क्या कर दिया? मैं आग बुझाने मुमताज़ भाई की दुकान की तरफ़ बढ़ा। यहाँ वहाँ पानी तलाशने लगा पर कुछ भी नहीं दिखा तो मैं मिट्टी उठाकर आग पर फेंकने लगा। पर आग पर कुछ भी असर नहीं हुआ। मैं पागलों की तरह मिट्टी फेंके जा रहा था। तभी कुछ लोग इधर को भागते दिखे। मैं बुरी तरह घबरा गया। मैंने तुरंत घर की ओर दौड़ लगा दी।

घर में घुसते ही मैंने धीरे से दरवाज़ा बंद किया। माँ और बहन दोनों सो रहे थे। हल्के क़दमों से चलता हुआ मैं चुपचाप अपने बिस्तर में घुस गया। मैं बुरी तरह हाँफ रहा था। तभी मुझे मेरी बहन की आवाज़ आई,

"भाई कहाँ गए थे?"

मैं अपनी बहन की आवाज़ सुनकर चौंक पड़ा। मानो मैं रंगे हाथों पकड़ा गया होऊँ। मुझे विश्वास नहीं हुआ कि वह जगी हुई है। मैंने उसकी तरफ़ देखा। अँधेरे में उसकी डरी हुई आँखें मुझे साफ़ दिख रही थीं। मुझे लगा उसकी आँखें मुझसे पूछ रही हैं कि यह तूने क्या कर दिया? तभी मेरी बहन ने मेरे सिर पर अपना हाथ रखा और मैंने अपनी आँखें बंद कर लीं।

तीन

मैं हड़बड़ाकर उठा। मेरे सामने वही औरत खड़ी थी जिससे मैंने रात में अपनी जगह बदली थी। मैं डर गया मुझे लगा कि क्या यह अभी भी देख रही है कि मैं बाथरूम करने जा रहा हूँ या नहीं?

"क्या है, क्या हो गया?"

"Are you feeling okay?"

"जी? मैं क्या feel कर रहा हूँ!"

"मैं आपको बहुत देर से उठाने की कोशिश कर रही हूँ। क्या यहीं आपको उतरना था?"

"हें हें... ?"

ट्रेन खड़ी हुई थी। कुछ ही देर में मुझे सब कुछ समझ में आने लगा। मैं भागकर दरवाज़े की तरफ़ लपका। और इधर-उधर सबसे पूछने लगा।

"कौन-सा स्टेशन है यह? कौन-सा स्टेशन है यह?"

तभी मेरी निगाह हड़बड़ाए हुए आनंद पर पड़ी। वह एक डिब्बे से निकलकर दूसरे डिब्बे में घुस ही रहा था कि उसने मुझे देख लिया।

"बिक्की! बिक्की!"

उसने वहीं से चीखना शुरू कर दिया। तभी ट्रेन चलने लगी। मैं भागकर अपना सामान लेने भीतर घुसा। आनंद 'बिक्की' चिल्लाता हुआ मेरे पीछे भागा। उसे लगा मैं उसे देखकर वापस ट्रेन में चढ़ गया। पर उसे समझाने का वक़्त नहीं था। मैंने अपनी सीट के नीचे से अपने जूते उठाए, बैग हाथ में लिया और दरवाज़े की ओर लपका। तभी मुझे लगा कि मैं कुछ भूल रहा हूँ। हाँ, मुझे उस औरत को धन्यवाद कहना था। मैं पलटा वह अपनी सीट पर बैठे मुझे ही देख रही थी। मैं उसकी तरफ़ देखकर मुस्कुरा दिया और उसे धन्यवाद कहा। पर उसने उसका कोई जवाब नहीं दिया। वह मुझे एक प्रश्नवाचक दृष्टि से देखती रही। मेरी इच्छा हुई कि उसे कह दूँ कि कल रात में मैंने आपसे झूठ बोलकर बर्थ ली थी। मुझे पेशाब की कोई बीमारी नहीं है। तभी आनंद आ गया और उसने मुझे घसीटकर बाहर निकाल लिया। शायद मैंने sorry कहा था या वह मैंने ख़ुद से ही कहा, पता नहीं।

जूते पहनने के बाद मैं स्टेशन से बाहर आया। आनंद की बाइक बाहर ही खड़ी थी।

"सीधे मुमताज़ भाई के पास ही चलते हैं।"

"हाँ, सीधे वहीं चलते हैं।"

मैं बाइक पर बैठ गया, जैसे ही मैंने अपना हाथ उसके कंधे पर रखा अजीब से चित्र मेरे सामने घूमने लगे। हमारे बचपन के खेल। मेरी इच्छा

हुई कि एक बार उसे पूछूँ तुझे कुछ हमारे बचपन की कितनी याद है, मगर मैं चुप रहा।

यह मेरे बचपन का सबसे पक्का दोस्त है। कितना बड़ा लग रहा है, उसका माथा काफ़ी निकल आया है! बड़ी-बड़ी मूँछें रख ली हैं। फिर मैंने सोचा हमारे बीच अब और क्या बात हो सकती है। बचपने के खेल की? हमारे अंग्रेज़ी के चौहान सर की? पतंगबाज़ी की? उसे कितना याद होगा? क्या आनंद सच में सब कुछ भूल चुका है? मैं तो भूल ही चुका था।

मुझे बहुत गर्मी लगने लगी थी। उलझन, पसीना पता नहीं वह क्या था कि मुझे लगा मुमताज़ भाई के यहाँ नहीं जाना चाहिए। क्या करूँगा मैं वहाँ जाकर? यह अपने बचपन के कपड़े ज़बरदस्ती पहनने जैसा है, वह फट जाएँगे। हम बड़े हो चुके हैं अब। उफ़्फ़! नहीं मुझे मुमताज़ भाई से नहीं मिलना।

"आनंद, बाइक रोक ज़रा।"

"क्या हुआ?"

"तू बाइक रोक ना।"

आनंद ने तुरंत बाइक किनारे खड़ी कर दी।

"क्या हुआ?"

"सोच रहा था पहले एक चाय पी लेते हैं?"

"चाय? अरे मुमताज़ भाई से मिलने के बाद पी लेना।"

"नहीं, पहले चाय।"

"ठीक है।"

वहीं बग़ल में एक चाय की टपरी थी। आनंद ने दो चाय मँगा ली। मैं आनंद से कैसे कहूँ कि मैं मुमताज़ भाई के पास नहीं जाना चाहता हूँ। रहने दे तू मुझे वापिस स्टेशन छोड़ दे।

"तू वापिस कब जा रहा है?"

"शाम की ट्रेन है।"

"कुछ दिन रुक जाता।"

आनंद का यह अजीब-सा अपनापन है। 'कुछ दिन रुक जाता' इस वाक्य में अपनापन है लेकिन कहने के तरीक़े में एक स्पष्ट-सी बात, जिसे कहते ही वह दूसरे कामों में व्यस्त हो सकता था। मैंने जवाब नहीं दिया तो उसी

ने कह दिया।

"ख़ैर, तू आ गया यही काफ़ी है।"

उसने जल्दी से चाय ख़त्म की और बाइक की तरफ़ बढ़ गया। मैं जब तक उससे कुछ कह पाता उसने बाइक स्टार्ट कर दी।

"चल चलते हैं।"

मैं बेमन-सा उसकी बाइक पर बैठ गया। बाइक पर पीछे बैठा हुआ मैं अपना गाँव देख रहा था। लगभग सब कुछ बदल चुका है। गलियाँ सड़कों में तब्दील हो चुकी हैं। सड़कें मुख्य मार्ग में। छोटे-छोटी दुकानें चिल्लाते हुए विज्ञापनों के पीछे कहीं छुप गई हैं। इन सबके बीच में मैं भी वह नहीं हूँ जो इन गलियों में दौड़ता फिरता था। अब मेरा गाँव मेरे लिए और मैं अपने गाँव के लिए, बस एक विस्मयमात्र हैं। हम अवस्थी जी के घर के सामने से निकले जहाँ सबसे ज़्यादा पतंगें गिरा करती थीं। आनंद ने बताया कि वह घर भी अब बिकने वाला है। यहाँ बिल्डिंग बनेगी। मैं जैसा छोड़ के गया था, कुछ भी वैसा नहीं है। अंत में एक बहुत ही टूटे-फूटे मकान के सामने आनंद ने अपनी बाइक रोक दी।

"अरे, यह मुमताज़ भाई का घर नहीं है?"

"पुराना घर वह बहुत पहले छोड़ चुके हैं।"

दरवाज़ा खुला हुआ था। आनंद भीतर घुसा।

"मुमताज़ भाई! मुमताज़ भाई!"

वह आवाज़ लगाता हुआ एक अँधेरे कमरे के अंदर चला गया। मैं दहलीज़ पर ही खड़ा रहा। कुछ ही देर में सब शांत हो गया। मुझे लगा उस अँधेरे कमरे से सफ़ेद शर्ट, सफ़ेद पैंट में अभी मुमताज़ भाई पान खाते हुए बाहर निकल आएँगे। मैंने निगाह फेर ली। मैं ज़्यादा देर तक उस दरवाज़े के अँधेरे को नहीं देख पाया। आनंद की भीतर से आवाज़ आई-

"बिक्की, अंदर आ जा।"

मैं वहीं खड़ा रहा। कुछ ही देर में आनंद की फिर आवाज़ आई।

"रुक वहीं, मुमताज़ भाई ख़ुद बाहर आ रहे हैं।"

मैं हिला भी नहीं। तभी उस अँधेरे दरवाज़े से खट की आवाज़ आई। पहले आनंद आया। वह उन्हें संभालते हुए बाहर लेकर आ रहा था। एक

जर्जर शरीर। पतली-सी काया। कमर झुकी हुई पर बदन पर वही स़फ़ेद कपड़े। वैसी ही बड़े कालर वाली स़फ़ेद शर्ट और वही स़फ़ेद बेलबॉटम। वह धीरे-धीरे रेंगते-से मेरे पास आए। ठीक मेरी आँखों के सामने खड़े हो गए। कमर झुकने के बाद भी उनका क़द मेरे बराबर था।

''क्या मियाँ? क्या ख़्याल है?''

मैं हक्का-बक्का-सा खड़ रहा। क्या ख़्याल है? मैं कुछ समझ ही नहीं पाया।

''इनके ख़्याल दुरूस्त हैं मुमताज़ भाई।'' पीछे से आनंद की आवाज़ आई।

''ख़्याल दुरूस्त हैं मुमताज़ भाई।'' मैंने तुरंत आनंद की बात दोहरा दी।

''तुम तो मियाँ बिलकुल भी नहीं बदले।''

यह कहते ही उनके होंठों के आस-पास वही सुंदर मुस्कान के अंश खिंच आए। यह वही हैं, मेरे मुमताज़ भाई। मैं धीरे से उनके गले लग लिया। उस जर्जर शरीर की लगभग हर हड्डी मैं महसूस कर सकता था।

''आनंद मियाँ, ज़रा बज़ार से जलेबियाँ ले आओ दौड़ के।''

''अभी लाया।''

''मुमताज़ भाई, इसकी कोई ज़रूरत नहीं है।''

''अरे मियाँ, इतने दिनों बाद आए हो। मुँह नहीं मीठा करोगे?''

तब तक आनंद जा चुका था। मुमताज़ भाई टूटी हुई कुर्सी पर बैठ चुके थे। मैं एक छोटे से टीन के डिब्बे को खिसकाकर उनकी बग़ल में बैठ गया।

''शादी हो गई?''

''हाँ, उसका नाम तनु है। बंबई की लड़की है।''

''पतंग उड़ाते हो मियाँ कभी-कभी?''

पतंग के बारे में उनसे क्या कहूँ? एक शाप-सी वह मेरे जीवन से चिपकी हुई है। मैंने सोचा कह दूँ सब। सबकुछ कि जब भी रास्ते में, बाज़ार में, आसमान में पतंग को उड़ते हुए देखता हूँ तो आप ही याद आते हो। आप, मेरे मुमताज़ भाई और याद आता है अपना पूरा बचपन। पतंगों के पीछे भागना। दोपहर को आपकी दुकान में बैठके पतंग काटने के गुर सीखना।

सबकुछ एक ठंडी हवा-सा पूरे शरीर को छू जाता है। लानत है मुझपर कि मैं किसी को भी नहीं बता पाया कि मेरा एक गाँव है और उस गाँव में मेरे एक मुमताज़ भाई हैं। जो इस दुनिया के सबसे बड़े पतंगबाज़ हैं।

''नहीं मुमताज़ भाई, समय कहाँ मिलता है! बंबई तो आप जानते ही हैं! रोटी की दौड़ में ही सारा समय कट जाता है।''

''रोटी नहीं मियाँ, ब्रेड और बटर में। हाँ, वैसे भी पतंग तो आसमान की बात है। ज़मीन पर भागते रहने से आसमान की सुध कोई कैसे ले सकता है?''

''आपकी पतंगबाज़ी कैसी चल रही है?''

''मियाँ, पतंगबाज़ी कभी की नदारद है जीवन से। पतंगबाज़ी का क़िस्सा तो उसी दिन तमाम हो गया था जिस दिन मेरी दुकान जली थी। उसके बाद मैं अपने भाई की साइकिल की दुकान पर काम करने लगा। दुकान जलने से क़र्ज़ा बहुत था। भाई से पैसे उधार लेकर सब चुकता किया। मियाँ, साइकिल की दुकान में मेरा कभी जी नहीं लगा पर रोज़ी-रोटी का वही आसरा रह गया था। सोचा था धीरे-धीरे पैसे जमा करूँगा और फिर से पतंग की दुकान खोलूँगा। आज तक उसी की प्लानिंग करता रहता हूँ। मियाँ, पतंगबाज़ी ऐसी बला है कि छूटे नहीं छूटती है। खोलूँगा। मरने के पहले दुकान ज़रूर खुलेगी मियाँ! तुम आना अपनी बीबी-बच्चों के साथ पतंग लेने। बढ़िया तुर्रे वाली।''

और वह खाँसने लगे। पहले बात छोटी ख़ाँसी से शुरू हुई। फिर बढ़ते-बढ़ते इतनी ज़्यादा हो गई कि उनका पूरा शरीर काँपने लगा। मैंने उन्हें जैसे-तैसे उठाकर भीतर उसी अँधेरे कमरे में ले गया। वहाँ एक सुराही और एक पलंग था। कुछ कपड़े यहाँ-वहाँ बेतरतीब से बिखरे पड़े थे। उन्हें भीतर पलंग पर लेटाकर मैं कुछ देर वहाँ खड़ा रहा। वहाँ बैठने की कोई जगह नहीं थी। मैंने सोचा बाहर से टिन का डिब्बा ले आऊँ या बस नमस्कार करके उनसे विदा ले लूँ। तभी मुझे कहीं से जलने की बदबू आई। कहीं कुछ जल रहा था। मैंने कमरे में चारों तरफ़ देखा। वहाँ ऐसी कोई चीज़ नहीं दिखी पर बदबू तेज़ थी। मुझे लगा आसपास किसी ने कचरा जलाया होगा। शायद उसी की बदबू यहाँ तक चली आई। तभी आनंद जलेबियाँ ले आया। उसे देखते ही मैं अपनी सफ़ाई-सी देने लगा।

''इन्हें बहुत तेज़ खाँसी आने लगी थी। सो, इन्हें मैं भीतर ले आया।''

"अच्छा किया। लो, यह जलेबी खा लो।"

मेरी बहुत इच्छा नहीं थी। पर मैं इस बातचीत के झमेले में नहीं पड़ना चाहता था कि अरे थोड़ी ले लो। यह बहुत अच्छी है। इतनी दूर से लाया हूँ। वग़ैरह वग़ैरह। सो, मैंने तुरंत एक जलेबी का टुकड़ा उठा लिया। बाक़ी जलेबी आनंद ने अपने हाथ में ही रखी थी। वह पलंग पर बैठ गया और मुमताज़ भाई को धीरे से कहा,

"जलेबियाँ हैं। ताज़ी, गरम। चख लें।"

जलेबियों को देखते ही मुमताज़ भाई तुरंत मुस्कुराते हुए उठ बैठे। मानो उन्हें कभी ख़ाँसी का दौरा पड़ा ही न हो। एक जलेबी का बड़ा-सा टुकड़ा उन्होंने उठा लिया। मैं जलेबी खाने ही जा रहा था कि उन्होंने मेरा हाथ पकड़ लिया।

"रुको! वह मत खाओ। जली हुई है। यह लो, यह एकदम सही है।"

मैंने जल्दी से वह जलेबी ली और लगभग एक बार में बिना स्वाद लिए खा गया। कुछ जलने की बदबू बढ़ती ही जा रही थी। मेरा इस कमरे में दम घुटने लगा था। मैंने धीरे से बाहर क़दम बढ़ा दिए। दरवाज़े पर ही पहुँचा था कि पीछे से मुमताज़ भाई की आवाज़ आई।

"मैंने तुझे बहुत याद किया। मेरी समझ में नहीं आया कि तेरी याद अचानक क्यों आने लगी।"

मैं वापस पलट लिया। मुमताज़ भाई का एक हाथ आनंद के कंधे पर था।

"मैं जब बहुत छोटा था।" मुमताज़ भाई मुझसे और आनंद दोनों से मुख़ातिब हो रहे थे, "उस वक़्त मेरे अब्बा की साइकिल की दुकान थी। बहुत सख़्त आदमी थे मेरे अब्बा। वह मुझे एक बार घूरकर देखते थे और मैं मूत देता था। तब मैं सिर्फ़ पंचर ठीक करना जानता था। फिर मैंने साइकिल बनाना सीखा। मडगाड लगाना। स्पोक ठीक करना। जब मैं पूरी तरह साइकिल की दुकान संभालने लगा तब तक मैं बड़ा हो गया मियाँ! आदमी। पर पंचर ठीक करने के समय से ही, मतलब एकदम छोटे से ही मेरे दिमाग़ में पतंग थी। मैं पतंग के अलावा कुछ भी नहीं सोचता था। पर कभी उड़ा नहीं पाया। फिर अब्बा ने मेरी शादी कर दी। सुहागरात को मैं अपनी बेग़म से दूर बैठा था। मेरी बेग़म बहुत इस्मार्ट थी, उसने बहुत देर

इंतज़ार किया फिर मुझसे पूछ ही लिया, 'क्या चाहते हो मियाँ?' पहली बार मुझसे किसी ने पूछा था, 'क्या चाहते हो मियाँ?' मैंने कहा, 'पतंग। पतंग और सिर्फ़ पतंग।''

मुमताज़ भाई चुप हो गए। मैं भी धीरे से चारपाई की दूसरी तरफ़ बैठ गया। वह मुझे ही देख रहे थे। मेरी उनसे आँख मिलाने की हिम्मत नहीं थी। मैं बार-बार खिसियाता हुआ आनंद की तरफ़ देखने लगता। मुमताज़ भाई ने अपना एक हाथ उठाया और मेरे गाल थपथपा दिए।

''मियाँ, छुटपन में जिस पागलपन से ये पतंग के पीछे दीवाने थे मेरी भी वही हालत थी। यह मुझे मेरे बचपन की याद दिलाता था। पिछले कुछ दिनों से पतंगबाज़ी की बड़ी इच्छा हुई तो तेरी याद आ गई। मैंने आनंद से कहा, कहाँ है मेरा पतंगबाज़? ज़रा पता तो कर।''

मेरे गाल पर उठे हाथ को मैंने अपने दोनों हाथों में ले लिया। फिर उन्हें धीरे से अपनी गोदी में रख लिया। उनकी उँगलियों में माँझे से कटने के बहुत हल्के निशान बाक़ी थे। खंडहरों जैसे। मेरी उँगलियाँ साफ़ थीं। मैं उन हाथों को सहलाता रहा। सब ख़ामोश थे। तभी पानी की कुछ बूँदें उनकी हथेली पर टपक पड़ीं और मैं वहाँ से उठ गया।

अभी ट्रेन आने में क़रीब एक घंटा बाक़ी था पर मैंने आनंद से कहा कि मुझे स्टेशन पर छोड़ दे। वह ज़िद नहीं कर सका। वह स्टेशन पर मेरे साथ रुकना चाह रहा था पर मैंने मना कर दिया। उसके जाते ही मैंने तनु को फ़ोन लगाया, मैं उसे सब कुछ सच-सच बता देना चाहता था। पर उसकी आवाज़ सुनते ही मैं कुछ और ही बातें करने लगा। मैंने उससे इधर-उधर की बातें की, सब कुछ ठीक-ठाक हो गया कहा। मुमताज़ भाई के बारे में वह पूछे जा रही थी पर मैंने जवाब इतने नीरस ढंग से दिए कि उसने पूछना बंद कर दिया। मैंने कहा, सुबह मिलता हूँ और मैंने फ़ोन काट दिया। स्टेशन पर बैठे-बैठे दो-चार चाय पी। बंबई के दोस्तों को फ़ोन लगाकर बेकार की बातें की। पर मेरे लाख जतन करने पर भी मेरी नथुनों में घुसी यह जलने की बदबू जा ही नहीं रही थी। बमुश्किल ट्रेन आई, मैंने सोचा गाँव छोड़ते ही सब ठीक हो जाएगा। ट्रेन में घुसते ही वही हुआ जो हमेशा से होता था। बच्चे मेरी बर्थ के अगल-बग़ल थे। मैंने सामान रखा

और दरवाज़े पर आकर खड़ा हो गया। ट्रेन गाँव छोड़ रही थी। मैं देर तक गाँव को ओझल होते देख रहा था। 'अब यहाँ शायद कभी भी आना न हो', मैंने मन में सोचा और वापिस अंदर आ गया। सीट पर बैठते ही मुझे दरवाज़े की बग़ल वाली बर्थ पर बैठा एक अकेला आदमी दिखा। बाथरूम वाला बहाना पिछली बार काम कर गया था। सो, मैंने उसी पर टिके रहना ठीक समझा। एक गहरी साँस भीतर ली और झूठ बोलने खड़ा हो गया।

मौन में बात

कुछ आहट हुई। मेरी आँख खुल गई। हड़बड़ाहट-घबराहट। पहले झटके के बाद 'कोई है!' के विचार पर मैं स्तब्ध था। बिना हिले-डुले मैं एक टिड्डे-सा रुका रहा। लगा मेरे हिलने से वह आहट कहीं दब न जाए। ''कोई है! कोई है! कोई है!'' कुछ देर बाद मैंने हथियार डाल दिए। कोई नहीं है। मैं वापिस बिस्तर पर पसर गया। चादर खींचकर मुँह पर डाल दिया। क्या मैं वापिस सो चुका था? मानो बीच में कुछ हुआ ही न हो। कोई आहट न हो, मेरे 'कोई है!' का इंतज़ार सब झूठा हो।

एक सन्नाटा है मेरे अगल-बग़ल। इस सन्नाटे के ढेरों शोर हैं। मैं अपने अकेलेपन में अलग-अलग शोर चुनता हूँ। सुनता हूँ। पर मेरे अकेलेपन में एक आहट है जो हमेशा बनी रहती है कि बाहर कोई है। कोई आने वाला है। मुझे असल में हमेशा किसी-न-किसी का इंतज़ार रहता। ना..ना..ना... किसी-न-किसी का नहीं, किसी का। कोई है जिसे मैं नहीं जानता हूँ या जानता हूँ पर मिला नहीं हूँ। या मिलना चाहता हूँ बेसब्री से। ऐसा कोई आने ही वाला है। अचानक दरवाज़े पर आहट होगी और मेरे दरवाज़ा खोलते ही

मुझे वह दिख जाएगा। वह जिसका मैं सालों से या शायद जबसे मुझे याद है तब से, इंतज़ार करता आ रहा हूँ। मुझे हमेशा से लगता था कि मैं अकेला रह रहा हूँ। जबकि मैं क़तई अकेला नहीं रह रहा हूँ। मैं हमेशा इंतज़ार में हूँ उस एक के जो बस आने को है। इसका मतलब मैं हमेशा से उस एक के साथ रह रहा हूँ और रहता रहूँगा जो कभी भी नहीं आएगा।

"सिमोन से मिलने जाना है।"

ओफ़्फ़! अब सोया नहीं जाएगा। मैंने आँखों से चादर हटा ली। टकटकी बाँधे दीवार को देखता रहा। बहुत पहले किसी चुप रात में मैंने उस दीवार पर पेन से, लेटे हुए एक रोता हुआ चेहरा बनाया था। हमेशा ऐसे कुछ हज़ार क्षणों में मैं क़सम खाता हूँ कि उठते ही इसे मिटा दूँगा। पर कभी मिटा नहीं पाया। उठते ही भूल जाता हूँ। मैंने करवट बदल ली, उस रोते हुए चेहरे के बजाय मैंने चलते हुए पंखे को देखना ज़्यादा बेहतर समझा। कम-से-कम वह दीवार से तो बेहतर ही है। वह चल रहा है। कहीं पहुँच नहीं रहा है, यह अलग बात है। मगर कुछ कर्म में तो लीन है ना। उसका कर्म है हवा देना। वह चल रहा है सालों से लगातार और हवा फेंकता आ रहा है।

मुझे ख़ुद पे, कुछ बातों को लेकर अटूट विश्वास है। जैसे सालों से मुझे पूरा विश्वास है कि मैं रोज़ उठूँगा और उठते ही भूल जाऊँगा कि मुझे दीवार पर बने उस रोते हुए चेहरे को मिटा देना है, हमेशा के लिए। मैं उसे कभी भी नहीं मिटा पाऊँगा और अभी, ठीक इसी वक़्त मैं सो नहीं सकता। मैं अभी कुछ ही देर में उठूँगा और एक बार दरवाज़ा खोलकर ज़रूर देखूँगा कि शायद पंद्रह मिनट पहले जो मुझे लगा था कि आहट है, वह अगर सच में आहट है तो वह अभी भी उस आहट के बाद वहीं, दरवाज़े के बाहर प्रतीक्षा में खड़ा होगा। अभी जितनी भी देर मैं बिस्तर में उलट-पलट रहा हूँ, यह सब दरवाज़ा न खोलने के विरुद्ध मेरी कार्यवाही है और कुछ भी नहीं।

तभी दरवाज़े पर आहट हुई। मैं सकपका गया। ओह! तो सच में कोई बाहर खड़ा है। मैं दरवाज़े की तरफ़ लपका। दरवाज़ा खोलते ही सामने मुझे एक आदमी खड़ा दिखा।

"बिल?"

"हें!"

"अखबार का बिल?"

"हाँ।"

मैंने उसके हाथ से पर्ची ली और भीतर आ गया। मुझे लगा उसने मुझे पकड़ लिया है। उसे पता चल गया है कि मैं... ओह!

मैंने सरसरी निगाह से बिल देखा। कुछ देर अपना पर्स तलाशा। जब मिला तो उसमें मात्र बत्तीस रुपये थे। अख़बार वाला किसी बुरी ख़बर की तरह काफ़ी देर से बाहर खड़ा था। मैं उसके पास गया।

"दोस्त, अभी पैसे तो नहीं हैं।"

"ठीक है। कल आता हूँ।"

वह बड़बड़ाता हुआ चला गया। मेरे पास कभी भी पूरे पैसे नहीं रहते। नहीं, मैं कभी भी थोड़े से नहीं चूकता हूँ। मेरे पास थोड़े होते हैं और बहुत सारा, उस वक़्त की ज़रूरत का पैसा, मेरे पास कभी भी नहीं होता।

उसके चले जाने के बाद मैंने दरवाज़ा बंद किया और उसके बिल की ओर घूरकर देखने लगा। एक सौ बावन रुपये। अरे! यह तो मुझे ठग रहा है। इसने बीच में क़रीब दस दिन मुझे अख़बार नहीं दिया था। उसके पैसे इसने काटे ही नहीं जबकि मैंने इससे कहा था। वह मुझे ठग रहा है। वह मुझे ठग रहा है और इस बात से मुझे ख़ुशी हुई। मुझे असल में मेरा ठगा जाना हमेशा से अच्छा लगता आया है। जब मेरा कोई दोस्त मुझसे पैसे उधार लेता है और समय रहते लौटाता नहीं तो मुझे उसके बाद से हमेशा उससे मिलने में ख़ुशी मिलती है। मैं कभी उससे पैसों का ज़िक्र नहीं करता। वह ख़ुद कभी भी बात नहीं उठाता। पर मैं ख़ुश हो रहा होता हूँ। मुझे मेरा लगातार ठगे जाना ख़ुशी देता है।

कभी-कभी मैं इसके विरुद्ध खड़ा होना चाहता हूँ। चिल्लाना चाहता हूँ कि बस अब से मैं क़सम खाता हूँ कि मैं कभी भी ठगा नहीं जाऊँगा। इस क़सम के ख़त्म होते ही पता चलता है कि संघर्ष कितना बड़ा है। वह संघर्ष आलू-प्याज़ से लेकर पूरे बाज़ार में और पूरे बाज़ार से लेकर ख़ुद मुझ तक फैला हुआ है। मैं भी लगातार ख़ुद को ठगता रहता हूँ। अब इस ठगने में कौन ठग है और कौन ठगा जा रहा है?

यूँ जब दस दिन अख़बार नहीं आया था तो मुझे एक तरह की ख़ुशी हुई

थी। रोज़ सुबह ख़बरों का एक जत्था मेरे घर में 'धम्म' से गिर जाता है। जब तक मैं उसे पुराने अख़बारों के ढेर के ऊपर नहीं फेंक देता मुझे लगता है कि एक ज़िम्मेदारी है, पूरा अख़बार पढ़ने की। जिसे मैं रोज़ सिर्फ़ चित्र देखकर पूरी कर लेता हूँ। मुझे ज़िम्मेदारियों से बहुत कोफ़्त होती है। किसी भी क़िस्म की ज़िम्मेदारी। मुझे ख़बरों से भी बहुत कोफ़्त होती है। मैं क्या कर लूँगा बहुत सारी समस्याओं को सुनकर सुबह-सुबह?

"सिमोन से मिलने जाना है।"

मैं आजकल अपने पुराने पड़ गए, छूटे हुए कपड़ों को पहनता हूँ। मैं कई सालों से बदला नहीं हूँ। सो, सालों पुरानी चीज़ें वैसी-की-वैसी मुझसे चिपक जाती हैं। मानो मैं बस उन्हें छोड़कर शाम को घूमने निकला था, अब मैं घर वापिस आ गया हूँ। यह पुरानी चीज़ें मुझसे कोई शिकायत नहीं करती हैं। क्योंकि यह सालों से मेरे साथ हैं। इन्होंने धीरे-धीरे मुझसे अपनी सारी अपेक्षाओं को घिस डाला है। मेरी पुरानी चीज़ें मुझे कोई ज़िम्मेदारी नहीं देतीं। लंबी उपेक्षाओं के बाद कोई सवाल नहीं करतीं। चुपचाप मेरे शरीर से वह चिपक जाती हैं। सफ़ेद शर्ट, जिसपर किसी लाल टी-शर्ट का रंग छूटा हुआ है और फटी-पुरानी नीली जींस। उसे पहनकर मैं आईने के सामने खड़ा हुआ, उफ़्फ़! शेव कर लेता हूँ। सो, मैंने झट-पट शेव कर डाली। हाँ, अभी ठीक था।

'सिमोन से मिलने जाना है।' 'सिमोन से मिलने जाना है।' 'सिमोन से मिलने जाना है।'

ख़ुद को आईने में देखता हुआ मैं 'सिमोन से मिलने जाना है' की रट लगाए था। सिमोन के कई बार फ़ोन करने पर भी उनसे मुलाक़ात नहीं हो पाई। वह बुलाती रहीं पर मेरे जाने का साहस ही नहीं हुआ। मैं उनसे मिलने के लिए घर से निकला था कई बार। पर जब भी घर के बाहर क़दम रखा, एकटक भागती-दौड़ती गाड़ियों को, लोगों को ताकता रहा। मुझे पता था सिमोन कुछ परेशान हैं। मेरा उनके पास इस वक़्त जाना भी बहुत ज़रूरी था पर मेरी हिम्मत ही नहीं हुई। हाँ, हिम्मत चाहिए दूसरी तरफ़ जाने में। मेरा इतनी देर तक ख़ुद को आईने में ताकते रहना एक तरह से हिम्मत बटोरना ही है। सिमोन मेरे जीवन का एक महत्वपूर्ण हिस्सा रही हैं। क़रीब-क़रीब

दस-बारह साल से हम एक-दूसरे को जानते हैं। पिछली बार मैं उनसे उनके बयालीसवें जन्मदिन पर मिला था। हम दोनों ही थे बस उनके घर पर। हमने केक काटा। Wine पी और देर तक लंबी चुप्पी में अपने-अपने एकांत में बैठे रहे। सिमोन confession box हैं मेरे लिए। जहाँ जाकर मुझे बस कुछ देर बैठना होता है। कुछ भी confess करने की ज़रूरत नहीं होती।

मैंने झटपट घर में ताला लगाया और अपनी शर्ट के तीसरे बटन को देखता हुआ दूसरी तरफ़ कूद गया। कुछ देर में मैं सिमोन के घर में, सिमोन के सामने बैठा था।

उनके बालों के किनारे सफ़ेद हो चले थे। आँखों के नीचे हल्का काला रंग बह निकला था। उसे काला नहीं कत्थई कहा जा सकता है। लंबी गर्दन। तीखी नाक। आँखें किताबों के पन्नों में कुछ अर्थ टटोलती-सीं। घर की सूती सफ़ेद साड़ी पहने हुए थीं जिसमें बैंगनी रंग के छोटे फूल बने हुए थे।

''कुछ लिख रहे हो आजकल?''

किताबों में कुछ टटोलते हुए उन्होंने पूछा।

''नहीं, घर में ही था।''

''कोई महिला मित्र?''

मैं खिसिया दिया।

''नहीं। ना महिला, ना ही मित्र।''

''बहुत समय लगा दिया आने में।''

मैं चुप रहा। उन्होंने भी आगे कुछ नहीं कहा। मैं क्या कहता कि 'पता नहीं किससे डरा हुआ घर में दुबका बैठा हूँ! कुछ देर के लिए बाहर निकलता हूँ तो घबरा जाता हूँ! लोगों के बीच बैठे हुए उनकी बातें मुझे जिबरिश लगती हैं! एक-दूसरे का मनोरंजन करने की थकाने वाली कोशिश! मुझे बाहर साँस लेने में दिक़्क़त होती है! सो, घर में बैठा हूँ, चुप्पी साधे!' क्या मतलब निकलता इन बातों का! सो, मैं चुप ही रहा।

''क्या हम लोग एक-दूसरे को इतना भी नहीं जानते कि एक-दूसरे के दुःख सूँघ सकें?''

यह कहकर वह भीतर चली गईं। सामने ख़ाली कुर्सी थी जिसकी लकड़ी पर उनके सालों बैठे रहने के पीले निशान पड़ चुके थे। मुझे उन निशानों

को छूना बहुत पसंद था। मैं हल्के से अपनी उँगलियाँ उस कुर्सी की चिकनी देह पर फेर लेता और लगता कि किसी की सालों की तपस्या का मैं भी एक छोटा हिस्सा हूँ। सामने टेबल पर तीन किताबें पड़ी हुई थीं। जो आधी पढ़ी हुई, औंधी पड़ी थीं। एक अंग्रेज़ी की और दो हिंदी की। वह कभी भी एक बार में एक किताब नहीं पढ़ती थीं। उनमें एक बात को एक बार में ही ख़त्म करने की धीरता नहीं थी। उनका घर उनकी मनःस्थिति की गवाही दे रहा था। चीज़ें बिखरी हुई पड़ी थीं। कल रात के खाने के निशान भी टेबल पर मौजूद थे। झाड़ू कुछ दिनों से नहीं लगी थी।

वह भीतर अपनी कही हुई बात को दफ़्न करने गई हैं। जब वह उसे पूरी तरह दफ़्न कर देंगी तो एक मुस्कुराहट के साथ बाहर आ जाएँगी जैसे वह मुझसे अभी-अभी मिली हों। वह मुझसे बहुत नाराज़ थीं। पिछले कुछ हफ़्तों की व्यस्तता के चलते मैं उनसे बिल्कुल भी नहीं मिल पाया था।

''सिमोन! सिमोन!''

मैंने उन्हें आवाज़ दी पर भीतर से कोई जवाब नहीं आया। मैं कुछ देर में उठकर टहलने लगा। वह अपना पूरा समय लेंगी मैं जानता हूँ। सुबह, सूरज की रोशनी खिड़की से सीधे उनकी दीवार पर पड़ती थी, फिर धीरे-धीरे रेंगते हुए एक उजले प्रेत की तरह घर छोड़कर चली जाती। उन्होंने एक बार मुझसे कहा था कि क्या मैं इस रोशनी को अपने घर में रोक सकती हूँ? घर का दरवाज़ा खिड़की सब बंद करके इसे क़ैद कर लूँ? जैसे अपने घर में मैं क़ैद हूँ। उनके घर में घुसते ही लगता है कि आप उनके भीतर चले आए हैं। मैं उन्हें उनके घर से अलग करके कभी भी देख नहीं पाता। जब हम कभी बाहर घूमने निकलते थे तो वह एक छोटी बच्ची-सी हरकतें करने लगती थीं जो अपने माँ-बाप की छत्र-छाया से बहुत दिनों बाद भाग निकली हो। वह बिना अपने घर के नग्न-सी जान पड़ती थीं। मैंने कभी उन्हें नग्न दिखने वाली बात नहीं बताई।

''यह देखो, आज दार्जलिंग वाली चाय तुम्हारे लिए। मुझे पता था आज तुम ज़रूर आओगे। सो, मैं कल शाम को तुम्हारे लिए यह चाय लेकर आई।''

इसके पहले मानो कुछ हुआ ही न हो। हमारी बहस, मेरी लाचारी में झुकी

हुई आँखें, उनका ग़ुस्सा सब कुछ जैसे कई महीनों पुरानी बात हो जिसे हम दोनों ने दफ़्न कर दिया हो। वह दफ़्न करके आ चुकी थीं पर मैं अभी भी जल रहा था।

उन्होंने चाय के दोनों कप टेबल पर रखे और ख़ुद अपनी कुर्सी पर बैठ गईं। मैं अभी भी टहल रहा था।

"तुम बिस्कुट भी लोगे?"

"ना।"

मैंने अपना कप उठाया और वापिस टहलने लगा। उन्हें पता था कि मेरे लिए कुछ भी दफ़्न करना इतना आसान नहीं है। सिमोन अपनी चाय पर सहजता से बैठी रहीं। मेरा टहलना मुझे ही खटकने लगा।

"हमें ऐसा क्यों लगता है कि जो खेल हम खेल नहीं पाए उसे अगर हम खेल लेते तो आज जीत चुके होते?"

पता नहीं यह बात मेरे मुँह से क्यों निकली। शायद मैं उनके भीतर टहल रहा था। उनकी गोद में कहीं मेरे पाँव पड़ रहे थे। उनकी बाँहों में मेरी एड़ियाँ गड़ रही थीं। सो, मैं यह कह गया। उन्हें यह न लगे कि उनके ग़ुस्से की वजह से मैं परेशान हूँ। मैं उन्हें बताना चाहता था कि मैं परेशान हूँ अपने व्यक्तिगत कारणों से। वह अपनी चाय पर बनी रहीं। मैं कितना भी झूठ क्यों न कहना चाहूँ पर सिमोन के सामने मेरे मुँह से हमेशा मेरे बहुत निजी सत्य ही निकल रहे होते हैं। मैं सच में गए कुछ समय से जीवन के उन खेलों के बारे में सोचता रहा हूँ जिनमें से मैंने बीच में ही कहीं exit ले ली। दुःख यह भी है कि वह खेल अभी भी मेरी ग़ैरमौजूदगी में चल रहे हैं कहीं।

"अगर उन खेलों के बारे में ज़्यादा सोचोगे तो मेरी तरह के लेखक बन जाओगे।"

यह कहते ही सिमोन हँसने लगीं। ज़ोर-ज़ोर से। मैं अपना टहलना बंद करके उनके सामने आकर बैठ गया। उस हँसी में कमरे की हवा बहुत हल्की हो गई थी। यह सिमोन का घर था, इस घर में साँस लेने के लिए हवा कितनी ठोस हो यह सिमोन ही तय कर सकती थीं। इतने सालों के हमारे संबंध में मैं आज भी उँगली रखकर नहीं बता सकता कि यह असली सिमोन हैं। वह हमेशा अलग होती हैं। जब मैं शुरू-शुरू के दिनों में सिमोन से मिलने आता

था तो उन्हें 'सिमोन जी' कहकर संबोधित करता था। मुलाक़ातों की शुरू की झिझक ख़त्म होते ही उन्होंने मुझे झिड़क दिया। 'जी' हट गया और हम एक-दूसरे के गहरे दोस्त हो गए। गहरा शब्द भी मैं सिर्फ़ अपने लिए ही इस्तेमाल कर सकता हूँ। मेरे एकांत में वह गहरे बैठी हैं और उनका एकांत मेरे लिए वह जगह है जहाँ मैं कभी ज़्यादा ठहर नहीं पाया।

"तुम्हें मनोज याद है?"

"हाँ, जो मुझे बहुत पसंद नहीं करता था!"

"हाँ वही, उसका ख़त आया था। पहले मैं इस ख़त को लेकर बहुत हँसी थी फिर मुझे तकलीफ़ होने लगी।"

यह कहते ही उन्होंने एक किताब अपने हाथों में रख ली। उसके कुछ पन्ने पलटे और एक किसी पन्ने पर आकर वह रुक गईं। जैसे कोई बच्चा अपना रटा-रटाया पाठ भूल जाता हो और फिर आगे की बात किताब में टटोलने लगता हो।

"यह कहानियाँ शायद तुम्हें याद हों?"

"कौन-सी?"

"जो अभी-अभी छपी हैं, जिसपर हमारी बहस हुई थी।"

"हाँ, मैंने कहा था कि यह प्रेम कहानियाँ हैं और आपने इसे 'मौन में बात' जैसा टाइटल दिया था।"

उन्होंने वह किताब मेरे हाथों में थमा दी। टेबिल-क्लाथ के नीचे से एक ख़त निकाला और मुस्कुराने लगीं।

"हम कितना fiction में जीते हैं! जीना बहुत क्षणिक होता है। कभी-कभी हम किसी आश्चर्य को जी लेते हैं। उसके पहले और बाद में हम fiction में ही रहते हैं। तुम मुझे इस वक़्त सुन रहे हो। तुम्हारे हाथों में मेरी कहानियों की किताब है और मेरे हाथों में मनोज का ख़त। यह बात शायद तुम्हारी गढ़ी हुई कहानी हो इसका मुझसे कोई संबंध न हो। कई सालों बाद क्या यह घटना तुम्हारे जिए हुए के हिस्से में शामिल हो सकती है?"

यह सवाल नहीं था, मैंने इसका कोई जवाब नहीं दिया। सिमोन का अँगूठा ख़त के कोने से खेल रहा था। वह कुछ और कहना चाहती थीं पर उस बात का दरवाज़ा उन्हें नहीं मिल रहा था। वह इस वक़्त दीवारें टटोल

रही थीं।

‘‘मैंने बहुत सघन प्रेम महसूस किया था, जब मनोज मेरे साथ रह रहा था। तुम्हें आश्चर्य होगा पर मैं मनोज के साथ बहुत कम रही हूँ। मैंने कहानी गढ़ना शुरू कर दिया था। वह कोई और मनोज था जो मेरे साथ रह रहा था। कभी-कभी उस मनोज की शक्ल इस मनोज से मिल जाया करती थी। आवाज़ भी एक-सी थी पर दोनों की साँस एकदम जुदा। मैं मनोज के होंठों के ठीक पास बहुत देर तक रुकी रहती थी। उसकी आँखें, उसकी गालों की उभरी हड्डियाँ ताकती-सी। मैं वहाँ रुककर उसकी साँसें चबा रही होती थी।’’

उन्होंने ख़त को हल्का मरोड़ा।

‘‘और यह मनोज इन कहानियों को पढ़कर मुझसे वापस मिलना चाहता है। इस ख़त में यही लिखा है। पहले मुझे हँसी आई फिर तकलीफ़ होने लगी।’’

‘‘तकलीफ़ किस बात की?’’

‘‘हमारे पास शब्द ही तो हैं। शब्दों को एक तरीक़े से जमाने पर कुछ भाव उत्पन्न होते हैं। वह भाव किसके हैं? जिसने शब्द कहे हैं उसके, या जो वह शब्द सुन रहा है उसके?’’

यह मेरी बात का जवाब नहीं था। मैं जवाब चाहता भी नहीं था। सिमोन ने धीरे से ख़त फाड़ दिया। ख़त के फटते ही मेरी ख़त में दिलचस्पी बढ़ गई। ठीक-ठीक क्या लिखा होगा उसमें? कौन-सी बातें? ख़त फाड़कर उन्होंने उसे अपनी मुट्ठी में जकड़ लिया। उस ख़त के शब्द अभी भी उनके भीतर रिस रहे थे। मेरी इच्छा हुई कि मैं उस फटे हुए ख़त को उनके हाथों से छीन लूँ। फिर उसका क़तरा-क़तरा बड़ी तरतीब से जमाऊँ। उसका एक-एक शब्द चबा लूँ और फिर वापिस सिमोन के सामने बैठकर यह दृश्य फिर से जीना शुरू कर दूँ।

‘‘यह एक बहुत बड़ी प्रदर्शनी है। मेरी बाल्कनी में वही कपड़े सूख रहे हैं जैसा लोग मुझे देखना-सुनना चाहते हैं। मैं भी लगातार उन्हीं कपड़ों को धोती-सुखाती हूँ जिन कपड़ों में लोग मुझे देखना चाहते हैं। तुम्हें पता है यह हिंसा है, हमारी ख़ुद पर? और इसीलिए शायद हम उन खेलों के बारे में बार-बार सोचते हैं जिन्हें खेलना हमने बहुत पहले छोड़ दिया था। जिन्हें

अगर खेल लेते तो शायद हम आज जीत जाते।"

सिमोन कुछ देर में उठीं और डस्टबिन तलाशती हुई भीतर चली गईं। ख़त डस्टबिन में डालकर वापिस आईं और घर की सफ़ाई में लग गईं। वह अपने एकांत में जा चुकी थीं। मेरी मौजूदगी अब उनके लिए कोई माने नहीं रखती थी पर मैं वहाँ मौजूद रहा। इतने दिनों तक न आ पाने का गिल्ट मेरे भीतर था। मैं उन्हें पूरा वक़्त देना चाहता था कि वह वापस अपनी कुर्सी पर आ सकें और एक लय में अपनी बात कह सकें। पर वह नहीं आईं।

कुछ देर मैं एक पेड़ के नीचे रिक्शे का इंतज़ार करता रहा। फिर पैदल घर की ओर चल पड़ा। मैं बहुत जल्दी किसी चीज़ को दफ़्न नहीं कर पाता हूँ। इस मामले में शायद मैं हिंदू हूँ। मैं चीज़ों को जलाना पसंद करता हूँ, पूरे संस्कार के साथ। उन्हें कंधे पर कई दिनों तक ढोता हूँ। जलने के बाद उनकी गर्म राख़ से कई दिनों तक अपने हाथ सेंकता रहता हूँ। फिर राख़ से जली हुई हड्डियों को बीनकर उन्हें नदी में सिराने जाता हूँ। इन सबमें कई बार सालों लग जाते हैं।

अधूरी बातों की संख्या उम्र के साथ-साथ बढ़ती रहती है। मैं कितनी भी कोशिश क्यों न करूँ बात पूरी तरह पूरी करने की, तब भी कहने को बहुत कुछ हमेशा बचा रह जाता है। फिर लगने लगता है कि यह बचा हुआ, कल्पना के संवाद जैसा है। इस दुनिया के जिए हुए दृश्यों में यह संवाद हो ही नहीं सकते हैं। इन संवादों की फिर जगह कहाँ है? क्या यह वह सच है जिनकी बुनियाद पर हम बाक़ी बातें करते फिरते हैं या यह बिल्कुल झूठी बातें हैं जिनका संबंध उस दूसरी दुनिया से है जो इस दुनिया का प्रतिबिंब है जिसे हम जी रहे हैं। या बात बिल्कुल उल्टी है। यह दुनिया प्रतिबिंब है उस दुनिया का जिसकी बातें हम बार-बार कहने से चूक जाते हैं।

मैं किसी रिक्शे के आने का इंतज़ार नहीं कर रहा था। मैं चल रहा था। यह सड़क जानी-पहचानी थी। हाँ, मेरे जीवन का बहुत-सा समय यहीं गुज़रा था। मैं अपने घर के सामने खड़ा था। नहीं, वह घर नहीं जिसमें मैं रहता हूँ, वह कमरा है। घर आपका हमेशा वहीं होता है जहाँ आप बड़े होते हैं। यह वह जगह है जिसे मैं अपना घर कहता हूँ। जहाँ अब सिर्फ़ मेरा बाप अकेले रहता है। मैं कब से इस तरफ़ नहीं आया। नीला दरवाज़ा सफ़ेद दीवारें।

मुझे मेरे बाप और मेरे देश में बड़ी समानता लगती है। मेरा पूरा बचपन मेरे बाप की महानता में गुज़रा था। वह मेरे पैदा होने के पहले भी था, उसके क़िस्से-कहानियाँ लोरी की तरह सुनते हुए मेरा बचपन बीता। वह मेरा हीरो था। वह मेरे सारे सवालों का जवाब था। फिर जैसे-जैसे मैंने होश संभाला मुझे लगने लगा कि इस देश ने मेरे साथ धोखा किया है। यह कमज़ोर है। इसका भी पहले कोई बाप था। इसकी भी अपनी बहुत-सी कमियाँ हैं। मुझे मेरे देश पर दया आने लगी। जब तक मैं मेरे धोखे की बात लेकर बाप के पास जाता, वह मुझे लेकर चुप हो चुका था। मैं वह नहीं हो पाया जिसका उन्होंने सपना देखा था। मैं वास्तविकता से भागने जैसा कोई आदमी हो चुका था जो अपने बाप जैसा दिखता था। वह अभी भी मुझमें अपना सपना ढूँढ़ते थे। मेरे जवाबों में जब उन्हें निराशा हाथ लगती तो वह चुप हो जाते। मेरा बाप मेरे देश की तरह था जो मेरे सारे संवादों पर चुप्पी मारे बैठा था। माँ जब ज़िंदा थी तो हमारे बीच ख़ूब लड़ाइयाँ होती थीं। माँ के बहाने से हम आपस में बात भी कर लिया करते थे। पर माँ के चले जाने के बाद अपने बाप के साथ रहना असहनीय हो गया था। सो, मैंने उनको अकेला छोड़ दिया। एक किराये का कमरा लेकर रहने लगा।

कुछ देर साँकल बजाने के बाद भीतर से आवाज़ आई।

"अरे भाई, कुछ नहीं चाहिए।"

"पापा, मैं हूँ!"

कुछ देर की शांति के बाद दरवाज़ा खुल गया। बाप बहुत देर मुझे आश्चर्य से देखता रहा। फिर भीतर किचन की तरफ़ चला गया। मैं घर में टहलने लगा। घर की एक सुंदर ठंडक है जिसकी कमी मैं अपने कमरे में सबसे ज़्यादा महसूस करता हूँ। मंदिरों-चर्च जैसी ठंडक। शायद घर में बहुत सारा मृत दीवार से चिपके हुए तैरता रहता है। पुराना जिया, बीते हुए लोग और बहुत से रहस्य। जिसका सत्य अब घर अपनी दरारों में छुपाए खड़ा है। मैं पहले अपने कमरे में गया। वह अभी तक वैसा ही जमा हुआ था मानो मैं अभी भी यहाँ रह रहा हूँ। तभी मेरी निगाह उस शेल्फ़ पर पड़ी जिसके पीछे मैं अपने बाप की मार के डर से छिप जाया करता था। उस शेल्फ़ के कोने से मैं सबको देख सकता था लेकिन मुझे कोई भी देख नहीं पाता था। एक

अजीब-सी इच्छा भीतर जाग गई उस शेल्फ़ के पीछे छिपने की। मैंने अपना बैग नीचे रखा और शेल्फ़ के पीछे घुसने की कोशिश की। मैं अब बड़ा हो गया था। मेरा वहाँ घुसना नामुमकिन था फिर भी मैं कोशिश करता रहा। मैं खीजने-सा लगा और एक अजीब आवाज़ के साथ मेरे आँसू गिरने लगे। मैं अपने-आपको अपने बचपन में ज़बरदस्ती घुसाना चाह रहा था।

"क्या कर रहे हो?"

मेरा बाप दरवाज़े पर चाय का प्याला लिए खड़ा था। मैं बाहर निकला। बाप ने चाय के प्याले को टेबल पर रखा और मेरे कपड़े झाड़ने लगा, जिसपर चूना लग गया था। मैं उनसे मना करता रहा पर वह नहीं माने। शायद इससे पहले उन्होंने मुझे मेरी माँ की मृत्यु पर रोते देखा था। मेरा रोना रुक नहीं रहा था। सो, मैं कुछ देर के लिए बाथरूम चला गया।

हम दोनों चाय की टेबल पर आमने-सामने बैठे थे।

"आप चाय नहीं पिएँगे?"

"डॉक्टर ने मना किया है।"

"अरे! क्या हुआ है आपको?"

"बुढ़ापा है। बीमारियाँ तो अब लगी रहेंगी।"

"बीमारी?"

"शुगर है। जिसकी वजह से परहेज़ करना पड़ रहा है।"

देश की व्यवस्था संभालने वाला एक सरकारी मुलाज़िम मेरा बाप था। सारी व्यवस्था में बेईमानी के बावजूद मेरे बाप को लगता था कि देश चंद ईमानदार लोगों की वजह से चल रहा है, जिसमें वह भी एक है। मेरे लिए देश भागा करता था क्योंकि मुझे लगता था कि मेरा बाप देश का बहुत सारा बोझ अपने कंधों पर लिए भाग रहा है। मेरा देश मेरे सामने बैठा था। बीमार। और मैं कुछ भी नहीं कर सकता था।

तभी मेरी निगाह मेरे पिताजी के हाथों पर पड़ी। वह कितने बूढ़े हो चुके हैं! उनकी चमड़ी लटक गई है। कंधे झुके हुए हैं। वह कोई और था जिसे मैं अपना बाप माने बैठा था। मेरा बाप तो मेरे सामने बैठा है जिसे शायद मैं पहली बार देख रहा हूँ। अचानक मुझे उनकी उम्र बहुत ज़्यादा लगने लगी। उनके हाथों के ऊपर उगे हुए बाल भी सफ़ेद हो चुके थे। क्या उम्र होगी

इनकी। मुझे मेरे बाप की उम्र नहीं पता है।

"आपकी उम्र क्या होगी?"

"क्या?"

"कुछ नहीं।"

फिर मैंने कुछ नहीं पूछा। हम दोनों को ही अब मेरी चाय ख़त्म होने का इंतज़ार था। उनकी निगाहें कुछ देर मुझपर रुकी थीं, जब हम बात कर रहे थे। अब वह दीवारों पर टँगी तस्वीरों को टटोल रही थीं।

"सिमोन कैसी है?"

जैसे किसी तस्वीर को देखकर उनको यह बात याद आई हो।

"ठीक है।"

"अभी भी मिलते हो उससे?"

"उन्हीं के घर से चला आ रहा हूँ।"

इस बात पर मेरा बाप उठकर अपने कमरे में चला गया। मैंने चाय का कप उठाया और उसे किचन में रख दिया। किचन काफ़ी बिखरा पड़ा था। सो, मैं उसे साफ़ करने लगा। कुछ सुबह के बर्तन पड़े थे वह माँज दिए। जाने से पहले कुछ देर पिताजी के कमरे के बाहर खड़ा रहा। वह अख़बार में अपना सिर गड़ाए बैठे थे। मैंने सालों से पिताजी के कमरे की चौखट नहीं लाँघी। मैं जाने को हुआ तभी उनकी आवाज़ आई–

"मैं अगले महीने बहत्तर का हो जाऊँगा।"

रिक्शा, भीड़, पसीना, डर।

अंत में मैं अपने कमरे में पहुँचा। एक रजिस्टर्ड लेटर पैरों में पड़ा मिला। मेरी स्कॉलरशिप स्वीकार कर ली गई थी। तीन साल की रिसर्च पर मुझे विदेश जाने का मौक़ा मिला है, जिसका मैं बहुत लंबे समय से इंतज़ार कर रहा था। तभी दरवाज़े पर आहट हुई। मैंने लेटर को फ्रिज़ के ऊपर रखा और दरवाज़ा खोला। सामने सिमोन खड़ी थीं।

"तुमसे बात पूरी नहीं हुई तो सोचा तुम्हारे घर आ जाती हूँ। इसी बहाने तुम्हारा घर भी देख लूँगी।"

"आइए। अंदर आ जाइए।"

घर में कोई कुर्सी नहीं थी और न ही कुर्सी जैसी कोई जगह। कुछ देर

सिमोन बैठने की जगह खोजती रही फिर कुछ हिचकिचाहट के बाद वह पलंग पर बैठ गईं। यह बहुत अजीब था। मैं जब सिमोन के यहाँ जाता हूँ तो जैसा मेरी उपस्थिति में सिमोन अपने घर में व्यवहार करती हैं, मैं उसी व्यवहार की नक़ल अपने घर में उनके सामने कर रहा था। मैंने अपने आपको घर के छोटे-छिछले कामों में व्यस्त कर लिया। वह मेरे शेल्फ़ में रखी किताबें टटोलने लगीं। लगभग किताबें उन्हीं ने मुझे दी थीं।

''कुछ दिनों पहले मैं तुम्हारे पिताजी से मिलने उनके घर गई थी।''

यह बात सुनते ही मेरे सारे छोटे-छिछले काम हाथ से छूट गए। मैं सीधे उन्हें देख रहा था और वह मेरी ओर।

''मुझे पता था तुम्हें अच्छा नहीं लगेगा पर मैंने यह अपनी ख़ातिर किया है। शायद बहुत समय बाद मैंने कुछ अपनी ख़ातिर किया है।''

''पिताजी आपके बारे में अच्छी राय नहीं रखते हैं। उन्हें लगता है कि मेरे घर छोड़ने का कारण आप हैं।''

''उनसे मिलने के बाद मुझे भी लगने लगा कि शायद मैं ही हूँ वह कारण।''

''नहीं। क़तई नहीं।''

वह अपने हाथ में रखी किताब के पन्ने पलटने लगीं।

''यह बहुत अच्छी किताब है।''

''यह तीन साल पहले आप ही ने मुझे दी थी। सॉरी, मैं लौटा नहीं पाया।''

''इतने सालों में मुझे नहीं लगता है कि तुमने कोई भी किताब मुझे लौटाई है।''

''पर मेरी नीयत थी।''

वह कामू के The Outsider के पन्ने पलट रही थीं। किसी एक पन्ने पर देर तक रुकी रहीं फिर किताब बंद करके वापिस शेल्फ़ में रख दी। मुझे उनकी दी हुई किताबें पढ़ने में बहुत मज़ा आता था क्योंकि उनकी किताबों में उनके पढ़े हुए के निशान, नोट्स हर तरफ़ गुदे हुए होते थे। मुझे लगता है कि मैंने सिमोन को किताबों में लगे पेंसिल के निशानों में कहीं पहचाना है। व्यक्तिगत तौर पर हमारे संवाद ABSURD रहे हैं।

"तुम्हारे पिताजी ने मुझसे एक अजीब बात कही थी।"

"क्या?"

"उन्होंने कहा था कि तुमने मेरे जवान बेटे को अपने चंगुल में फँसा रखा है।"

"आपको वहाँ नहीं जाना चाहिए था।"

"मैंने उन्हें कहा कि मैं एक शादीशुदा औरत हूँ। मुझे बहुत आश्चर्य हुआ जब उन्होंने कहा कि पर रहती तो अकेली ही हो ना।"

"आपको लेकर मेरे और मेरे बाप के बीच कई बार कहा-सुनी हुई है।"

तभी सिमोन पलंग से उठीं और मेरी बालकनी में जाकर खड़ी हो गईं। मैं कमरे में ही बना रहा। मुझे सिमोन के ऐसे मौन की आदत है जो बीच संवाद में अचानक चले आते हैं। मुझे हमेशा लगता है कि सिमोन, जिन्हें मैं जानता हूँ, वह इन मौन में हैं। हमारी बातचीत महज़ वह पगडंडी है जिसपर चलकर वह उस मौन में बार-बार चली जाती हैं। उनकी दी हुई किताबों में मैं उन हिस्सों को बार-बार पढ़ता हूँ जिन्हें वह पेंसिल से मार्क करके रखती हैं। वह हिस्से बिल्कुल इन मौन जैसे हैं। जो अभी मैं महसूस कर रहा हूँ। मैंने कभी सिमोन को नहीं कहा कि मैं उन पेंसिल से गुदे हुए हिस्सों को उस किताब का मौन कहता हूँ।

"अरे देखो, सामने पेड़ पर किंगफ़िशर आई है।'

बालकनी से सिमोन की आवाज़ आई।

"हाँ वह इस वक़्त रोज़ आती है। मैंने उसका नाम भी रखा है।"

"क्या नाम है?"

"शुभचिंतक।"

सिमोन हँस दीं। फिर उन्होंने कई बार उस किंगफिशर को शुभचिंतक नाम से पुकारा। शुभचिंतक कुछ देर में गर्दन इधर-उधर घुमाकर उड़ गया। हम दोनों बालकनी में खड़े शुभचिंतक का का.फ़ी देर तक इंतज़ार करते रहे पर वह नहीं आया।

"मैं सोचती हूँ कि मनोज के पास चली जाऊँ।"

"मनोज के पास बैंगलुरू?"

"हाँ।"

"यूँ आचानक!"

"हाँ अचानक, मुझे लगा यही ठीक रहेगा।"

"पर आपने तो उसका ख़त फाड़ दिया था, और आप...."

"मुझे जाना चाहिए और शायद यह सही भी है।"

"आप कबसे सही काम करने लगीं। और सही किसके लिए है?"

"तुम्हारे लिए। मेरे लिए। तुम्हारे पिताजी के लिए। मनोज के लिए।"

मेरे पिताजी ने एक बार तुनक कर मुझसे कहा था कि उस औरत के चक्कर में रहोगे तो बर्बाद हो जाओगे। यूँ उनकी कही हुई बातें मुझपर ज़्यादा असर नहीं करती थीं पर पता नहीं इस वाक्य में किस अजीब तरीक़े का सम्मोहऩ था कि मेरी बहुत कोशिशों के बाद भी मैं इस बर्बाद हो जाने वाले हिस्से को भूल नहीं पाया। यह उस दिन के बाद से कुछ ऐसा मेरे शरीर से चिपका कि मैं इसे अलग नहीं कर पाया। मैं बर्बाद होना चाहता था। मैं चाहता था कि मैं सड़कों पर आ जाऊँ। भीख माँगता हुआ अपने बाप को दिखूँ। मैंने अपना जॉब छोड़ दिया। घर से बिना पैसे लिए पूरा शहर पैदल छानता रहता। जब सबकुछ बहुत असह्य हो जाता तो सिमोन के मौन में छुपकर बैठ जाता। सिमोन खाना खिला देतीं, मैं चुपचाप बिना किसी प्रतिक्रिया के उनका लिखा हुआ सुनता रहता। मेरे लिखे की प्रतिलिपि मैं सिमोन की टेबल पर जाने से पहले रख देता। बहुत समय बाद वह किसी एक कहानी का ज़िक्र करके कहतीं कि वह बहुत अच्छी थी। मैं घर जाता और उस कहानी को फाड़ देता। जिन कहानियों का ज़िक्र सिमोन ने कभी नहीं किया वह कहानियाँ अभी भी मेरी मेज़ की दराज़ में दुबकी पड़ी हैं। इसी बीच कहीं सिमोन ने मेरी कुछ कहानियों का एक संकलन छपवा दिया। उन्होंने 'मौन में बात' उसका शीर्षक रखा। हम बहुत समय तक इस बात पर हँसते रहे कि इस शीर्षक के साथ कौन इन कहानियों को पढ़ने की कोशिश करेगा। पर सिमोन का कहना था कि इससे बेहतर उन्हें कुछ भी नहीं सूझा। मुझे नहीं पता मैं इन कहानियों के छपने से ख़ुश था या नाख़ुश। इन कहानियों में कहानी जैसा कुछ भी नहीं था। 'मौन में बात' सही शीर्षक था। सारी कहानियाँ अपनी चुप्पी लिए हुए थीं। अधिकतर कहानियाँ मेरे और मेरे बाप के संबंध के इर्द-गिर्द घूमती-फिरती थीं।

जो रजिस्टर्ड लेटर मैंने फ्रिज़ पर रखा था वह मैंने उठाकर सिमोन को दे दिया। सिमोन ने उसे पढ़ा और मुझे गले लगा लिया, मानो मैं नहीं, वह बरसों से इस लेटर का इंतज़ार कर रही हों।

किसी एक समय में बहुत सघनता से महसूस किए गए संबंध का स्वाद अचानक फीका पड़ गया। सिमोन के संबंध में ऐसा ही हुआ। अचानक सबकुछ फीका-सा लगने लगा। उस स्पेस में मुझे लगा मेरी ज़रूरत नहीं है। मैंने बहुत अभिनय की कोशिश की कि उस सघनता को मैं वापिस महसूस करने लगूँ पर ऐसा हुआ नहीं। मैं सिमोन के साथ रहते हुए अपने-आपको बहुत असहज महसूस करने लगा। सिमोन मनोज के पास नहीं गईं और मैं अभी भी विदेश जाने के बारे में सोच ही रहा था। अब जो संबंध अपनी पहले जैसी सघनता लिए हुए था वह था मेरे और मेरे बाप के बीच का संबंध। मैंने जब अपने बाप को वह लेटर दिखाया तो वह ख़ुश नहीं हुए। न ही कोई दुःख उनके माथे पर उभरा। उन्होंने पूरा लेटर बड़ी तल्लीनता के साथ पढ़ा। उसे बड़े ऐहतियात के साथ वापिस लिफ़ाफ़े में रखा और मुझे ससम्मान वापिस लौटा दिया। न तो मैंने उनसे कोई प्रश्न किया, न ही उन्होंने कोई भी प्रतिक्रिया दिखाई। कुछ देर में वह उठकर अपने कमरे में चले गए। शायद इतने सालों में पहली बार मुझे उनपर दया आई थी। वह इस बात से ख़ुश थे कि चलो मैंने कुछ करने के लिए कोई क़दम तो उठाया। पर वह मेरे तीन सालों के लिए चले जाने पर बहुत उदास थे। इतने सालों के हमारे शीत युद्ध के कारण मैं अपने बाप को इतना तो जान गया था कि वह कब धीरे से उठकर अपने कमरे में चले जाते हैं।

कुछ देर में मैं किचन में गया। वह बहुत ही बिखरा पड़ा था। सिंक बर्तनों से भरा पड़ा था। शायद काम वाली बाई आ नहीं रही होगी या मेरा बाप ही उससे लड़ गया होगा। मैंने पूरा किचन साफ़ किया। हम दोनों के लिए चाय बनाई। उनकी चाय में शुगर फ्री डाली और उनके कमरे के दरवाज़े पर दोनों कप लिए खड़ा हो गया। वह अपनी आराम कुर्सी पर बैठे हुए किसी किताब के पन्ने पलट रह थे। मैंने दरवाज़ा खटखटाया। उन्होंने तुरंत किताब कोने में रख दी। मैंने (कई सालों बाद) अपने बाप के कमरे में प्रवेश किया।

"अरे, मुझे लगा तुम चले गए हो। चलो बाहर ही बैठते हैं।"

तब तक मैं चाय की ट्रे खिड़की के पास रख चुका था। वह खड़े हुए और वापस बैठ गए। हम दोनों अपनी-अपनी चाय पर थे। कुछ देर में उन्होंने वह किताब उठाकर मुझे दी जो वह पढ़ रहे थे। 'मौन में बात', मैंने शीर्षक पढ़ा। सिमोन ने उन्हें यह किताब दी होगी। किताब के बीच में कहीं बुकमार्क झाँक रहा था। पहली बार मैंने ख़ुद को अपने बाप के सामने नग्न पाया। मैंने किताब किनारे रख दी। हम दोनों खिड़की से बाहर एक बच्ची को देख रहे थे जिसके पैरों में एक बड़ा-सा काग़ज़ चिपक गया था। वह उसे निकालती तो दूसरे पाँव पर चिपक जाता। फिर उसने हाथ से भी निकालने की कोशिश की, वह काग़ज़ पैर से निकलकर उस बच्ची के हाथ में चिपक गया। उसे देखते हुए पहले मेरे और मेरे बाप के चेहरे पर एक मुस्कुराहट-सी आई पर बाद में वह मुस्कुराहट झुंझलाहट में बदल गई। वह काग़ज़ उस लड़की के शरीर से निकल ही नहीं रहा था तो ग़ुस्से में आकर उस लड़की ने उस काग़ज़ को फाड़ना शुरू किया। कुछ टुकड़े छूट गए पर कुछ दूसरी जगह चिपक गए। वह उन्हें छुड़ाते-छुड़ाते खीज चुकी थी फिर वह खीज रोने में तब्दील हो गई। जब उसने रोना शुरू किया तो वह हार चुकी थी। वह रोते हुए अपने घर की ओर चली गई।

"यह बहुत अच्छा चांस तुम्हें मिला। अच्छा होगा कि तुम विदेश चले जाओ।"

मैं चुपचाप अपने बाप को देखता रहा जो दूर उस बच्ची के चले जाने के बाद की ख़ाली जगह में कुछ ढूँढ़ रहे थे।

मेरे घर में पंखा अपनी रफ़्तार पर था। मैं निढाल-सा अपने बिस्तर पर पसरा पड़ा था। मेरी छाती पर वह लेटर था जिसमें मेरा भविष्य छिपा हुआ था। मैंने करवट बदली तो मेरी निगाह उस रोते हुए चेहरे पर पड़ी जिसे मिटाना मैं फिर भूल चुका था। मैं जल्दी से उठा, एक कपड़े में हल्का-सा साबुन लगाकर लाया और उस चेहरे को ऊपर घिसने लगा। कुछ ही देर में वह चेहरा ग़ायब हो चुका था। पर वहाँ मेरी झल्लाहट का एक निशान रह गया था जो बहुत ही भद्दा लग रहा था।

जब शुरू-शुरू में मैं सिमोन से मिला था तो प्रेम में पड़ चुका था। पैंतीस साल उस वक़्त उन्होंने अपनी उम्र बताई थी। उनका कहानी-संग्रह पढ़ने के

बाद मैंने उनसे मिलने की इच्छा ज़ाहिर की थी। जीवन को जिस सहजता से अकेले रहकर जीना उन्हें आता है वह शायद मैं कभी भी नहीं हासिल कर पाऊँगा। मनोज उन दिनों उनके घर कुछ-कुछ दिनों के लिए आया करता था। वह मुझे बिल्कुल भी पसंद नहीं करता था। क्योंकि उन दिनों सिमोन और मैं काफ़ी समय एक साथ बिताया करते थे। किस क़दर मैं उनको छू लेना चाहता था! जब कभी किताब, चाय का प्याला, पेन देते-लेते वक़्त उनकी उँगलियाँ छू जाया करती थीं तो मैं किसी दूसरी दुनिया में पहुँच जाया करता था। जहाँ मैं अपनी सारी तकलीफ़ लिए सिमोन के सिरहाने बैठा हुआ होता और वह अपने जीवन के छोटे-बड़े क़िस्से मुझे सुनातीं। पीला और लाल रंग चारों तरफ़ बिखरा होता। हरे रंग के कुछ छीटे दीवारों-चादरों पर दिखाई देते। कहीं से पानी बहने की आवाज़ आती। हम दोनों ही ठंड में ठिठुर रहे होते पर शरीर पर एक भी कपड़ा नहीं होता। हल्के पीले रंग वह ओढ़े होतीं और हल्का लाल रंग मेरे शरीर से बाहर कहीं पड़ा होता।

मनोज के उनके जीवन से चले जाने के काफ़ी समय के बाद तक मेरी इच्छा होती रही कि कभी मैं उन्हें अपने मन की बात बताऊँगा। पर हिम्मत नहीं होती। उन्होंने सही पहचाना था, लगभग मेरे किए हुए सारे कामों में उन्हें इंप्रेस कर देना ही मेरा लक्ष्य हुआ करता था। फिर अचानक क्या हुआ कि संबंध एक अलग ही दिशा में चला गया। मैं बस उस अवस्था में बहता रहा। मैं कभी उनके मौन का हिस्सा था और वह कभी-कभी मेरे मौन में टहल के निकल जाता करती थीं। लाल, पीला और हरा रंग धीरे-धीरे धुँधला पड़ चुका था। कुछ कत्थई और नीले रंग का संबंध अब बचा हुआ था। जिसे मैं बचाए रखना चाहता था।

कुछ देर में मैंने वह लेटर जिसमें मेरा भविष्य पड़ा हुआ था, फाड़ दिया। इसकी वजह सिमोन नहीं थीं। इसकी वजह मेरा बाप था। तीन साल, इस उम्र में उनसे तीन साल दूर रहने की मुझमें हिम्मत नहीं थी। कुछ देर में मैंने काग़ज़ और पेन उठाया और एक कहानी लिखने बैठ गया। शीर्षक दिया- 'सिमोन'।

सपना

बहुत पहले मैं एक लड़की को जानता था जो चिड़िया हो जाने का सपना देखा करती थी। हम अक्सर एक-दूसरे से अपने सपनों की बात करते थे। बात हम सीधी करते थे पर मुझे वह सारी बातें सपनों-सी लगती थीं। मैं उससे जब भी कहता कि मुझे मेरे सपने कभी याद नहीं रहते तो वह हँस देती थी। वह कहती थी कि यह कोई रटने वाली चीज़ थोड़ी है जिसे याद रखना होता है। उसे सब याद था। उसके सपनों का दायरा बहुत बड़ा था। वह बचपन की घटनाएँ भी सपनों की तरह सुनाती थी।

एक चिड़िया का घोसला उसके घर के ऊपर था। जब भी वह टूटे हुए अंडों को देखती तो उदास हो जाती। कभी-कभी उसे चिड़िया के छोटे बच्चे भी नीचे पड़े हुए दिखते जिन्हें वह बिना हाथ लगाए वापिस घोसलों तक पहुँचा देती। उसके बचपन की कई दोपहरें चिड़िया के घोसले की पहरेदारी में बीतती थीं। एक दिन उसने सपना देखा कि वह एक चिड़िया के घोसले में पड़ी हुई है, दूसरे चिड़िया के बच्चों के साथ। वह अपने परों को निकलता हुआ देख सकती थी। धीरे-धीरे उसकी उम्र के बच्चे अपने परों को झटके

के साथ खोलकर घोसले से कूदने लगे थे और ऊपर आसमान में उड़ने लगे। वह अकेली रह गई थी, डरी हुई। अब उसकी बारी थी। उसने उड़ने की तैयारी की। अपने परों को झाड़ा। फैलाया। वह घोसले के कोने तक आई और ऊपर आसमान को देखने लगी। वह कूदने ही वाली थी कि उसे नीचे एक भूखी बिल्ली दिखी जो उसका इंतज़ार कर रही थी। उसने एक गहरी साँस भीतर खींची और अपने परों को चौड़ा करके घोसले से कूद गई। कूदते वक़्त उसने अपनी आँखें बहुत कस कर बंद कर ली थीं। तभी उसकी नींद खुल गई।

हम लोग नदी किनारे घूम रहे थे, जब उसने मुझे यह सपना सुनाया था। उसके सपने हमेशा बीच में कहीं ख़त्म हो जाते थे। हमेशा अंत होने के पहले उसकी आँखें खुल जाती थीं। 'फिर क्या हुआ?' जैसे प्रश्नों की मैं झड़ी लगा देता। जवाब में वह सिर्फ़ यही कहती कि बस मैंने इतना ही देखा था। वह कहती थी कि हमें हमेशा अधूरे सपने याद रहते हैं। बीच की ख़ाली जगह। आधे कहे हुए संवाद। चुप्पी। मुझे सपने याद नहीं रहते थे। मेरे सपने अपना अंत लेकर आते थे शायद। मुझे यूँ भी अंत की हमेशा चिंता रहती थी। किसी भी कहानी को पढ़ते हुए मैं उसके अंत का बोझ अपने कंधे पर लिए हुए उसे पढ़ता। अगर अंत अच्छा होता तो मुझे कहानी पसंद आती वर्ना मैं चिढ़ जाता। एक दिन उसने मुझसे कहा कि तुम पहले कहानी का अंत पढ़ लिया करो। फिर तुम कम-से-कम कहानी का मज़ा तो ले पाओगे। मैं उसकी बात समझता था पर मैं उसके जैसा नहीं सोच सकता था। मैंने अपना पूरा जीवन भविष्य को देखते हुए जिया था पर वह कभी भी भविष्य के बारे में बात नहीं करती थी। हम दोनों के बीच सबसे बड़ा अंतर सपनों का ही था। उसे अधूरेपन की आदत थी और मैं अपने देखे हर सपने को उसकी नियति तक पहुँचाना चाहता था।

मुझे वह अभी भी याद है। क्योंकि वह बीच में ही वापिस मुड़ गई थी जबकि मैं आगे चलता रहा। मुझे लगा वह किसी अगले मोड़ पर मुझसे ज़रूर टकराएगी और हम वापिस साथ चलना शुरू कर देंगे पर ऐसा नहीं हुआ। वह जिस दिन मुड़ी थी तब से मुझे सपने याद रहने लगे। उसके अधूरे सपनों का अंत मैं अपने सपनों में देखने लगा, उसके जाने के बाद।

काम की तलाश वाली उम्र में मैं उससे मिला था। मुझे लगता था कि यह उन लड़कियों जैसी है जो सपनों में जीती हैं। मैं उसे बार-बार खींचकर यथार्थ पर लाता था पर वह हर बार मुझसे छूटकर कहीं चली जाती थी। वह कहती थी कि 'मैं जल्दी से पैंतीस की होना चाहती हूँ'। मुझे यह उम्र बहुत बकवास लगती है। मैं बस पैंतीस होने तक का समय काट रही हूँ। वह मेरे हद के बाहर की लड़की थी। वह जो कहती थी वही जीती थी। शायद इसीलिए मैं उसकी तरफ़ इतना आकर्षित हुआ था। मैं उससे अक्सर पूछा करता था कि हम दोनों एक साथ क्या कर रहे हैं? तो वह तपाक से जवाब देती कि हम दोनों एक साथ नहीं हैं। मैं उसके साथ अपने भविष्य के सपने देखने लगा था। भविष्य के सपने देखना मेरा स्वभाव था। मैं ऐसा ही था। मुझे दुकान-दुकान घूमना अच्छा लगता था। हर दुकान के सामने मैं बहुत देर तक खड़ा रहता था और सपने देखता था। जब मेरा घर होगा तो मैं यह रंग के पर्दे लगाऊँगा, इस तरीक़े का फ़र्नीचर होगा। मेरे सपने वहीं पर ख़त्म नहीं होते थे। मैं उन्हें अपनी डायरी में नोट भी कर लेता था, उनके दाम के साथ। फिर उसे ज़बरदस्ती उन दुकानों पर ले जाता और उसकी राय पूछता। उसे मेरी यह आदत बहुत बचकानी लगती थी पर वह हर बार मेरे साथ हो लेती। मुझपर हँसने के लिए और मुझे उसका हँसना बहुत सुंदर लगता। मैं हर बार उसे हँसाना चाहता था। इसलिए अपनी बचकानी आदतों को उसके सामने दोहराता रहता।

एक दिन मैंने उसे एक झूठा सपना सुनाया। मुझे ऐसा कोई सपना नहीं आया था पर मैंने उससे झूठ कहा कि मैंने कल रात तुम्हारा सपना देखा था कि तुम मेरे साथ पहाड़ों में घूम रही हो। हमारी शादी हो चुकी है और तुम उड़ रही हो। मैंने तुम्हें अपने सपने में उड़ते हुए देखा था। इस सपने का उसपर बहुत गहरा असर हुआ था। मैं जानता था वह चिड़िया हो जाने का सपना देखती है। उसने मेरे झूठे सपने में अपनी आँखें बंद कर लीं और मैं अपने झूठे सपने की उड़ान को रोक नहीं पाया। मुझे उस झूठ के असर को देखकर चुप हो जाना चाहिए था पर मैं चुप नहीं हुआ। मैं अपने सपने गढ़ने लगा। हर कुछ दिनों में मैं उसे एक सपना सुना देता और वह हर बार अपनी आँखें बंद कर लेती। मैंने कभी उसे अपने इतना क़रीब महसूस नहीं किया

था। वह मेरे पास थी। बहुत पास। इन्हीं सपनों के बीच कहीं हमने साथ रहने का फ़ैसला कर लिया। यह उसका फ़ैसला नहीं था। जब उसकी आँखें बंद थीं, मैं उसे अपने घर ले जा चुका था। वह मेरे झूठे सपने में थी और मैं उसे सच में अपना बना चुका था। उसने मुझसे शादी नहीं की थी पर हम साथ रहने लगे थे। मैंने अपने घर को अपने सारे बचकाने सपनों से सजा दिया था। वही पर्दे। वही फ़र्नीचर जिसे देखकर वह ख़ूब हँसी थी। अब वह उन सबके बीच में रहने लगी थी। मुझे लगा था कि वह बहुत हँसेगी पर वह चुप होती गई।

उसकी एक आदत थी जिससे मैं बहुत चिढ़ता था। वह अपना हर जॉब कुछ ही महीनों में छोड़ देती थी। वह अपने भविष्य की कुछ भी संभावना देखते ही बिदक जाती थी। तुरंत छोड़ देती। प्रमोशन के लेटर पर वह अपना इस्तीफ़ा कंपनी में दे आती। मैंने काम तलाशने की उम्र से जो जॉब पकड़ा था, मैं आज भी उसी ऑफ़िस में था। मैं बार-बार उसे अपना उदाहरण देता कि देखो आज मैं कितना सफल हूँ! वह कभी बहस में नहीं पड़ती थी। ऐसी बातों में वह हर बार पहाड़ों पर चलने की बात कहती और मैं हर बार बात टाल जाता।

मैंने उसे अपने साथ लगातार घरेलू होते देखा था। मैं जब भी उसे अपने घर में काम करता हुआ देखता था तो मुझे अजीब-सी जीत का अहसास होता था। जैसे मैंने कोई जंगली जानवर को पालतू बना दिया हो। जैसे हाथी का दोनों हाथ जोड़कर नमस्कार करना, हमें बहुत अच्छा लगता है। शेर हंटर की टाप पर कुर्सी पर बैठ जाए तो हम ताली बजा देते हैं। आसमान में उड़ते हुए पक्षी को अपने घर के पिंजरे में अपना नाम पुकारते हुए सुनना कितना सुख देता है! मैं उसी सुख में था।

फिर वह दिन आ गया।

वह रविवार का दिन था। छुट्टी थी और वह किचन में आटा गूँथ रही थी। मैंने पूछा, ‘‘क्या कर रही हो?’’

तो वह कहने लगी, ‘‘मैं पूरियाँ बना रही हूँ।’’

‘‘पूरियाँ क्यों। आज कोई त्यौहार है क्या?’’

‘‘ना। इस महीने मैं पैंतीस की हो जाऊँगी।’’

‘‘इस महीने मतलब। तुम्हारा जन्मदिन कब है?’’

‘‘जन्मदिन का पता नहीं है पर इसी महीने कभी है। मैं ख़ुद को पैंतीस महसूस कर रही हूँ। मैं अपने परों को बड़ा होते देख सकती हूँ।’’

‘मैं पैंतीस की हो जाऊँगी’ के बाद मुझे नहीं पता कि वह क्या कह रही थी। मैं बार-बार उसका उड़ना सुन रहा था। मैं डर गया। मुझे उसका सपना याद था। वह चिड़िया होना चाहती थी हमेशा से। वह बस पैंतीस होने का इंतज़ार कर रही थी।

‘‘तो अब तुम क्या करने वाली हो?’’

‘‘पूरियाँ बनाऊँगी और पतली आलू टमाटर की सब्ज़ी।’’

‘‘नहीं, मेरा मतलब है पैंतीस होते ही क्या करोगी?’’

‘‘उड़ जाऊँगी।’’

वह अपनी बातों में एकदम सहज थी। मैं डर गया। इस बार मैंने उससे कहा, ‘‘सुनो, मैं एक हफ़्ते की छुट्टी ले रहा हूँ ऑफ़िस से। चलो कहीं पहाड़ों पर चलते हैं।’’

‘‘ना। मेरी इच्छा नहीं है।’’

‘‘अरे! तुम ही कहा करती थीं। पहाड़ों पर जाना है। अब क्या हुआ?’’

‘‘बस, इच्छा नहीं है।’’

वह बहुत ख़ुश दिख रही थी। उसकी आँखों में जंगलीपन वापिस दिखने लगा था। वह मेरे साथ रहकर या मुझे सहकर सिर्फ़ पैंतीस होने तक का वक़्त काट रही थी। वह पैंतीस होते ही उड़ जाएगी। मुझे लगा मैं किसी पिंजरे में बंद शेर के पास खड़ा हूँ जिसे पता है कि वह जब चाहे तब पिंजरा तोड़कर भाग सकता है। इसलिए वह उस पिंजरे में ख़ुश है। शांत है। पूरियाँ बना रहा है। मेरी कुछ भी समझ में नहीं आ रहा था कि मैं क्या करूँ। इसे पालतू बनाना मेरा भ्रम था। यह कभी भी मेरा बनाया हुआ पिंजरा तोड़कर चली जाएगी। मेरे सपने, उनका क्या? झूठे ही सही पर मैंने उन्हें अपनी पूरी शिद्दत से देखा था। उन्हें मैं उनकी नियति तक पहुँचाना चाहता था। मुझे कुछ हो रहा था। मैं ऊपर से नीचे तक काँपने लगा।

‘‘सुनो, मैं तुम्हें जाने नहीं दूँगा।’’

मैंने कुछ ऐसे कहा मानो मैं कह रहा हूँ कि मैं तुम्हें उड़ने नहीं दूँगा।

‘‘क्या कह रहे हो तुम?’’

“मैं तुम्हें उड़ने नहीं दूँगा।”

इस बार मेरे मुँह से उड़ना ही निकला पर मैं रोक नहीं पाया। मैंने उसे बहुत कसकर पकड़ लिया।

“अरे, क्या कर रहे हो तुम। तेल गर्म है। जाओ यहाँ से। अरे, मुझे लग रही है। तुम दूर रहो।”

उसने मुझे धक्का दिया मैं फ़र्श पर आकर गिर गया। मुझे सब कुछ छूटता हुआ दिख रहा था। मेरा सपना। मेरा भविष्य। मेरी आँखों में अजीब-सी जलन हो रही थी जिसकी वजह से मेरी आँखों से लगातार पानी गिर रहा था। वह डर रही थी। वह डर के मारे सोफ़े के ऊपर चढ़ गई। मैं अभी भी फ़र्श पर था। मुझे लगा कि वह सोफ़े के ऊपर से छलाँग लगाएगी और उड़ जाएगी। मैं भूखी बिल्ली की तरह बस उसके फ़र्श पर गिर जाने का इंतज़ार करूँगा। मैं अपनी पूरी ताक़त से उठा और उसकी और झपट्टा मारा। मैं उसे रोकना चाहता था। वह कुछ बड़बड़ाए जा रही थी पर मुझे बार-बार उसके उड़ जाने का डर था, सो मैं बस उसके परों को ज़ख़्मी कर देना चाहता था। वह इस तरह मुझे छोड़कर नहीं जा सकती थी। कुछ देर की हाथापाई में मैंने अपने सिर पर किसी कठोर चीज़ का प्रहार-सा महसूस किया। शायद वह कुकर था या कढ़ाही, पता नहीं पर मैं बेहोश हो चुका था।

जब नींद खुली तो मैं अपने घर में अकेला था। वह कहीं भी नहीं थी। मैंने उसे बहुत ढूँढ़ने की कोशिश की पर वह उसके बाद मुझे कभी नहीं मिली। मैंने अपने झूठे सपनों में उसे कुछ सालों तक फँसाए रखा था बस। या शायद वह मेरे झूठे सपनों के बारे में जानती थी पर उसे पैंतीस होने तक का वक़्त काटना था। सो, वह मेरे झूठ के साथ बनी रही। मैं हमेशा भ्रम में ही था कि वह मेरे प्रेम में घरेलू हो चुकी है। वह अपने सपनों से बाहर आ चुकी है और मेरे यथार्थ में जीने लगी है। पर ऐसा नहीं था। वह हमेशा सपने में ही थी। उसने एक बार कहा था कि जो सपना देखता है। वह कभी भी उड़ सकता है। वह उड़ चुकी थी।

यह बहुत पुरानी बात है। आज रात सच में मैंने उसका सपना देखा था कि वह पहाड़ों में देवदार के एक वृक्ष पर बैठी मुझे देख रही है। जब तक मैं उसका नाम पुकारता वह उड़ चुकी थी दूर पहाड़ों की ओर।

शंख और सीपियाँ

अतृप्त, बैचेन, छल, नींद, समझ।

और फिर हम सुखी रहने लगे। कहते थे कि हम किसी भी तरह से गुज़र जाएँगे, धीरे-धीरे ही सही पर हम गुज़र ही जाएँगे।

फिर बहुत समय बाद...

'उदासी' का कोई संबंध 'उदासीनता' से नहीं है। या है?

छोटी-छोटी ख़ुशियाँ जो किनारे बहती हुई चली आतीं वह उन्हें बटोरकर घर सजा लेती। घर में सीपियों और शंखों की अपार भीड़ थी। मैं कभी-कभी छोटे शंख बजा लेता तो वह मना कर देती, कहती अपशकुन होता है। वह विश्वास करती थी। मैं विश्वास और अविश्वास के झूले में झूलता रहता था। शंख हम बचपन में पल्ली पार जाकर बजाते थे। वहाँ बहुत रेत थी। ढेरों शंख मिलते थे। उन्हें उँगलियों के बीच में फँसाकर ख़ूब बजाते।

मैंने उससे कहा, "यह मेरे बचपन का खेल था।" तो वह नाराज़ हो गई।

"अब तुम बड़े हो चुके हो। बचपन बीत गया। अब घर बनाना है।"

घर नहीं बन रहा था। वह बार-बार मेरे पास आती और पूछती,

"घर क्यों नहीं बन रहा है?"

मैंने उससे कहा, "मैं बचपन में घर-घर खेलता था, वहाँ मैंने बहुत घर बनाए हैं। मुझे घर बनाने की आदत है। मुझे आता है घर बनाना।"

पर मैं अभी भी खेल रहा था। मैं अभी-भी वही, खेल वाला घर बनाता हूँ रोज़।

उसने सारे शंख और सीपियाँ बाहर फेंक दिए।

मैं डर गया। कितना सारा शरीर से निचुड़कर निकल जाता है एक घर बनाने में!

मैं अपने सीपियों और शंखों के चले जाने की तकलीफ़ ही बर्दाश्त नहीं कर पा रहा था। वह बाहर कहीं खुले में पड़े होंगे। कोई कार, कोई ताँगा, कोई स्कूटर उनके ऊपर से अभी तक गुज़र भी चुका होगा। अब कमरे में शंख, सीपियों की जगह ख़ाली थी। मैंने वहाँ एक पानी से भरा कटोरा रख दिया। ख़ाली जगह ख़ुद अपने सामान तलाश लेती है। वह कहती थी, "घर ऐसे ही तो बनता है, बस एक ख़ाली जगह मिल जाए जो अपनी हो, घर वह जगह ख़ुद बन जाएगी।"

ख़ाली जगह की तलाश में मैं कई बार नदी किनारे गया। यहाँ काफ़ी ख़ाली जगह है पर यह ख़ाली जगह ख़ाली नहीं है यहाँ शंख हैं, सीपियाँ हैं। रेत है। कुछ साँप हैं जो टहलते हुए इस तरफ़ चले आते हैं। गुबरेले कीड़े हैं। झाड़ है। मछलियों के बाहर आकर तड़पने के निशान हैं।

मैंने उससे कहा, "एक जगह मुझे मिली है नदी किनारे, पर वह ख़ाली नहीं है। वह बहुत-सी चीज़ों से भरी पड़ी है, क्या उन सबके बीच तुम रह पाओगी?"

उसने कहा, "वह उन्हें ख़ाली कर देगी। बस उसे चार दीवार चाहिए।"

"अरे! यह शंख और सीपियों की जगह है। उन्हें उन्हीं की जगह से कैसे ख़ाली किया जा सकता है!"

चर्र...चट... चर्र... पट...

मैं पहाड़ों की तरफ़ चला गया। पहाड़ों में ख़ाली जगह की कमी लगी। पहाड़ों में पहाड़ी गाँव थे या पहाड़ थे। जहाँ भी ख़ाली जगह थी, वहाँ खेत थे। खेत ख़त्म होते ही पहाड़ शुरू हो जाता था। कुछ ख़ाली जगह दिखी तो

लोगों ने कहा कि यह जंगल है। मैंने कहा जंगल तो थे ? तो उन्होंने कहा,

"अगर यह जगह चाहिए तो इनके कटने का इंतज़ार करो।"

पर मैं आगे बढ़ गया। बहुत से पहाड़ ख़त्म होने पर मुझे पहाड़ी गाँव के कुछ चरवाहे मिले। मैंने उनसे कहा,

"देखो मैं एक आदमी हूँ, एक औरत के साथ मैं रहता हूँ एक कमरे में। अब हमें लगता है कि हमारे पास एक घर होना चाहिए।"

कुछ चरवाहे थे और उनके पास कुछ भेड़ें थीं। भेड़ों ने सिर हिला दिया। मुझे लगा वह भेड़ें 'हाँ' और 'ना' साथ में कह रही हैं। मैं भेड़ों की भाषा समझने उनके कुछ क़रीब चला गया।

"हे... हे..."

मैं हे.. हे.. करके उनसे वापिस पूछने लगा। तभी चरवाहों को लगा कि मैं शायद भेड़ों की भाषा जानता हूँ। सो, उन्होंने बीच में टोकते हुए कहा,

"सुनो, तुम ठीक सोचते हो।"

सभी चरवाहे 'हाँ' में सिर हिला रहे थे। वह मेरी बात समझ रहे थे। उस बात से वह इत्तेफ़ाक़ भी रखते थे, सो मैंने बात आगे बढ़ाते हुए कहा,

"तो अब हमें एक ख़ाली जगह चाहिए।"

इस बात पर सभी चरवाहे चुप थे। 'ख़ाली जगह' के प्रश्नचिह्न उनकी आँखों में मैं देख सकता था। मैंने सोचा थोड़ा विस्तार में बता दूँ।

"देखो ख़ाली जगह चाहिए। वह कहती है कि घर ख़ुद-ब-ख़ुद बन जाएगा।"

यह विस्तार उनके लिए बहुत बड़ा विस्तार था शायद। वह थोड़ा पीछे हट गए। मैं कुछ क़दम उनके पास गया। वह कुछ क़दम और पीछे हट गए। मुझे लगा विस्तार को ख़त्म करके सीधे बात पर आता हूँ।

"घर बनाना है। जगह चाहिए।"

सभी चरवाहे दूर पहाड़ों की तरफ़ देखने लगे। सारी भेड़ों ने इशारा जान उस और चलना शुरू कर दिया। भेड़ों को चलता देख सभी चरवाहे उनके साथ हो लिए और मैं उनके पीछे-पीछे। मैं भेड़ नहीं था। मैं चरवाहा नहीं था। भेड़-चाल मुझे थकाए जा रही थी। पर मैं उनके साथ बना रहा। घर बनाने के लिए भेड़-चाल ज़रूरी है। मैं बीच-बीच में रुक कर चीखता,

"ख़ाली जगह... ख़ाली जगह..."

कभी भेड़ें तो कभी चरवाहे रुककर देखते। फिर आगे को चलने लगते। इस तरह की बेइज़्ज़ती के बाद मेरा उनके साथ रहना मुश्किल था, पर मैं बना रहा। घर बनाना है, तो जो कर रहे हो उसे करते चलो। लगातार।

शाम होते-होते सभी भेड़ें छितरने लगीं। सारी भेड़ों ने अपनी-अपनी ख़ाली जगह देखी और पसर गईं। चरवाहों ने अपनी ख़ाली जगह चुनकर आग जला ली। मैं दूर बैठा रहा। आग जलते ही चरवाहों की जगह घर लगने लगी। लगा उन्होंने घर में चूल्हा जला लिया है। मैं भागकर चरवाहों के पास पहुँचा, पर अगर यह घर है तो मुझे दरवाज़ा खटखटाकर भीतर जाना चाहिए, पर दरवाज़ा तो नहीं था। मैं भीतर कैसे जाऊँ? 'भीतर' कहाँ से शुरू होता है? क्या मैं अभी बाहर हूँ?

मैं कुछ देर भीतर-बाहर की टेक में लगा रहा। फिर एक आसान-सा रास्ता अपना लिया। जहाँ तक उनके आग की रोशनी का दायरा है वहाँ तक उनका घर है। मैंने एक लकड़ी उठा ली और आग के दायरे के बाहर खड़ा होकर उस लकड़ी को ज़मीन पर खटखटाया। चरवाहे मेरी तरफ़ देखने लगे।

"क्या मैं भीतर आ सकता हूँ?"

मैं उनके जवाब की प्रतीक्षा के बजाय सीधा आग के उजाले में घुस गया।

"घर के लिए चूल्हा ज़रूरी है। है ना?"

"हम्म!"

"दीवारें तो मानी जा सकती हैं?"

"हम्म!'

आग की लपट ने चरवाहों के चेहरों पर अजीब से रंग की पुताई कर रखी थी। उनके जवाब में रहस्यों की लपट थी।

"छत का क्या करोगे?"

एक बूढ़े चरवाहे की आवाज़ बीच में से आई। वह कहाँ है मुझे दिख नहीं रहा था।

"छत मानी नहीं जा सकती है।" बूढ़े ने फिर कहा। मैंने उसे अबकी बार देख लिया था।

"बिना दीवारों के छत टिकेगी नहीं।" मैंने कहा

"दरवाज़ों के बिना दीवारों का कोई मतलब नहीं है।" इस बार यह बात एक जवान चरवाहे ने कही।

"दरवाज़े के बिना, अगर भीतर हो तो भीतर ही रह जाओगे और अगर बाहर हो तो बाहर ही रह जाओगे।" एक बच्चे चरवाहे ने चुहल करते हुए कहा।

मैंने हथियार डाल दिए थे। मैंने हार कर कहा,

"तो क्या सिर्फ़ आग जलाना काफ़ी नहीं होगा?"

बूढ़ा चरवाहा खड़ा हो गया। वह मेरे पास आया और उसने कहा,

"एक ताला ख़रीद लो। घर ख़ुद-ब-ख़ुद बन जाएगा।"

अगले दिन मैं वहाँ से वापिस चला आया।

मैं ताला लिए उसके सामने खड़ा था।

"यह क्या है?"

"ताला।"

"क्या करें इसका?"

"यह घर बनने की शुरुआत है।"

"मतलब?"

"यह घोषणा है कि इस ताले के इस तरफ़ आना मना है, यहाँ हम रहते हैं।"

"लेकिन ताला लगाओगे कहाँ?"

"दरवाज़े पर।"

"दरवाज़ा कहाँ है?"

और मैं दरवाज़े की खोज में निकल गया।

"विचलित तन, विचलित मन, विचलित कुछ सबकुछ।
कम ऊर्जा, कम बुद्धि, कम हम-श्रम।
रक्त बाँह, रक्त थाह, रक्तिम ज़मी-हम।
रम अर्थ, रम कल्पना, रम विधि-शक्ति।
सार कम, सार श्रम, सार शून्य-थम।
थम चित्त, थम नित, थम हम-तुम।
प्रेम पीड़ा, प्रेम राग, प्रेम चंचल-मन।

घर क़ब्र, घर मंज़िल, घर चर-अचर।"

सहारे के लिए हमेशा की तरह मैंने ख़ुद को नदी के पास पाया। नदी सहारा देती है, यह सिद्ध सत्य है। मैंने नदी से बात करनी चाही पर अंत में ख़ुद को, अपने से ही बड़बड़ाते हुए पाया। कुछ देर की चुप्पी के बाद एक मल्लाह अपने डोंगे (छोटी नाव) पर सवार मेरे सामने आ गया।

"पल्ली पार जाना है?"

मुझे अपनी शंख और सीपियाँ याद हो आईं। उस पार बहुत मिलती हैं। मैं डोंगे पर बैठ गया। डोंगा चलाते हुए मल्लाह बार-बार मेरी तरफ़ देख लेता। मैं उससे नज़रें चुराते हुए यहाँ-वहाँ झाँक रहा था। तभी उसने कहना शुरू किया, "एक बार एक छोटी मछली उछलकर मेरे डोंगे में आ गई और तड़पने लगी। मैं कुछ देर उसे देखता रहा। जब उसका तड़पना कुछ कम हुआ तो मैंने उसे उठाकर वापिस पानी में फेंक दिया। वह बच गई।"

मैं उसे सुन रहा था पर नहीं सुनने की इच्छा में पानी से खेल रहा था। वह चुप हो गया। मुझे इस बात का कोई ओर-छोर समझ में नहीं आया पर मैंने पानी से खेलना बंद कर दिया। शायद वह कुछ बोलेगा, इस आशा से मैं उसकी ओर देखने लगा।

"कुछ दिनों बाद यह घटना फिर से हुई। मैंने फिर से उस मछली को पानी में फेंक दिया, पर मेरे फेंकते ही वह वापिस उछलकर डोंगे में आ गई। मैंने फिर फेंका। वह फिर आ गई।"

वह इस घटना को करके बता रहा था। डोंगा बुरी तरह हिलने लगा। मैं डर गया।

"फिर मैंने उसे वापिस नहीं फेंका। बहुत देर तक तड़पने के बाद वह मर गई।"

और वह चुप हो गया। वापिस वह अपना चप्पू उठाकर चलाने लगा। मैं बहती नदी के पानी में अपना मुँह धोने लगा।

"क्या वह मछली आत्महत्या कर रही थी?" उसने कहा।

"हें?" आत्महत्या शब्द मछली के साथ जाता नहीं है। मैंने सुना है कि पक्षी आत्महत्या करते हैं। पर मछली!

"क्या आपको लगता है कि उसने आत्महत्या कर ली थी?" उसने फिर

पूछा।

किनारा अभी दूर था। मैं जवाब टाल नहीं सकता था।

"मछलियाँ आत्महत्या नहीं करतीं।" मैंने कहा।

किनारे पर आते ही उसने डोंगे को नदी के बाहर खींच लिया।

"आप मेरे साथ उस मछली के घर पर चलेंगे?" उसने इच्छा व्यक्त की।

"मछली का घर!"

"हाँ, मैंने उसके लिए एक घर बनाया है।"

"मछली के लिए घर क्यों बनाया। वह तो मर चुकी है ना?"

"हमारे यहाँ कहते हैं कि मरने पर जब आदमी अंतिम गहरी नींद सो रहा हो तो उसे एक घर देना चाहिए, दरग़ाह जैसा कुछ। जिसमें वह बिना किसी तकलीफ़ के, चैन से सो सके।"

"तो क्या वह मछली इसीलिए तुम्हारे डोंगे में आकर मरी थी कि तुम उसे घर दे सको?"

"शायद।"

"तुमने उसके घर में ताला लगाया है?"

"क्या?"

मैं अपना सवाल दोहराना चाह रहा था पर तब तक मछली का घर आ गया। एक छोटी-सी दरग़ाह उसने मछली के लिए बना रखी थी। पीपल का पेड़ ऊपर था। एक कटोरा पानी उसकी बग़ल में रखा था। मल्लाह ने पानी फेंक कर ताज़ा पानी नदी से भरकर उस कटोरे में रख दिया।

"क्या यह अपने घर से बाहर निकलती होगी?"

"हाँ, तभी तो पानी रखा है।"

"पर तुमने घर में दरवाज़ा तो बनाया ही नहीं।"

"उसकी ज़रूरत नहीं है।"

मल्लाह मेरे सवालों से थोड़ा चिढ़ने लगा था। सो, मैंने पूछना बंद कर दिया।

कुछ देर बाद मैं नदी किनारे शंख और सीपियाँ खोजने लगा। इच्छा थी कि मल्लाह से दरवाज़े के बारे में पूछूँ पर हिम्मत नहीं हुई।

मैं बहुत से शंख और सींपियों को लिए वापिस उसके पास आ गया। वह

मेरा इंतज़ार नहीं कर रही थी। मैंने चुपचाप शंख और सीपियाँ उसी जगह पर रख दीं, जिस जगह पर शंख और सीपियाँ पहले रखी हुई थीं। कटोरा भर पानी जो उसकी जगह मैंने रख दिया था उसे मैंने दूसरे कोने में रख दिया। सोचा, जब दोबारा मछली के घर में जाऊँगा तो वहाँ रख आऊँगा।

जीते जी ख़ाली जगह का मिलना, दीवारें बनाना, दरवाज़े में ताला लगाना जैसे काम असंभव लगा। असंभव नहीं है, संभव है पर मेरे भीतर मछली जितना साहस नहीं है कि मैं उछलकर अपने पानी से बाहर आऊँ और घर के लिए किसी के डोंगे में तड़पता फिरूँ। न ही मुझमें चरवाहों जितनी शक्ति है कि जहाँ आग जलाऊँ वहीं घर हो जाए। मैंने घर के आगे समर्पण कर दिया और कमरे में अपना ताला लगाने लगा। वह नाराज़ रही फिर कहने लगी कि मैं अपना घर ख़ुद बनाऊँगी, मुझे एक ख़ाली जगह मिली है। कुछ सालों बाद वह अपनी ख़ाली जगह पर चली गई। अपना घर बनाने।

टीस

सुबह बहुत सामान्य थी, जब तक उसकी निगाह घड़ी पर नहीं गई। उसके मुँह से आह निकली और वह भागा।

वह भाग रहा था। जूतों के लेस खुल चुके थे पर उसे गिरने का कोई डर नहीं था। वह बीच में धीमा हुआ सिर्फ़ कुछ साँस बटोरने के लिए। एक ..दो... तीन... वह फिर भागने लगा। कहीं वह चले न गए हों? यह बात उसके दिमाग़ में घूम रही थी। उसे उनके चेहरे की झुर्रियाँ दिख रही थीं। वह उसी को देख रहे थे। अचानक वह उनके चेहरे की झुर्रियाँ गिनने लगा। उसने अपने सिर को एक झटका दिया और सब ग़ायब हो गया। मानो सब कुछ डस्टबिन में चला गया हो। दिमाग़ में एक डस्टबिन होता है जिसे आप सिर के एक झटके से भर सकते हैं। पर अगर डस्टबिन भर गया तो उसे कैसे झटका देते हैं? दिमाग़ के डस्टबिन को कहाँ ख़ाली करते हैं? उसने फिर दिमाग़ को एक झटका दिया और भागता रहा।

वह दरवाज़े के सामने काफ़ी देर से खड़ा था। उसका माथा दरवाज़े से सटा हुआ था। वह बीच में एक गहरी साँस छोड़ते हुए अपना माथा धीरे से

दरवाज़े पर पटकता और एक ठक की आवाज़ आती। उसने अपना दाहिना हाथ घंटी पर रख रखा था। उसके दो माथे की ठक के बीच में घंटी की आवाज़ सुनाई दे जाती। यह एक तरह की रिदम में चलने लगा था, पर बहुत ही धीरे। इतना धीरे कि अगली ठक की आवाज़ शायद न आए। उसकी आँखें दरवाज़े पर लगे ताले पर थीं। काला पड़ चुका ताला। घंटी की आवाज़ और ठक के बीच अचानक एक वाक्य भी बजने लगा था, 'मैं सुबह चला जाऊँगा'। कुछ देर में वह बैठ गया। सोचा स्टेशन जाऊँगा पर कोई फ़ायदा नहीं है। वह कहाँ से जाएँगे इसका कोई पता नहीं था या शायद वह गए भी न हों। वह अभी भी यहीं हों आस-पास ही कहीं। छुपकर उसका इस तरह पछताना देख रहे हों। वह खड़ा रहा। उसने दरवाज़े पर एक लात मारी और सीढ़ियों से नीचे उतर गया। अचानक वह पलटा और उसने जिस जगह लात मारी थी वहाँ हाथ से दरवाज़ा पोंछ दिया। कहीं वह सच में छुपकर देख रहे हो तो?

यह यहीं तक है। इसकी इतनी ही कहानी है। कौन छुपकर देख रहा है? कौन दरवाज़े पर है? इसका कोई सिर-पैर नहीं है। इसके बाद उसने क्या किया, वह सोची-समझी कहानी की तरह मेरे दिमाग़ में चलने लगा। मैं कहानी जीना चाहता हूँ। 'पहले से ही पता है' वाली कहानी मैं नहीं लिखना चाहता। मैंने लिखना बंद कर दिया। आप चाहे तो पढ़ना बंद कर सकते हैं। अभी यहीं रुक जाइए। क्योंकि अगर आप कहानी ढूँढ़ रहे हैं तो वह आपके हाथ नहीं आने वाली। मैं कहानी नहीं कहना चाहता हूँ। ख़ासकर वह कहानी जिसका अंत मुझे पहले से ही पता हो। मैं उस स्थिति से नहीं गुज़रना चाहता जिसमें मुझे एक अच्छी कहानी कहने का बोझ ढोना पड़े। यहाँ जो भी हो रहा है या होगा वह कुछ भी नहीं है, ऐसा जो शायद मैं पढ़ना चाह रहा था। शायद मुझे इसे लिखना और आपको इसे पढ़ना बंद कर देना चाहिए। मैं अभी भी आपको थोड़ा वक़्त देता हूँ और ख़ुद को भी।

अब हम दोनों ही एक ही स्थिति में हैं। आप रुके नहीं। आप अभी भी इसे पढ़ रहे हैं और मैंने भी लिखना बंद नहीं किया। अब आगे जो भी होगा उसके ज़िम्मेदार हम दोनों हैं। ठीक इस वक़्त आपको भी नहीं पता कि आगे

क्या होगा और मुझे तो यह अंदाज़ा भी नहीं है कि अगला शब्द क्या होगा। सो, चलते हैं।

राही। मैं हमेशा सोचा करता था कि जब भी मेरी कोई लड़की होगी मैं उसका नाम राही रखूँगा। राही मेरे साथ घूमेगी। मेरे साथ रहेगी, मेरी सबसे अच्छी दोस्त बनकर। वह ख़ुद सब चुने और करे। उसे जानने-सीखने की ओछी दुनिया से दूर ही रखूँगा। मुझे जानने-सीखने और आगे बढ़ने जैसे शब्दों से सख़्त नफ़रत है। ख़ैर ऐसा होना इस जनम में मुझे संभव अब लगता नहीं है। वह उम्र मेरी निकल चुकी है जिसमें इस तरह के सपनों की जगह थी।

अभी इस वक़्त आप भी और मैं भी बार-बार उस आदमी के बारे में सोच रहे हैं जो दरवाज़े पर था। है ना? वह दरवाज़ा पोंछने के बाद कहाँ गया होगा? उसका नाम क्या है? उसका नाम अली है। अली नाम अच्छा है मुझे हमेशा छोटे नाम अच्छे लगते हैं। टाइप करने में आसानी होती है।

वह अली का कमरा था और राही उसके साथ थी।

अली- "मेरे पास आओ।"

राही- "अली, नहीं।"

अली- "राही, मेरे पास आओ।"

राही- "अली, मैं तुम्हारी मुँहबोली बहन हूँ।"

अली- "मुझे पता है, याद दिलाने की ज़रूरत नही है।"

राही- "हाथ छोड़ो।"

अली- "मुँहबोली हो ना तो मैं अपने मुँह से बोलता हूँ। आज से तुम मेरी बहन नहीं हो।"

राही- "बचपना बंद करो।"

अली- "प्लीज़।"

राही- "अली! अली!"

राही सलवार सूट पहने थी। वह बार-बार अली के हाथों को अपने शरीर से हटा रही थी। अली ने उसका चेहरा अपने हाथ में पकड़ लिया और शांत खड़ा हो गया। राही ने उसके हाथों को अपने चेहरे से नहीं हटाया। दोनों चुप खड़े रहे।

राही- "छोड़ो अली!"

राही ने बहुत धीरे से कहा। अली ने उसकी आँखों को चूम लिया। शायद आँखों को चूमना सीमा पार करना नहीं था, सो राही ने उसे रोका नहीं। वह आँखों को चूमते हुए उसके गालों को चूमने लगा। गालों से सरकता हुआ होंठों के किनारों तक आया पर होंठों को नहीं छुआ। राही का शरीर थोड़ा ढीला पड़ने लगा था। उसने अपनी आँखें बंद कर ली थीं। गालों पर से अली का एक हाथ हट गया था और वह राही के सूट के भीतर जाने का छोर ढूँढ़ने लगा। राही हल्के-हल्के उसके हाथ को रोकती रही। इस जद्दोजहद में दोनों लड़खड़ाए और बिस्तर पर लेट गए। अली का हाथ राही के सूट के भीतर उसकी ब्रा खोलने में लग गया। वह अभी भी होंठों के किनारों को ही चूम रहा था।

राही- "अली, देखो यह ठीक नहीं है। मैं इसीलिए तुमसे दूर रहती हूँ। तुम पगला रहे हो। अली मेरी बात सुनो।"

अली ने ब्रा खोल दी थी। उसके हाथ राही के वक्ष के इर्द-गिर्द घूमने लगे। राही चुप हो गई। राही अली को चूमने लगी, पर अली राही को होंठों पे चूमने के पहले ही अपना चेहरा हटा लेता। अली के दोनों हाथ राही के वक्ष के पास थे। पर वह उसके nipples को नहीं छू रहे थे। राही अली के हाथों को खींचकर उसके वक्षों पर ले जाती पर अली उसके nipples को नहीं छूता। अली ने धीरे से राही को बिठाया और उसका सूट एक ही झटके में खींच के उतार दिया। सूट के साथ ब्रा को भी उसने कुर्सी पर रख दिया। राही अली से चिपक गई। अली उसे हटाता रहा। वह उसके चेहरे को उसके वक्षों के साथ देखना चाहता था पर राही उससे दूर नहीं हो रही थी। अली ने एक झटके से राही को लिटाया और उसके दोनों हाथों को ज़बरदस्ती उसके सिर के पीछे खींचकर ले गया। राही कुछ देर तक विरोध करती रही, फिर उसने अपना सिर एक तरफ़ घुमा लिया और अपनी आँखें बंद कर लीं। अली उसके वक्ष को उसके चेहरे के साथ पहली बार देख रहा था। उसने राही के दोनों हाथों को एक हाथ से जकड़ लिया और दूसरा हाथ उसकी सलवार की तरफ़ बढ़ाया। राही विरोध में पूरे शरीर को मरोड़ती रही पर अली की मज़बूत पकड़ से वह छूट नहीं पाई। अली सलवार के नाड़े का ओर-छोर ढूँढ़ने लगा।

छोर अचानक उसके हाथ में आ गया। राही के मुँह से चीख निकली। अली ने नाड़े का छोर खींच लिया। तभी दरवाज़े पर एक खट हुई और अली की पकड़ ढीली पड़ गई।

हर संबंध एक छोर पर आकर आत्महत्या की जगह खोज रहा होता है। वह आत्महत्या करे या न करे की ऊहापोह में वह संबंध ज़िंदा रहता है। किसी भी तरह का निर्णय उस संबंध की हत्या है।

बाहर दरवाज़े पर खट की आवाज़ किसकी थी यह कहना मुश्किल था। उसे लगा नरेंद्र होगा। वह राही को और राही उसको बहुत पसंद करते थे। शायद नरेंद्र को पता हो कि आज राही अली से मिलने आ रही है। पता नहीं।

थोड़ी-सी संरचना जो मुझे अभी दिख रही है।

जिस बूढ़े आदमी से मिलने अली भाग रहा था और अंत में उसने दरवाज़े पर ताला पाया, उस बूढ़े आदमी का नाम...हम्म... कमल है। हाँ! कमल। पूरी ज़िदगी लिखा। ढलती उम्र में शादी की। क़रीब पचपन-साठ के बीच में बीबी अपने बच्चे के साथ उन्हें छोड़कर चली गई। उनका बेटा (आयुश) और अली दोस्त थे। नशे की बुरी आदत पड़ गई थी। बेटे के सामने अच्छे बाप की भूमिका निभाने के चक्कर में हमेशा गड़बड़ हो जाती। बेटा बाप से नाराज़ रहता। पुराने लिखे की जो भी रॉयल्टी आती थी उससे उनका घर चलता था। उनके बेटे आयुश के साथ अली कई बार कमल से मिला था, अपने कॉलेज के दिनों में। आयुश वह आदमी कमल में नहीं देख पाया जो अली ने देख लिया। सो, अली आदतन उनसे मिलने लगा। अली ख़ुद कुछ नहीं करता था, उसे लगता था कि वह लेखक है पर लिखते ही उसे पेंटिग करने की इच्छा होती। उसे घूमना पसंद था। सो, वह उसकी जुगाड़ में हमेशा लगा रहता था।

एक दिन पहले की रात अली और कमल। कमल के घर।

कमल सामने थे। उनकी आँखें कहीं अनंत को छूने में दूर कुछ टटोल रही थीं। खिड़की से हल्की-सी रोशनी भीतर आ रही थी। बाक़ी कमरे में अँधेरा था। 'लाइट मत ऑन करो' अली के भीतर आते ही उनका यह पहला वाक्य था, उसके बाद से अभी तक सब चुप था। अली उनके क़रीब जाकर

बैठ गया। सस्ती शराब की बदबू उनके मुँह से आ रही थी। अली कई घंटे ऐसे ही उनके सामने बैठ सकता था। स्थिर। शायद इसीलिए अली अभी तक उनके जीवन का हिस्सा है। अली के अलावा उनसे कोई दूसरा मिलने नहीं आता था। आयुश कभी-कभी आता था। कमल आयुश का इंतज़ार करते थे पर उससे मिलना पसंद नहीं करते थे। कमल कभी-कभी किसी से मिलने जाते थे पर किससे, यह किसी को पता नहीं था। अगर अली कभी पूछता तो कहते कि दोस्त के यहाँ जा रहा हूँ। किस दोस्त के यहाँ, यह पूछने की हिम्मत अली में नहीं थी। अली पिछले कुछ महीनों से बाहर था। कुछ विदेशी लोगों को लेकर एक ग्लेशियर के ट्रिप पर। सो, कमल से नहीं मिल पाया था। कमल ऐसे वक़्त हमेशा नाराज़ हो जाते।

"कहाँ थे? कोई ख़बर नहीं है, कम-से-कम बताया तो करो कि तुम नहीं आ रहे हो!"

अली ऐसे कुछ क्षणों में ख़ुद को उनके क़रीब महसूस करता पर अगर अली बताता कि मैं एक महीने के लिए बाहर जा रहा हूँ तो भी कमल नाराज़ हो जाते। "तो मैं क्या करूँ? जाओ, तुम्हारी उम्र है, घूमो। मुझ बूढ़े के साथ तो बस तुम अपना समय बर्बाद कर रहे हो।" सो, अली कभी बताता, कभी नहीं बताता।

अली बिना ज़्यादा आवाज़ किए उठा। टटोलते-टटोलते पानी के मटके की तरफ़ बढ़ा। मटका नहीं मिला। 'कहीं मटका भी तो नहीं फेंक दिया?' अली ने सोचा। फिर एक बुरी आवाज़ हुई। मटके के ऊपर रखा पानी का गिलास गिर पड़ा। अली वहीं ठिठक कर खड़ा रहा। धीरे से पलटकर उनकी तरफ़ देखा तो वह अभी भी खिड़की के बाहर कुछ तलाश रहे थे। वह झुका और गिलास टटोलने लगा। गिलास हाथ में आते ही उसने पानी निकालना चाहा। 'खड़र्रर... खड़र्रर...' आवाज़ हुई। मटका ख़ाली था। वह खिड़की की रोशनी के सहारे वापिस आकर अपनी जगह बैठ गया। वह गिलास को वापिस रखना भूल गया। गिलास उसके हाथ में ही था। तभी पहली बार कमल उसकी तरफ़ मुड़े। फिर उनकी निगाह गिलास पर गई।

"पानी नहीं है..."

अली बस इतना ही कहना चाह रहा था पर वाक्य कुछ इस तरह निकला

कि पूरा नहीं हो पाया, लगा इसके आगे भी कुछ कह सकने की गुंजाइश है। अली झटके से चुप हो गया।

"यहाँ पानी नहीं है। यहाँ क्यों आते हो?" कमल ने कहा।

घर में सस्ती दारू की महक थी। खिड़की का पर्दा शायद कमल के एकटक बाहर देखने की वजह से एकदम स्थिर था। कमरे में गर्मी थी। उनके भीतर के कमरे से संगीत की आवाज़ आ रही थी। piano.

"बहुत प्यास नहीं है मुझे।" अली ने कहा।

फिर उसने गिलास को नीचे रख दिया।

"सिगरेट है?" कमल ने पूछा।

अली ने अपनी जेब से सिगरेट निकालकर दी। पहले कश के साथ ही कमल ने फिर वही वाक्य दोहराया,

"यहाँ क्यों आते हो?"

"अच्छा लगता है।"

अली की सिगरेट पीने की इच्छा थी पर उसने जल्दबाज़ी में पैकट अपनी जेब में रख लिया, फिर वापिस निकालना उसे ठीक नहीं लगा। सो, उसने उसे वहीं पड़ा रहने दिया।

"आज मैंने बहुत दिनों बाद कुछ लिखा।" कमल ने कहा।

"अरे वाह!"

"तुम्हारे बारे में।"

"मेरे बारे में?"

"तुम्हें बुरा तो नहीं लगेगा कि मैं तुम्हें कहानी के एक पात्र की तरह देख रहा हूँ।"

"नहीं, बल्कि..."

मेरे सारे निजी संबंधों की झलक मेरी कहानियों में है और उन्हें यह बात कभी अच्छी नहीं लगी।

"मुझे कोई तकलीफ़ नहीं है।" अली ने अपनी बात साफ़-साफ़ कह दी।"

"यह तुम्हारे और राही के बारे में है।"

"राही?"

अली को यह कुछ अजीब लगा। अली ने अगर अपने जीवन में कमल से कुछ भी नहीं छुपाया था, ख़ासकर उसके गहन निजी संबंध। वह सब कुछ खोलकर बता देता था और कमल चुप सब कुछ सुन लेते थे। कभी किसी निर्णय पर नहीं पहुँचते थे। उसे जज नहीं करते थे। पर राही के बार में लिखना, उसे अजीब लगा।

"क्यों तुम्हें ठीक नहीं लगा?"

"क्या मैं पढ़ सकता हूँ?"

"क्यों नहीं!"

कमल उठे और उन्होंने कुछ पन्ने लाकर अली के हाथ में थमा दिए।

"दारू पियोगे?"

"ना।"

"शायद इसे पढ़ने के बाद अपने विचार बदल दो।"

यह कहकर कमल किचन में चले गए। अली पढ़ने लगा पर बहुत अँधेरा था।

"मैं लाइट ऑन कर लूँ?"

"नहीं खिड़की के क़रीब चले जाओ। पढ़ पाओगे।"

अली ने अपनी कुर्सी खिड़की से आती हुई रोशनी की तरफ़ खिसका ली। कुछ वाक्य पढ़ने पर ही उसने सिगरेट निकालकर जला ली। वह पूरा नहीं पढ़ पाया। बाक़ी सारे पन्ने उठाकर उसने पलंग पर पटक दिया। बाथरूम से फ़्लश की आवाज़ आई। बाथरूम का दरवाज़ा खुला। बल्ब की रोशनी पूरे कमरे में फैल गई। उस ज़रा से उजाले की घड़ी में अली ने कमरे में चारों तरफ़ निगाह डाली। कमरा एकदम ख़ाली था जैसे वहाँ अब कोई नहीं रहता हो। बस एक सूटकेस दिखा और उसकी बग़ल में एक बैग। बाथरूम का दरवाज़ा बंद होते ही फिर अँधेरा हो गया पर इस बार पहले से थोड़ा गाढ़ा अँधेरा। कमल किचन में ही खड़े थे अली ने किचन की तरफ़ देखा,

"मेरे लिए एक पेग बना दीजिए।"

कुछ देर में कमल और अली अपने-अपने पेग के साथ आमने-सामने बैठे थे।

"यह ठीक नहीं है। आप राही को इसमें मत लिखिए।"

"क्यों? यह fiction है।"

"पर आपने तो नाम भी नहीं बदले।"

"उससे कितना फ़र्क़ पड़ जाएगा?"

"मुझे नहीं पता। आप बस नाम बदल दीजिए।"

"देखो, मैंने इतने सालों से नहीं लिखा है। उसकी वजह है। हर कहानी कुछ समय में नाटकीय लगने लगती है। पात्रों से ज़्यादा वह लोग दिखने लगते हैं जो इसे पढ़ेंगे। एक पूरा झूठा संसार। जिसमें छिछला मनोरंजन। एक सस्पेंस भरा अंत गढ़ने के लिए दिन-रात एक कर दो। ना, मैं नहीं लिख सकता यह सब।"

"तो यह जो लिखा है वह क्या है? एक erotic B-Grade साहित्य, जिसका मुख्य पात्र मैं हूँ।"

"यह तुम नहीं हो?"

"यह मैं नहीं हूँ? तो यह कौन है?"

"अगर तुम इस कहानी के अली होते तो मेरी बात का जवाब सही देते?"

"कौन-सी बात का?"

"जो मैंने तुमसे पूछा था।"

"क्या पूछा था?"

"जब पानी नहीं है तो यहाँ क्यों आते हो?"

"यह सब क्या है यह.... सब।"

"मैं कहानी के इसी वाक्य पर अटका हूँ कि अली इस बात का क्या जवाब देगा?"

"enough!"

अली ने एक झटके में पूरा ड्रिंक ख़त्म कर दिया। कमल ने उसका गिलास उठाया और एक किनारे रख दिया। फिर उन्होंने पानी वाला गिलास भी मटके में जाकर रख दिया। अली अपनी कुर्सी से उठा और लाइट बोर्ड की तरफ़ बढ़ गया।

"मैं लाइट ऑन कर रहा हूँ।"

"लाइट ऑन मत करो।"

"मुझे कुछ भी दिखाई नहीं दे रहा है। मुझे अजीब लग रहा है। मैं लाइट

ऑन करता हूँ।''

''नहीं, कहानी में भी इस वक़्त अँधेरा है सिर्फ़ रोशनी खिड़की से आ रही है। बस, लाइट ऑन नहीं होगी।''

अली वापिस आकर बैठ गया।

''मुझे एक पेग और चाहिए।''

कमल मटके के पास खड़े थे, जवाब नहीं दिया।

''मिलेगा?''

''मैं दे दूँगा। देशी है, आगे जो होगा उसके ज़िम्मेदार तुम ख़ुद होगे।''

''अब आगे और क्या होने वाला है!''

''कुछ नहीं।''

कमल अंदर गए और एक पेग बनाकर अली के लिए ले आए। पर ख़ुद नहीं पिया।

''आप नहीं लेंगे।''

''अभी नहीं।''

अली ने एक बार में आधा पेग ख़त्म कर दिया। गिलास नीचे रखा। मुँह पोंछा। उसे ज़ोर का एक ठसका आया। कुछ देर खाँसता रहा।

''पानी नहीं है।''

''मुझे नहीं चाहिए पानी।''

खाँसी कुछ देर में बंद हो गई। अली कुछ देर शांत रहा। फिर पलंग से बाक़ी पन्ने उठाया। उन्हें अपने पास रखा।

''राही सच में मेरी मुँहबोली बहन है। मैंने आपसे यह सब एक अच्छे दोस्त की हैसियत से कहा था।''

''पर दोस्त लेखक निकला।''

''यह बेईमानी है।''

''बेईमानी है झूठा लिखना। यह ईमानदारी है।''

''ईमानदारी कैसे हुई? ऐसा कुछ कभी हुआ ही नहीं था।''

''मैं तुम्हारी आत्मकथा नहीं लिख रहा हूँ, यह काल्पनिक कहानी है बस।''

अली को सवालों के बहुत से उबाल आ रहे थे पर वह चुप हो गया।

उसने अपना सिर पन्नों में गड़ा दिया।

"आप सामने से हटेंगे?"

अली ने कमल से कहा। कमल समझ नहीं पाते।

"एकमात्र रोशनी जो खड़की से आ रही है आप उसे भी रोक रहे हैं।"

कमल धीरे से उठकर पलंग पर बैठ गए।

यहाँ यह अजीब-सा नाटकीय दृश्य ख़त्म होता है। ओह! आप कहानी पढ़ रहे हैं जबकि आप कहानीनुमा कुछ पढ़ रहे हैं। मैं कहानी नहीं लिखना चाहता हूँ पर कहानी जैसी ही कोई चीज़ सुनाई दे रही है। ओह! क्या यह वैसा ही नहीं है जैसे हम अपने बाथरूम में बैठते थे तो गीली दीवारों में हमें चेहरे दिखाई देते थे। जबकि वहाँ कोई चेहरा नहीं होता था पर हम चेहरा देख लेते थे। हमें कोई एक घास का तिनका भी देगा तो उसमें भी हमें सीता की कहानी याद है रावण के ख़िलाफ़ लड़ाई की। हमने इतनी कहानियाँ पढ़ी और सुनी हैं कि हमने कोई भी चीज़ ऐसी नहीं छोड़ी जिसकी कोई कहानी नहीं हो। पर आप कहानी नहीं पढ़ रहे हैं और मैं कहानी नहीं लिख रहा हूँ। हम यह बात याद रखेंगे। अब आगे बढ़ते हैं-

मुझे नरेंद्र दिखा दरवाज़ा खटखटाता हुआ। नरेंद्र अली का दोस्त है और उसका संबंध राही से है। उसे लगता है कि अली में कुछ बात है। वह या तो लेखक बनेगा या बड़ा पेंटर। सो, वह अली का दोस्त होते हुए उसका सम्मान भी करता है। उसे लगता है कि वह अली का दोस्त है और उसकी मदद कर रहा है। नरेंद्र बड़ी कंपनी में काम करता है। हँसी-मज़ाक़ से भरपूर आदमी है। राही उसे बहुत पसंद करती है। दोनों की जोड़ी अली को भी पसंद है। जब तीनों साथ होते हैं तो अली अच्छे दोस्त और अच्छे भाई की भूमिका में दोनों को ट्रीट करता है।

राही ने तुरंत नाड़ा बाँधा और अपनी ब्रा की तरफ़ लपकी।

"कौन?"

"अरे अली! मैं नरेंद्र।"

अली ने एक बार राही की तरफ़ देखा। राही ने अपना कुर्ता पहन लिया था पर ब्रा नहीं पहन पाई थी। सो, उसने अपनी ब्रा बिस्तर के नीचे छिपा दी और चुनरी ओढ़ ली। अली ने दरवाज़ा खोला।

"अबे फिर सो रहा था! इतनी देर लग गई दरवाज़ा खोलने में?"

नरेंद्र शक्कर और अंडे लाया था। वह सीधा किचन में जाना चाह रहा था तभी उसकी निगाह राही पर पड़ी। वह बीच में ही रुक गया।

"अरे, तुम यहाँ हो?"

राही उठकर खड़ी हो गई।

"ऐसे ही... मैं इसे कुछ पढ़कर सुना रहा था।"

अली ने कहा। नरेंद्र ने राही को ऊपर से नीचे तक देखा। राही के बाल बिख़रे हुए थे। राही को कुछ समझ में नहीं आया तो वह नरेंद्र से अंडे और शक्कर लेकर किचन में चली गई।

"मुझे बहुत भूख लग रही है। थैंक्यू तुम यह सब ले आए। अली तो मुझे भूखा मार देता।"

नरेंद्र पहले बिस्तर की तरफ़ गया फिर वह कुर्सी पर जाकर बैठ गया।

"तो क्या सुना रहा था। तेरी डायरी तो है नहीं यहाँ?" नरेंद्र ने कहा।

"नहीं एक आइडिया सुना रहा था, नई कहानी का।"

"तुम्हें यह नया आइडिया पसंद आया राही?"

नरेंद्र ने ऊँची आवाज़ में राही से पूछा।

"ठीक है।"

अली पलंग पर बैठ गया। दोनों चुप रहे।

"तुम कुछ खाओगे नरेंद्र?" राही ने पूछा।

"नहीं, मैं तो इस कुत्ते के लिए लाया था।"

कुत्ता कहने में इतना ज़्यादा कड़वापन था कि अली असहज हो गया। वह उठकर बाथरूम चला गया। राही अपने लिए आमलेट और चाय बनाकर लाई और नरेंद्र के पास आकर बैठ गई। राही भूखी नहीं थी, उसे आमलेट खाने की इच्छा भी नहीं थी। वह हर आमलेट का कौर चाय के साथ निगल रही थी।

"तुम्हें खाने की ज़रूरत नहीं है अगर तुम्हें भूख नहीं लग रही है।" नरेंद्र ने कहा।

"अरे मैं भूखी हूँ।" राही ने जवाब दिया।

"मुझे यहाँ नहीं आना चाहिए था, है ना?"

"अरे ऐसा क्यों बोल रहे हो?"

"ख़ैर, मुझे कहीं जाना है। शाम को मिलते हैं।"

"अरे! तुम ऐसे कैसे जा रहे हो। रुको मैं भी चलती हूँ तुम्हारे साथ।"

"नहीं, तुम रुको। मैं जाता हूँ।"

राही ने नरेंद्र को रोकने की कोशिश की पर वह नहीं रुका। राही ने बचे हुए आमलेट को वापिस किचन में रख दिया। अली बाथरूम से बाहर निकला, उसे नरेंद्र नहीं दिखा।

"अरे, कहाँ गया?"

"उसे शक हो गया है।"

"अरे, ऐसा कुछ नहीं है।"

"नहीं उसे शक हो गया है।"

"उसने कुछ कहा तुमसे?"

"नहीं पर मैं उसे जानती हूँ।"

अली ने जाकर दरवाज़ा बंद कर दिया। वापिस आकर उसने राही को पकड़ लिया।

"अली, नहीं। रुको, यह ठीक नहीं है।"

पर अली नहीं रुका। उसने राही का कुर्ता उतार दिया। राही बहुत देर तक उसे मना करती रही पर वह नहीं माना। अली ने राही की सलवार के अंदर हाथ डाल दिया। राही अली को चूमने लगी। अली ने राही की सलवार उतार दी पर राही ने पूरी तरह नग्न होने से मना कर दिया। वह इसके आगे नहीं जाना चाहती थी। अली बहुत कोशिश करता रहा पर राही नहीं मानी। अंत में अली ने राही को अलग कर दिया। दोनों कुछ देर चुप बैठे रहे। फिर राही ने अली को गले लगा लिया।

"तुम मुझसे प्रेम नहीं करते हो। तुम किसी से बदला ले रहे हो और उसके लिए तुम मेरा इस्तेमाल करना चाहते हो।"

"नहीं, ऐसा नहीं है।"

"मैं तुम्हें जानती हूँ अली। तुम बहुत कमज़ोर हो। और यह तुम्हारी कमज़ोरी से उपजा ग़ुस्सा है जो तुम मुझपर निकाल रहे हो।"

"नहीं। मैं हरामी हूँ। बस, उससे ज़्यादा कुछ भी नहीं।"

“ऐसा मत कहो। मैं तुम्हारे साथ यह नहीं करना चाहती। उसका कारण नरेंद्र है। मैं उसके साथ यह नहीं कर सकती अली और शायद तुम भी ऐसा कुछ नहीं करना चाहते हो।”

“हाँ, मैं भी नहीं चाहता पर जब सब कुछ हाथ से छूट रहा होता है तो लगता है कि कुछ पकड़ लो। चाहे वह कितना भी ग़लत क्यों न हो। उसे पकड़कर...”

फिर अली कुछ नहीं बोल पाया। राही उठी और उसने अपने कपड़े पहन लिए। दोनों चुपचाप बैठे रहे। फिर अली राही के पास गया और उसे चूम लिया। राही ने कुछ नहीं कहा। वह उसे चूमता गया।

यह क़िस्सा यहीं तमाम हुआ।

तो बात चलते-चलते यहाँ तक पहुँच गई है। नहीं, इसमें कोई भी सोची-समझी चाल नहीं है। यह शब्द अली, राही और नरेंद्र जैसा देखते गए, मैं लिखता गया। अब मैं भी नहीं यह ख़ुद अपनी बात कह रहे हैं। जैसा हम कहते हैं कि इंसान क्या है बस परिस्थितियों से बना हुआ पुतला। मैं इसे अभी भी कहानी मानने से इनक़ार करता हूँ। क्योंकि अगर यह कहानी होती तो मैं लिखना और आप पढ़ना बंद कर चुके होते। हम दोनों ही यह नहीं चाहते कि यह कहानी हो तो मैं यक़ीन दिलाता हूँ आपको कि यह कहानी नहीं है। अब यह ताना-बाना जो बुना हुआ है यह परिस्थितिवश है। क्योंकि इन बातों का अंत मैं पहले ही लिख चुका हूँ जिसमें कमल जा चुके हैं, अपने घर में ताला लगाकर।

अली अभी भी उस अँधेरे कमरे में कमल के साथ बैठा हुआ है। ‘अली राही को चूमता है...’ उसके बाद उसने कहानी पढ़ना बंद कर दिया। पर कहानी के पन्ने अभी भी उसके हाथ में है।

“क्या हुआ?” कमल ने पूछा।

“सिगरेट पीना है।”

अली जेब से सिगरेट निकालता है। एक सिगरेट कमल को देता है और दूसरी अपने मुँह में लगा देता है। कमल माचिस निकालकर दोनों की सिगरेट जलाता है। अली एक कश के साथ अपना बचा हुआ ड्रिंक पी जाता है और गिलास कमल की तरफ़ बढ़ा देता है।

''एक और।''

कमल कुछ नहीं कहते। वह गिलास लेकर भीतर चले जाते हैं।

''इसलिए आपको आपकी बीवी छोड़कर चली गई। है ना?''

कमल अंदर पेग बना रहे हैं और इसका कोई जवाब नहीं देते।

''आपको आपके बेटे आयुष में कोई कहानी नहीं दिखती?''

कमल उसका पेग लाकर उसे दे देते हैं। अली फिर एक झटके में आधा पेग ख़त्म कर देता है और गिलास नीचे रख देता है। इस बार उसे ठसका नहीं लगता।

''क्योंकि वह मेरी तरह चूतिया नहीं है ना। वह आपके पास आकर अपने जीवन की पर्सनल बातें आपको नहीं बताता है।''

''कुछ ही पन्ने बचे हैं। उसे पढ़ लो फिर बात करेंगे।''

अली नहीं पढ़ता है। वह कमल को देखता रहता है।

''तुम तो पेंटर भी हो। तुम्हें कोई भी पेंटिग क्यों अच्छी लगती है?''

''क्योंकि वह अच्छी होती है, बस।''

''नहीं। क्योंकि उसमें तुम ख़ुद का अंश देख लेते हो। उसके रंग तुम्हारे जिए हुए रंग से मेल खा लेते है। कभी तुम्हारी मनःस्थिति से कुछ क्रूरता मेल खा जाती है और तुम्हें वह अच्छा लगता है। ऐसे ही कहानी भी। तुम ख़ुद का एक अंश उन संवादों में महसूस करते हो।''

''तो?''

''तो कुल-मिलाकर हम हर जगह ख़ुद को ही तलाश रहे होते हैं और जब-जब हमें अपना अंश इस संसार में दिखता है हमें जीने में एक sence मिलता है। इस हिसाब से तो तुम्हें यह बहुत अच्छी कहानी लगनी चाहिए। है ना!''

''यह सब बहुत पर्सनल है।''

''मैं जानता हूँ लेकिन यह तुम्हारी बात नहीं है।''

''मैंने यह सारे संवाद आपसे किए थे कि मैं कमज़ोर हूँ। मुझे लगता है कि मैं बदला ले रहा हूँ।''

''मैंने कहा ना यह fiction है!''

''और मैंने राही को बस चूमा था। उससे ज़्यादा...''

"इसी बात का तो तुम्हें दु:ख है कि तुमने उसे सिर्फ़ चूमा था और यहाँ तुम बहुत आगे बढ़ गए हो।"

"नहीं।"

"तुम यह बात मानो या न मानो पर यही सही है।"

"यह झूठ है। यह झूठ है। यह..."

अली अपने ग़ुस्से पर क़ाबू नहीं रख पाता और वह कमल की तरफ़ बढ़ता है पर रुक जाता है। वापिस आकर अपनी कुर्सी पर बैठ जाता है। कुछ देर चुप्पी बनी रहती है फिर अली कहता है–

"sorry."

"तुम्हें पता है तुमने पूछा था कि मैं किससे मिलने जाता हूँ। तब मैंने कहा था कि मैं अपने दोस्त से मिलने जाता हूँ। तुम्हें पता है असल में मैं किससे मिलने जाता था?"

"किससे?"

"अपनी बीवी से।"

"आयुश जानता है यह बात?"

"ना। हम दोनों पार्क में, कॉफ़ी शॉप में मिलते हैं। अजीब है मैं उससे बस एक बार मिलना चाहता था कि माफ़ी माँग सकूँ, उन बहुत छोटी चीज़ों की जो वह मुझसे चाहती थी और मैं उसे दे नहीं पाया। पर मिलना इतना सुंदर लगा कि हम मिलते रहे। मैंने अभी तक उससे माफ़ी नहीं माँगी है।"

"आप यह सब मुझे क्यों बता रहे हैं?"

"पता नहीं। मैं इसके अलावा एक और आदमी से भी मिलने जाता था।"

"किससे?"

"नरेंद्र से।"

"क्या?"

"हाँ, मुझे उसका पक्ष भी जानना था।"

"अरे! आप..."

"वैसे नरेंद्र अच्छा लड़का है।"

"हाँ मैं जानता हूँ।"

"तुमने मेरी एक कहानी राही को यह कहकर सुनाई थी कि वह तुमने लिखी है?"

"आपको कैसे पता यह बात! यह तो बहुत पुरानी बात है और मैंने राही को बता भी दिया था बाद में कि वह आपने लिखी है!"

"यह नहीं पता था मुझे।"

"पर यह बात राही के अलावा और किसी को नहीं पता थी।"

"नरेंद्र ने मुझे बताया।"

"क्या आप राही से भी मिले हैं?"

"नहीं उसे सिर्फ़ दूर से देखा है। सुंदर है वह।"

"आप कब से यह कर रहे हैं?"

"मैं लेखक हूँ। जब से होश संभाला है तब से लिख रहा हूँ।"

"आपको नहीं लगता कि आपने सबका इस्तेमाल किया है?"

"हम सब एक-दूसरे का इस्तेमाल करते हैं। इस बात को हम चाहे मानें या न मानें।"

"नहीं, ऐसा नहीं है।"

"क्यों तुमने राही का use नहीं किया अपने लिए! तुमने नरेंद्र का इस्तेमाल नहीं किया!"

"वह ग़लती थी मेरी।"

"अगर दोबारा मौक़ा मिलेगा तुम वह ग़लती दोबारा दोहराओगे।"

"नहीं, कभी नहीं।"

कमल वहाँ से उठकर चले जाते हैं। अली भीतर से आती कुछ आवाज़ें सुनता है, चीज़ों के उठाने-रखने की। वह खिड़की से आती रोशनी में फिर उन पन्नों को लाता है और पढ़ना शुरू करता है।

मुझे इस वक़्त अजीब-सी घबराहट हो रही है। मुझे इन पात्रों से संवाद ठीक नहीं लग रहे हैं। हाँ, इन पात्रों से मेरे संवाद। जब-जब बीच में मैं लिखना बंद करता हूँ पात्र मुझसे या आपस में बात करने लगते हैं। मैं उनको मेरी बुराई करते सुन सकता हूँ। हम जब भी उनके चरित्र के ख़िलाफ़ एक भी वाक्य लिखते हैं वह पात्र हमें माफ़ नहीं करते। कमल मुझसे नाराज़ है। वह अपनी बीबी से नहीं मिलना चाह रहा था। हाँ, उसकी अपने चरित्र को

लेकर अपनी आज़ादी है पर मुझे कमल से उसकी आज़ादी छीननी पड़ी। इसलिए कमल ख़फ़ा है। अगर कमल मुझे एक मोची के रूप में दिखता, बस कंडक्टर के रूप में तो शायद वह इस बात पर नाराज़ नहीं होता। पर तब उसकी दूसरी समस्या होती। पात्रों से बहस कई बार कहानी रोक देती है। अगर मैं कहानी लिख रहा होता तो? यहाँ कमल और मेरी बहस में कहानी रुक गई होती पर यह कहानी नहीं हैं। मैं कहानी नहीं लिख रहा हूँ। इस बात में आज़ादी है। मैं यह बात यहीं ख़त्म कर सकता हूँ और कह सकता हूँ कि बस, यह यहीं तक है। आप कहेंगे यह तो अधूरी है। इसे पूरा तो कीजिए! मुझे अपने जीवन में सारी अधूरी छूटी हुई चीज़ें याद हैं। पूरी तरह। बहुत से संबंध। क़िस्से। बातें, जो बीच में ही कहीं छूट गए थे एक टीस की तरह। जो टीस हमेशा याद रहती है। कहानी नहीं लिख रहा हूँ इस बात की सबसे बड़ी आज़ादी यही है कि मैं कभी भी इसे किसी भी टीस पर ख़त्म कर सकता हूँ।

अली राही से मिलने उसके घर पर गया है। राही उसे अपने कमरे में बुलाती है। अली राही से और नरेंद्र से बहुत दिनों से नहीं मिला है।

"तुम आख़िरी बार नरेंद्र से कब मिले थे?" राही ने पूछा।

"क्यों, सब ठीक है?" अली थोड़ा डर गया।

"तुम बताओ। कब मिले थे?"

"उसी दिन। जब वह अंडे और शक्कर लेकर आया था।"

"उसके बाद क्यों नहीं मिले तुम?"

"पता नहीं। वह व्यस्त था। मैंने एक-दो बार फ़ोन किया पर उसने मेरा फ़ोन नहीं उठाया। वापस फ़ोन भी नहीं किया, तो नहीं मिले।"

"तुम मुझसे भी नहीं मिले।"

"हाँ, तुमसे जान-बूझकर नहीं मिला। मैं तुमसे नहीं मिलना चाहता था।"

राही इस बात पर अली के सामने से उठ गई। बहुत से धुले हुए कपड़े पलंग पर पड़े थे वह उन्हें सही करने लगी। सलीक़े से, धीरे-धीरे तह करके वह सारे कपड़ों को रखने लगी।

"बस यही पूछने के लिए तुमने मुझे बुलाया था?" अली ने पूछा।

"नहीं।"

"तो क्या बात है, बोलो?"

"मैं चाहती हूँ तुम जाकर नरेंद्र से मिल लो।"

"नहीं, मैं नहीं मिलूँगा।"

राही ने कपड़े तह करना बंद कर दिया। वह अली की तरफ़ देखने लगी।

"मेरी ख़ातिर। एक बार।"

"ठीक है। मैं कल मिल लूँगा उससे।"

"नहीं, कल नहीं। आज रात। वह बहुत पीने लगा है। तुम्हारा उससे मिलना बहुत ज़रूरी है।"

"ठीक है।"

"उसे फ़ोन मत करना। वह तुम्हारा फ़ोन नहीं उठाएगा। सीधे रात उसके घर चले जाना।"

"ठीक है।"

अली वहाँ से चला जाता है। वह अपने कमरे में नहीं जाता। उसे लगता है कि अगर वह अपने कमरे में गया तो नरेंद्र से नहीं मिलने के कारण ढूँढ़ लेगा। सो, वह एक कॉफ़ी हाउस में जाकर बैठ जाता है। तभी एक बुज़ुर्ग-से व्यक्ति उसके सामने आकर बैठ जाते हैं। वह उसे अपना नाम कमल बताते हैं।

"जी?" अली पूछता है।

"मैंने कहा मेरा नाम कमल है।" कमल जवाब देते हैं।

अली चुप रहता है। वह अपना नाम नहीं बताता। कमल एक काग़ज़ और पेन बाहर निकाल लेते हैं और अली का स्केच-सा बनाने लगते हैं।

"अरे! आप यह क्या कर रहे हैं?"

"जिस तरीक़े से तुम काफ़ी देर से यहाँ बैठे हो, मुझे वह तरीक़ा बहुत अच्छा लग रहा है। मैं भूल न जाऊँ उससे पहले स्केच कर लेना चाहता हूँ।"

"अरे! पर..."

"अगर आपको दिक़्क़त है तो...."

''नहीं, पर आप यह...''

''मैं एक लेखक हूँ और जिस तरह आप बैठे हैं, बुरा मत मानिएगा, जिस पीड़ा में आप बैठे हैं और कॉफ़ी पे कॉफ़ी पिए जा रहे हैं, मुझे आपमें एक कहानी दिख रही है।''

''कहानी?''

''मैं क़तई कहानी नहीं लिखना चाहता हूँ। मुझे कहानियाँ बोर करती हैं। मैं बस तुम्हारा इस पीड़ा से बैठा लिखना चाहता हूँ।''

''मुझे कोई इच्छा नहीं यह जानने की कि आप क्या और क्यों लिखना चाहते हैं। मैं अकेले बैठना चाहता हूँ।''

''इसलिए तो मैं आपकी तरफ़ आकर्षित हुआ। मुझे पता है आप अकेले बैठना चाहते हैं। बस मैं कुछ देर में चला जाऊँगा।''

अली की कुछ समझ में नहीं आता कि वह क्या करे। वह वापिस अपनी कॉफ़ी पीने लगता है। कमल उसका स्केच बनाने लगते हैं। कुछ देर में वह अपना काग़ज़ और पेन वापस जेब में डाल लेते हैं पर वहाँ से उठते नहीं हैं। कमल अली की तरफ़ देखकर मुस्कुराते हैं पर अली उनकी तरफ़ नहीं देखता।

''इस उम्र में ही इतनी गहरी समस्या होती है। मेरी उम्र में आते-आते या तो सब सुलझ जाता है या समस्याएँ असर करना बंद कर देती हैं।''

अली चुप रहता है।

''शायद मैं आज रात में ही आपकी कहानी लिख दूँ। सच में मैंने बहुत समय से कुछ भी नहीं लिखा है। आपको देखकर लगता है कि मैं आज रात में ही यह कहानी लिख दूँगा। क्योंकि कल मैं यह शहर छोड़कर जा रहा हूँ। बहुत समय से सोच रहा था पर अब मैंने मन बना लिया है। सारा सामान भी बाँध लिया है।''

अली चुप रहता है। कमल वापस अपनी जेब से काग़ज़ और पेन निकालते हैं और अपने घर का पता लिखते हैं।

''देखिए, मुझे पता है आपको कोई इंटरेस्ट नहीं है पर अगर आपको अपनी कहानी सुननी है तो आपको मेरे घर सुबह छः बजे के पहले आना पड़ेगा वर्ना मैं निकल जाऊँगा। यह रहा मेरा पता।''

अली वह काग़ज़ नहीं लेता। कमल उसकी टेबल के पास वह काग़ज़ रख देते हैं, और अपना पेन वापस शर्ट की जेब में फँसाते हैं और चल देते हैं। कुछ देर अली उस काग़ज़ को देखता है फिर उसे बिना वजह अपनी जेब में डाल लेता है। वह एक कॉफ़ी और पीता है फिर नरेंद्र के घर की ओर चल देता है।

अली नरेंद्र के दरवाज़े पर खड़ा है। एक गहरी साँस लेकर वह दरवाज़ा खटखटाता है। पर वहाँ से कोई आहट नहीं सुनाई देती। वह फिर खटखटाता है। फिर चुप्पी। वह थोड़ा-सा दरवाज़ा धकेलता है, वह खुल जाता है। वह आवाज़ लगाता है-

"नरेंद्र... नरेंद्र!"

"हाँ अली!"

कमरे में अँधेरा है।

"मैं दरवाज़ा खटखटा रहा था पर.."

अली चुप हो जाता है। उसे अपना बोलना व्यर्थ लगने लगता है। पूरा कमरा सस्ती दारू से महक रहा था। वह टटोलते हुए लाइट जलाने की कोशिश करता है, तभी नरेंद्र की आवाज़ आती है-

"लाइट बंद रहने दो। लाइट चालू मत करो।"

अली हाथ वापस खींच लेता है। धीरे-धीरे वह नरेंद्र की तरफ़ बढ़ता है। पूरे कमरे में अँधेरा है, सिर्फ़ खिड़की से रोशनी आ रही है। नरेंद्र खिड़की के पास बैठा है। अली नरेंद्र के सामने बैठ जाता है।

"दारू पियोगे?" नरेंद्र पूछता है।

"नहीं.. नहीं।"

"पी ले।"

"नहीं, मैं पानी पीऊँगा।"

और अली मटके की तरफ़ बढ़ता है।

"यहाँ पानी नहीं है। तो यहाँ क्यों आया है?"

अली बात कहाँ से शुरू करे! पुरानी दोस्ती से, अभी की समस्या से या सीधे राही की बात पर आ जाए? अली ख़ामोश है और नरेंद्र अली के लिए एक ड्रिंक बनाता है।

अली और कमल। कमल के घर रात...

कमल ने कहानी यहीं तक लिखी थी। अली अधूरेपन की टीस महसूस करता है। कमल भीतर से निकलकर बाहर आते हैं।

"तो पढ़ ली?" कमल ने पूछा।

"हाँ, पर नरेंद्र से क्या बात हुई?"

"वहीं पर तो मामला रुका हुआ है।"

"क्या आप सच में कल सुबह जा रहे हैं?"

"तुम कहानी को और रियेलिटी को मिक्स कर रहे हो।"

"आप जा रहे हैं?"

"मुझे आज कैसे भी यह कहानी पूरी करना है। तो बताओ क्या बात होनी चाहिए नरेंद्र और तुम्हारे बीच?"

"यह आप मुझसे क्यों पूछ रहे हैं? आप तो उससे मिले हैं ना! अब लिखिए।"

"यही तो ग़लती कर दी मैंने। जब आपको एक पक्ष की बात ज़्यादा ठीक से पता हो तो आप चीज़ें आसानी से लिख लेते हो। देखो, दुनिया में लोगों ने एक पक्ष पर लिख-लिखकर किताबें भर दी हैं।"

"मुझे लगता है दोनों बैठकर पीते हैं और बस दोस्ती वापस शुरू हो जाती है। उस बारे में कोई बात नहीं करता।"

"हम्म। यह हो सकता है पर मैं कुछ और देख रहा हूँ। मैं कभी तुम्हें रोता हुआ देखता हूँ तो कभी नरेंद्र को। पर फ़ैसला नहीं कर पा रहा हूँ कि किसको रुलाऊँ।"

"अब मेरी इच्छा है इसका अंत जानने की और तब मैं आपसे बात करूँगा।"

"तो ठीक है। अंत जानना है तो कल सुबह छः बजे के पहले..."

और कमल यह कहकर हँसने लगते हैं। कुछ देर में अली वहाँ से चला जाता है। कमल कहानी के पन्नों को लेकर अपनी डेस्क पर चले जाते हैं।

बात कितनी सीधी हुई है अब तक! आपको भी चीज़ें साफ़-साफ़ दिखने लगीं और मुझे भी। इसके बाद इसके कई अंत हो सकते हैं। जैसे

Woyzeck नाटक जो Georg Buchner पूरा नहीं लिख पाए थे। अंत खुला था। जो चाहे जैसा अंत वैसा लिख ले। वह नाटक सबसे ज़्यादा खेले गए नाटकों में से एक है। जैसे कहानी नहीं लिखने में एक आज़ादी है वैसे ही अधूरेपन में भी आज़ादी है। हर आदमी ख़ुद अपना हिस्सा उसमें मिला सकता है और उसे पूरा कर सकता है।

यह बात शायद उस हिस्से की है जो मैं शुरुआत में लिख चुका था। मुझे एक लड़का भागता हुआ दिखा और बात वहाँ से यहाँ तक पहुँच गई। और अब हम वापिस वहीं पहुँच गए।

सुबह बहुत सामान्य थी, जब तक उसकी निगाह घड़ी पर नहीं गई। उसके मुँह से आह निकली और वह भागा।

वह भाग रहा था। जूतों के लेस खुल चुके थे पर उसे गिरने का कोई डर नहीं था। वह बीच में धीमा हुआ, सिर्फ़ कुछ साँस बटोरने के लिए। एक ..दो... तीन... वह फिर भागने लगा। कहीं वह चले न गए हों? यह बात उसके दिमाग़ में घूम रही थी। उसे उनके चेहरे की झुर्रियाँ दिख रही थीं। वह उसी को देख रहे थे। अचानक वह उनके चेहरे की झुर्रियाँ गिनने लगा। उसने अपने सिर को एक झटका दिया और सब ग़ायब हो गया मानो सब कुछ डस्टबिन में चला गया हो। दिमाग़ में एक डस्टबिन होता है जिसे आप सिर के एक झटके से भर सकते हैं। पर अगर डस्टबिन भर गया तो उसे कैसे झटका देते हैं? दिमाग़ के डस्टबिन को कहाँ ख़ाली करते हैं? उसने फिर दिमाग़ को एक झटका दिया और भागता रहा।

वह दरवाज़े के सामने काफ़ी देर से खड़ा था। उसका माथा दरवाज़े से सटा हुआ था। वह बीच में एक गहरी साँस छोड़ते हुए अपना माथा धीरे से दरवाज़े पर पटकता और एक ठक की आवाज़ आती। उसने अपना दाहिना हाथ घंटी पर रख रखा था। उसके दो माथे की ठक के बीच में घंटी की आवाज़ सुनाई दे जाती। यह एक तरह की रिदम में चलने लगा था, पर बहुत ही धीरे, इतना धीरे कि अगली ठक की आवाज़ शायद न आए। उसकी आँखें दरवाज़े पर लगे ताले पर थीं। काला पड़ चुका ताला। घंटी की आवाज़ और ठक के बीच अचानक एक वाक्य भी बजने लगा था, 'मैं सुबह चला जाऊँगा'। कुछ देर में वह बैठ गया। सोचा स्टेशन जाऊँगा पर कोई फ़ायदा

नहीं है। वह कहाँ से जाएँगे इसका कोई पता नहीं था या शायद वह गए भी न हों। वह अभी भी यहीं हों आस-पास ही कहीं। छुपकर उसका इस तरह पछताना देख रहे हों। वह खड़ा रहा। उसने दरवाज़े पर एक लात मारी और सीढ़ियों से नीचे उतर गया। अचानक वह पलटा और उसने जिस जगह लात मारी थी वहाँ हाथ से दरवाज़ा पोछ दिया। कहीं वह सच में छुपकर देख रहे हो तो?

यह अंत लिखते ही मुझे लगा इस कहानी का नाम 'टीस' होना चाहिए। क्या कहते हैं आप?

तोमाय गान शोनाबो

"मैं थक चुकी हूँ। सुनो, नहीं मैं सच में बहुत थक चुकी हूँ। समीर प्लीज़, मुझे सोने दो।"

समीर कुछ बचपने की हरकतों के बाद पीछे हट गया। उसने अपनी टी-शर्ट भी उतार ली थी। वह धीरे से बिस्तर से नीचे उतरा, उसने टी-शर्ट को दो बार झाड़कर पहन लिया।

शील सोई नहीं थी, समीर के जाते ही वह तकिये से लिपटकर दूसरी तरफ़ करवट किए लेटी रही। उसकी कोई भी हरकत इस वक़्त एक बहस को जन्म दे सकती थी, सो वह चुपचाप लेटी रही। तभी उसे प्यास लगने लगी। उसने सोचा वह उठकर पानी तो पी ही सकती है। वह उठने को ही थी कि उसे सिगरेट की महक आई और वह लेटी रही।

समीर अपनी डेस्क पर था। उसने सिगरेट पीते हुए एक किताब खोल ली। कुछ देर वह एक ही पन्ने पर शील से बातचीत के सवाल-जवाब पढ़ता रहा। कुछ देर में वह किताब रखकर कमरे के चक्कर काटने लगा। सिगरेट ख़त्म हो चुकी थी। वह धीरे से शील के क़रीब आया। उसे लगा था कि वह

शायद उसकी आहट से जग जाएगी, उसने उसके कंधे पर हाथ भी रखा पर वह सोई रही।

शील ने समीर का उसकी बग़ल में आना महसूस किया, उसका स्पर्श अपने कंधे पर भी महसूस किया पर वह लेटी रही। उसे पता था अगर वह उठेगी तो क्या होगा। कैसी बातें होंगी। वह इन बातों के बीज अपने तलुए में महसूस कर रही थी। उसे अचानक अपने तलुओं में खुजली होने लगी। कुछ देर की बेचैनी के बाद उसने अपने दाहिने पैर से अपने बाएँ पैर के तलुए को खुजला ही दिया, कुछ इस तरह कि वह गहरी नींद में है। कुछ ही देर में समीर की आहट बंद हो गई। फिर बिस्तर पर कुछ हरकत हुई और उसने समीर की देह को अपनी बग़ल में पसरते हुए महसूस किया। वह कुछ शांत हो गई। उसे पता था समीर कुछ देर में सो जाएगा। वह बहुत देर तक जाग नहीं पाता था। शील ने तकिये को कुछ और अपने भीतर भींचा और लेटी रही।

समीर कुछ देर खिड़की का पर्दा खोलकर शहर देख रहा था। इसी में वह दिन-भर खपा रहता है। वह अपने कल के दिन के बारे में सोचने लगा। फिर सुबह उठना, घूमने जाना, नहाना, नाश्ता, ट्रैफ़िक, हॉर्न, पसीना, शील को उसके ऑफ़िस छोड़ते हुए अपने ऑफ़िस की लिफ़्ट के बाहर देर तक खड़े रहना, आठवाँ माला, गुड मॉर्निंग की चिल्ल-पो, फ़ाइल, कम्प्यूटर, बॉस, ब्रेक, थकान, ऊब और अपने ऑफ़िस से घर तक धीरे-धीरे रेंगते हुए रोज़ चले आना। तभी शील ने अपना तलुआ खुजाया और समीर की दिनचर्या थम गई। उसने पलटकर शील को देखा। तब तक वह स्थिर हो चुकी थी। उसने वापिस खिड़की का पर्दा लगाया। धीरे से बिस्तर में घुसा और आँखें बंद कर लीं।

शील को पानी पीना था पर उसे कुछ इंतज़ार करना होगा। समीर अभी-अभी लेटा था। वह रोहन के बारे में सोचने लगी। रोहन नया-नया उसके ऑफ़िस में आया था। दिखने में काफ़ी सामान्य था पर बातें बहुत गोल-मोल करता था। पिछले कुछ समय से वह शील को इधर-उधर छूने से भी नहीं चूकता था। पहले-पहल शील ने ऐतराज़ नहीं किया पर बाद में उसने रोहन से कहा कि यह उसे ठीक नहीं लगता है। रोहन ने उससे माफ़ी माँगी

और माफ़ी के लिए उसने उसके साथ कॉफ़ी पीने की ज़िद की। शील बहुत ना-नुकुर के बाद मान गई। कॉफ़ी पीने में क्या हर्ज़ है? पर कॉफ़ी हाउस में, उस भीड़ में रोहन ने शील की कमर में हाथ डाल दिया। शील कुछ देर चुपचाप बैठी रही तो उसकी उँगलियाँ हरकत करने लगीं। शील कुछ देर में उठ गई। आज वह रोहन के साथ फ़िल्म देखने गई थी। जहाँ रोहन ने शील को चूमा, अपना हाथ शील के कपड़ों के भीतर डाल दिया। शील ने कोई प्रतिवाद नहीं किया। वह रोहन को इस बार नहीं रोकना चाहती थी।

समीर सो नहीं पा रहा था। कुछ अटका पड़ा था। एक बार बात हो जाती, चाहे वह लड़ लेता, कुछ बात कर लेते पर इस तरह से सो जाना उसे खटक रहा था। वह जानता था शील बिना पढ़े सोती नहीं है। वह देर रात तक जागती रहती है। उसे ही कई बार कहना पड़ता है कि बत्ती बुझा दो। तब कहीं जाकर वह सोती थी। वह उठकर बैठ गया। बाथरूम में जाकर मुँह धोने लगा। फिर किचन में जाकर फ्रिज़ खोलकर थोड़ी देर खड़ा रहा। फ्रिज़ बंद करके गैस के पास कुछ टटोलने लगा। लाइटर गैस के नीचे पड़ा था। लाइटर हाथ में लिए वह बहुत देर तक खड़ा रहा। कई बार हवा में उसे जलाने की कोशिश की। तीन बार की 'कट-कट' के बीच एक बार वह जला। अंत में गैस जलाकर उसने कॉफ़ी चढ़ा दी। ब्लैक कॉफ़ी। कॉफ़ी बनाते वक़्त पूरे समय उसके दिमाग़ में चल रहा था कि यह ग़लत है, उसे कॉफ़ी नहीं पीनी चाहिए। वह सो नहीं पाएगा पर अंत में वह कॉफ़ी लिए वापस उसी खिड़की पर खड़ा था जहाँ से कुछ देर पहले वह अपने दिन-भर के खपने के बार में सोच रहा था। उसे ऑफ़िस बहुत पसंद था, दिनभर की जल्दबाज़ी, काम पूरा करने की जद्दोजहद, फिर बीच में दोस्तों के साथ सीढ़ियों पर जाकर सिगरेट के कश लगाना। एक भरा-पूरा माहौल। उसमें उसे जो सबसे कठिन काम लगता था वह था उसका ऑफ़िस से घर आना। अचानक किसी का हाथ समीर ने अपने कंधे पर महसूस किया और उसके हाथ से कॉफ़ी गिर गई।

शील ने करवट बदल ली थी। किचन से कुछ आवाज़ आ रही थी। वह कुछ देर रुकी रही। फिर धीरे से पलंग पर ही खिसकते हुए उसने समीर की तरफ़ पानी की बोतल खोजनी चाही पर वहाँ उसे बोतल नहीं मिली। उसे कॉफ़ी की महक आई। 'इतनी रात गए समीर कॉफ़ी पी रहा है?' अब वह

सोई नहीं। उसे एक बहाना मिल गया था कि किचन की खट-खट से नींद टूट गई। बहाना मिलते ही वह बिस्तर से उठने को हुई पर कुछ सोचकर रुक गई। 'समीर किचन से कॉफ़ी लेकर आएगा और उसे इस तरह बिस्तर पर बैठा हुआ पाएगा' शील को यह ज़्यादा नाटकीय लगा। सो उसने उठकर पानी पीना स्थगित कर दिया। वह बिस्तर पर बैठ गई और समीर का इंतज़ार करने लगी। समीर कुछ देर में किचन से बाहर आया और सीधा खिड़की के पास जाकर खड़ा हो गया। मानो नींद में चल रहा हो। शील को लगा कि समीर ने उसे देखा था। वह मुस्कुराई भी थी पर वह सीधा खिड़की पर जाकर खड़ा हो गया। शील ग़ुस्से में उठी और सीधा किचन में गई। पानी पीया और सीधा समीर के बग़ल में आकर खड़ी हो गई। उसने धीरे से समीर के कंधे पर हाथ रखा और समीर के हाथ से कॉफ़ी का कप गिर गया।

शील भीतर कॉफ़ी बना रही थी। समीर, वाक्य विन्यास में कुछ ग़ैरज़रूरी शब्दों को निकाल रहा था और कुछ बहुत महत्वपूर्ण शब्दों को विन्यास में ठूँस रहा था। उसे एक वाक्य में कुछ उस स्थिति के बारे में बात करनी थी जिस स्थिति को वह पिछले कुछ समय से महसूस कर रहा था। शील कॉफ़ी लेकर बाहर आ गई।

"क्या हुआ?"

शील ने समीर को कॉफ़ी पकड़ाते हुए कहा। समीर को इससे बेहतर मौक़ा नहीं मिलना था, उसने तुरंत अपना बनाया हुआ वाक्य उगल दिया।

"शील ठीक नहीं लग रहा है।"

समीर के हिसाब से सारे ग़ैरज़रूरी शब्दों को निकालने के बाद यह वाक्य ही उसकी स्थिति को सही-सही स्थापित करता है।

"क्या हुआ?"

"मैं तुमसे बात करना चाहता हूँ। थोड़ा खुलकर।"

"समीर, तुम ठीक तो हो ना?"

शील उसे छू नहीं पा रही थी, उसके हाथ बार-बार समीर की तरफ़ जाकर रुक जाते थे।

"मुझे ऑफ़िस से घर आना, घर से ऑफ़िस जाना लगता है।"

"क्या?"

''मतलब, लोग ऑफ़िस से घर जाते वक़्त जितने उत्साहित रहते हैं मैं घर से ऑफ़िस जाते वक़्त उतना उत्साहित होता हूँ।''

''That means you love your work. उसमें ग़लत क्या है?''

''इसमें कुछ भी ग़लत नहीं है?''

''मुझे तो नहीं दिखता!''

''अरे!''

''तुम्हारे ऑफ़िस को पसंद करने की कोई दूसरी वजह तो नहीं है?''

''दूसरी क्या वजह हो सकती है?''

''कोई लड़की?''

''shut up!''

शील चुप हो गई। इस बातचीत के बीच में वह बार-बार रोहन का चेहरा अपनी गर्दन के इर्द-गिर्द महसूस कर रही थी। हर थोड़ी देर में शील का हाथ उसकी गर्दन पर चला जाता मानो पसीना पोंछ रही हो।

''इसमें ग़लती है। इसमें एक बड़ी ग़लती है।''

समीर अचानक उठा और पलंग पर जाकर बैठ गया, पलंग के किनारे पर उसके पैर काँप रहे थे। लग रहा था मानो वह किसी दूसरे के घर में बैठा है।

''समीर, ज़्यादा स्ट्रेस मत लो।''

''शील अब मैं घर आना पसंद नहीं करता। मुझे यहाँ बिल्कुल भी अच्छा नहीं लगता। मैं यहाँ से लगातार बाहर निकलने के बहाने खोजता हूँ। मैं घर में आता हूँ और थक जाता हूँ। मैं बाहर दूसरा आदमी हूँ। वहाँ मेरी चाल अलग हो जाती है। वहाँ मैं... मैं... समीर हूँ। और यहाँ...''

''यहाँ क्या हो?''

''यहाँ वह आदमी है जो समीर का रहस्य लिए तुम्हारे साथ रहता है।''

शील क़तई यह confrontation वाला गेम इस वक़्त समीर के साथ नहीं खेलना चाहती थी। उसने ख़ाली कॉफ़ी के कप उठाए और किचन में चली गई।

''समीर, यह कुछ दिनों का बुख़ार है उतर जाएगा, इसे इतना seriously मत लो!''

शील ने किचन से एकदम casually यह कह दिया। मानो वह कई बार ऐसी स्थिति से गुज़र चुकी हो। समीर हैरान रह गया। शील सीधे बिस्तर पर पसर गई।

"समीर लाइट बंद कर दूँ?"

शील ने समीर को देखे बिना यह कह दिया। वहाँ से कोई जवाब नहीं आया। शील की लाइट बंद करने की हिम्मत नहीं हुई।

"शील... शील..."

समीर की आवाज़ आई। शील पलट गई।

"क्या है?"

"शील, वह गाना सुना दो।"

"क्या?"

"वह टेगौर का तोमाय गान शोनाबो।"

शील हतप्रभ रह गई।

"समीर, मुझे वह अब ठीक से याद भी नहीं है और अचानक..."

"जितना याद हो। जैसा भी, सुना दो।"

शील खिसक के समीर के बग़ल में आ गई। समीर बिना बदलाव के अटल-सा था।

"मैं कोशिश करती हूँ।"

यह बात शील ने ख़ुद से कही और आँखें बंद कर लीं। दाहिना हाथ धीरे से हवा में सुर टटोलने लगा और गाना कुछ रुकता-रुकाता शुरू हो गया। 'कितने साल बीत गए' वाली सारी खराश आवाज़ में थी। बीच-बीच में गाना रोककर शील गला साफ़ कर लेती और फिर दुबारा, शुरू से शुरू करती। अंतरे के कुछ शब्द धुँधले पड़ चुके थे। वह थके हुए रेंगते से आते तब तक गाना humming का सहारा लेकर आगे बढ़ जाता। गाना जारी रखने के लिए केवल मुखड़े का ही सहारा था। अंतरे अपने शब्द और अर्थ दोनों खो चुके थे। दूसरे अंतरे के धुँधलेपन में शील का गला रूँधने लगा। वह रुक गई। उसे हमेशा से पता था कि यह गाना उसके पास है। कइयों बार उसने उसे ऑफ़िस आते-जाते गुनगुनाया था, पर वह गाना छूट गया है, कहीं बीच में ही। शील को अचानक वह सारी चीज़ें याद हो आईं जो उसके पास

शुरू से थीं। एक छोटी पेंसिल रबर लगी हुई, टिफ़िन का डिब्बा, गुल्लक, समीर के दिए हुए पुराने लेटर और ग्रीटिंग कार्ड्स, रिबन, पुरानी हरी-लाल चूड़ियाँ। ये सब कहाँ हैं? उसने सभी चीज़ों को संभाल के रखा था कहीं। कहाँ? उसे याद नहीं आया।

"तुम बहुत अच्छा गाती हो"

समीर को गाने के टूटे-फूटेपन से कोई फ़र्क़ नहीं पड़ा था। यूँ भी उसे बांग्ला समझ में नहीं आती थी। शील ने उसे कई बार इस गाने का अर्थ समझाया था पर वह हर बार भूल जाता था।

"तोमाय गान शोनाबो, ताईतो आमाए जागिए राखो।"

"तुम्हें गाना सुनाऊँ इसलिए तुम मुझे जगाए रखती हो।"

उसे इन शब्दों के अर्थ अभी भी याद थे। शील के गाए हुए बाक़ी गाने में वह इसी वाक्य के अलग-अलग अर्थ गढ़ते रहता। उन गड्मगड्ड अर्थों के बीच समीर सोच रहा था कि कितना प्यार करता था वह शील को! उसे वह दिन याद आ गया जब ज़िद करने पर शील ने यह गाना उसके दोस्तों बीच सुनाया था। गाते हुए बीच के कुछ शब्दों में शील समीर की तरफ़ देख लेती और वह दोनों एक व्यक्तिगत रहस्य उस भीड़ में जी लेते। कितना रोमांच था! कितना सेक्स था! हाँ सेक्स, कितनी ही बार समीर, बाज़ार में चलते हुए शील की कमर में हाथ डाल देता था। उसे अपने पास खींच लेता। और इच्छा हो जाती कि यहीं भरे बाज़ार में शील को प्यार करे, जी भरकर। वह सेक्स कहाँ गया! वह आख़िरी बार शील के साथ कब सोया था? समीर सोचने लगा पर उसे याद नहीं आया। तभी शील की आवाज़ कुछ टूटने लगी। फिर भारी हुई और वह चुप हो गई। टैगोर के शांत होते ही उस कमरे में मानो किसी ने ठूँस-ठूँसकर मौन भर दिया हो। सब कुछ एकदम से स्थिर हो गया। समीर पीछे खिसकते हुए पलंग पर लेट गया।

"तुम बहुत अच्छा गाती हो।"

शील यह सुनते ही बाथरूम चली गई। समीर लेटे हुए छत ताकता रहा।

'यहाँ वह आदमी है जो समीर का रहस्य लिए तुम्हारे साथ रहता है।' उसने अपने ही कहे हुए वाक्य को दोहराना शुरू कर दिया। मानो वह वाक्य छत पर कहीं छपा हो जिसे वह हिजे करते हुए पढ़ रहा था।

हिज्जे करते हुए वह 'रहस्य' शब्द पर रुक गया। समीर का 'रहस्य' उसके ख़ुद के होने का 'रहस्य'। उसे लगा वह हमेशा से 'रहस्य' भीतर पाल रहा है। बचपन से।

जब वह छोटा था तो उसने अपने भाई के टिकट-संग्रह की कुछ टिकटें चुराकर एक क्रिश्चियन लड़की को दे दी थीं। यह बात उसने कभी किसी को नहीं बताई थी।

अपने माँ-बाप को एक रात सेक्स करते हुए उसने देखा था। बड़े होने तक वह उस छवि को नहीं भुला पाया था। पहली बार जब वह एक लड़की के साथ सोने गया तो उसे बार-बार वही छवि सताती रही। और वह बहुत समय तक उस लड़की के साथ सो नहीं पाया था। यह एक रहस्य ही तो था। समीर का रहस्य जो वह अपने भीतर लिए घूम रहा था।

बाप की जेब से पैसे चुराकर ढेरों कंचे ख़रीद कर घर ले आता और कहता कि मैंने यह खेल में जीते हैं।

अपने ऑफ़िस की एक ट्रिप में एक रात वह एक लड़की के साथ सोया था। शील को आज तक यह बात नहीं पता है।

शील से जब उसका रिश्ता शुरू ही हुआ था तब माँ की अर्थी की बग़ल में बैठकर वह शील के साथ सोने के सपने देख रहा था, यह बात उसने दोबारा ख़ुद को भी नहीं बताई थी।

उसे याद आया जब वह स्कूल जाता था तो उसके पास दो चीज़ें हुआ करती थीं, जेब में एक टॉफ़ी और स्कूल बैग में एक नंगी लड़की की तस्वीर। वह तस्वीर उसके पास कहाँ से आई उसे अब याद नहीं था, पर यह दो चीज़ें हमेशा उसके पास रहती थीं। जब कभी उसका हाथ टॉफ़ी पर पड़ जाता या कोई किताब निकालते हुए वह नंगी लड़की की तस्वीर दिख जाती तो वह रोमांच से भर जाता।

ऐसे ही पता नहीं कितने सारे रहस्यों के बारे में वह सोचने लगा। उसे लगा, उसका पूरा होना इन रहस्यों की फ़ेहरिस्त का ही हिस्सा है। उसे ऐसा मौक़ा कभी याद नहीं आया जब वह किसी रहस्य के बिना रहा हो।

इन सारे रहस्यों के बारे में सोचते-सोचते समीर शांत हो चुका था या वह थकान थी, पर अब वह उतना परेशान नहीं था। उसकी आँखें बंद होने लगी

थीं। वह अब कल के बारे में भी नहीं सोचना चाहता था। उसने एक बार बाथरूम की तरफ़ देखा जहाँ शील गई हुई थी, वहाँ कोई भी आहट नहीं थी और उसने आँखें बंद कर लीं।

शील भीतर बाथरूम में बहुत देर तक आईने के सामने खड़ी रही। वह आज डर गई थी। वह सोचने लगी, आज समीर बहुत परेशान था। वह सब कुछ ईमानदारी से कहना चाहता था पर आज उसके पास कोई जवाब नहीं था। वह इस 'सब कुछ कह देने वाली ईमानदारी' में पड़ना भी नहीं चाहती थी। अगर यह रात कुछ हफ़्ते पहले आती तो वह भी अपनी पूरी ईमानदारी से इसका हिस्सा होती। उसे भी समीर से कई शिकायतें थीं पर वह सारी शिकायतें अब अपने मायने खो चुकी थीं।

शील ने बहुत सारा पानी अपने चेहरे पर डाला, वह सब कुछ धो देना चाहती थी।

'काश! यह शतरंज का एक खेल होता।' वह फिर सोचने लगी, 'और वह कह सकती कि बाज़ी फिर से जमाओ। अभी बहुत से प्यादे मारे जा चुके हैं। वह चारों तरफ़ से घिर चुकी है। नहीं, वह हार नहीं मान रही है पर एक मौक़ा और नहीं मिल सकता है?'

क्या एक मौक़ा और मिला तो वह रोहन को उसकी पहली ही हरकत पर चाटा मार देगी? वह उसे वहीं उसी वक़्त रोक देगी? बहुत सोचने पर भी शील कुछ तय नहीं कर पा रही थी कि रोक देगी कि नहीं? उसने फिर ढेर सारा पानी अपने चेहरे पर डाला। आईने के एकदम क़रीब आकर ख़ुद को घूरने लगी और उसके मुँह से निकला, "नहीं, मैं नहीं रोकूँगी।"

रोहन शील को उन दिनों की याद दिलाता था जब उसकी शादी नहीं हुई थी। समीर उस वक़्त उसे बिना छुए रह ही नहीं पाता था। कहीं भी, बाज़ार में, रेस्टोरेंट में, किसी दुकान पर। वह समीर को लगातार झिड़कती रहती थी। उसे पता था यह ग़लत है इसलिए उसमें रोमांच था। उसे यह भी पता था कि समीर के साथ उसका संबंध ग़लत है, उसके माँ-बाप कभी इस संबंध को स्वीकार नहीं करेंगे, इसलिए वह संबंध भी रोमांच से भरा था। अब रोहन है जो पूरी तरह ग़लत है, इसलिए उसके बारे में सोचना भी शील को रोमांच से भर देता है। इसकी ग्लानि भी है। पीड़ा भी है। डर है। सब कुछ है।

तभी शील की निगाह उसकी भौंं पर पड़ी। वह पिछले एक हफ़्ते से पार्लर जाना टाल रही थी। उसने सोचा कल ऑफ़िस जाने से पहले वह पार्लर होती हुई जाएगी।

वह बाहर आई तो देखा समीर सो चुका था। उसने लाइट बंद नहीं की थी। शील समीर के बग़ल में आकर लेट गई। उसने एक गहरी साँस भीतर ली और अचानक उस गाने के सुर उसके मुँह से फूटने लगे। वह लेटे-लेटे बहुत हल्के-हल्के उसे गुनगुना रही थी। तभी उसे रोहन का ख़्याल हो आया। उसने तय किया कि कल जब वह उससे मिलेगी तो उसे यह गाना सुनाएगी। सिर्फ़ मुखड़ा, अंतरे के बारे में कह देगी कि वह उसे अच्छा नहीं लगता। सो, उसे याद नहीं। मुखड़ा सुंदर है बस इसे ही सुनो।''

''तोमाय गान शोनाबो, ताईतो आमाए जागिए राखो।''

वह मुस्कुरा दी। उसने करवट बदली और लाइट बंद कर दी।